大鱼

有爱的青春陪伴者

欢了个喜 /著/

同桌，一起学习呀

Tongzhuo,
Yiqixuexiya

花山文艺出版社

河北·石家庄

图书在版编目（CIP）数据

同桌，一起学习呀 / 欢了个喜著. -- 石家庄 ： 花山文艺出版社，2023.4
ISBN 978-7-5511-6484-9

Ⅰ．①同… Ⅱ．①欢… Ⅲ．①长篇小说－中国－当代 Ⅳ．①I247.5

中国国家版本馆CIP数据核字（2023）第014508号

书　　名：**同桌，一起学习呀**
　　　　　Tongzhuo,Yiqi Xuexi Ya

著　　者：欢了个喜

责任编辑：郝卫国
特约编辑：周丽萍　李　娜
责任校对：齐　欣
装帧设计：孙欣瑞
封面绘制：暖阳64
美术编辑：王爱芹
出版发行：花山文艺出版社（邮政编码：050061）
　　　　　（河北省石家庄市友谊北大街330号）

销售热线：0311-88643221
传　　真：0311-88643225
印　　刷：长沙鸿发印务实业有限公司
经　　销：新华书店
开　　本：880mm×1230mm　1/32
印　　张：8.5
字　　数：190千字
版　　次：2023年4月第1版
　　　　　2023年4月第1次印刷
书　　号：ISBN 978-7-5511-6484-9
定　　价：39.80元

目 录 ▼

目 录 ▼

第一章

我请你吃糖，
你教我做题，好不好？

"不是说今天可以取车吗？哪里还有问题？"

赵又又上周从 T 省回了清川市，最喜欢的重机车却在托运过程中出了问题，她一落地就把车送到车行来修。原本说好三天后取车的，到了时间，工作人员却一脸为难交不出车来。

"赵小姐，实在不好意思，因为您送来的车问题比较严重，现在还在维修，所以……"

"周哥，车修好了，你联系客户吧。"

他的话还没说完就被一道男声打断。

赵又又循声看了过去，见说话的人年纪和她差不多大，穿着一套宽松的连体工装服，正半低着头摘手套，兴许正处于青春期，个子又挺拔，显得有些清瘦。他背后是一整面落地窗，初秋的阳光透过玻璃洒在他身上，空气中有细小的颗粒飘浮。少年面容清隽，高鼻深目，和周遭的环境格格不入。赵又又看了眼别在他胸前的胸牌，上面刻着"陈惹"两个字。

这个年纪就出来打工了啊？赵又又有点可惜地摇了摇头。

"你小子可以啊，动作这么快，我正愁呢。"周哥笑嘻嘻地给陈惹竖了个大拇指，领着赵又又去取车。

赵又又经过陈惹身边的时候，两人的视线短促地碰撞了一下，但很快各归原位。

本来以为能顺利取车然后去学校办转校手续的，可赵又又在看到机车后心态爆炸，满脸问号地盯着眼前这辆被强行恢复出厂设置的车。

"你确定这是我的车吗？为什么会变成这个样子？"

赵又又从小在 T 省长大，说话软软糯糯的，再加上不分平翘舌音，有点台湾腔的感觉，偏偏又长了一张欺骗性极强的、乖乖嫩嫩的脸，导致她的质问毫无攻击性可言。

"对啊，就是您送来的那辆。"周哥看了眼维修单，"不如您联系一下车主，让车主过来取。"

赵又又眼皮轻颤，磨了磨后槽牙，从牙缝里挤出一句话来："我、就、是、车、主！

"这车是我自己改装过的，本来只想检查一下引擎，你们怎么可以直接还原呢？"

她个子不高，长得也不像玩机车的人，周哥一直以为她只是帮忙跟进度的，听她这么说，一时不知道怎么接话，匆忙抬头间看见陈惹从门口走过，高声把人喊了进来："怎么回事？送来的时候不是只让检查引擎吗，你怎么给还原了？"

陈惹已经脱掉工装服，换成了自己的衣服。他看了眼手表，距离报到还有两个小时，来得及。

"改装？"陈惹压根儿没注意一旁气红了脸的赵又又，视线直直地落在机车上，"以为是玩具车随便折腾呢？如果不是被胡乱改造了一通，也不会浪费我这么多时间了。改造这车的人要么是个什么都不懂的新手，要么就没动脑子，线路全是乱接的，要是……"

"屁咧！这车是我自己改装的不行啊？"赵又又忍不住出声，迈着小短腿跑到陈惹面前，偏偏对面这人比她高了一个头不止，她只能仰头说话，"就算我改装的时候没动脑子，你也不能在没征求我同意的情况下擅自动我的车啊！"

陈惹没想到吐槽被正主听了个正着，被噎了下，垂下眼皮看着面前这个只到自己胸口的小姑娘。他没解释，只是不紧不慢地火上浇油："如果不会改装就不要乱改装。"

他这话无异于往可乐里加了一整条曼妥思。赵又又瞬间爆炸，气得直跺脚，可一着急，语言能力就急速下降，憋了半天才来了句："你这个臭头鸡仔！"

场面一度有些尴尬，周哥没忍住笑出了声，被赵又又瞪了一眼之后十分乖觉地闭了嘴。

不等她把场子找回来，陈惹又轻飘飘地来了句："无脑。"

"你！"赵又又肺都要气炸了，偏偏自己软软糯糯的口音一点攻击性都没有。她说不过，也不打算继续浪费时间，推着车往外走，经过陈惹身边的时候，狠狠瞪了他一眼。

她光顾着生气没注意脚下，居然一脚踩在陈惹的白球鞋上。她下意识地想道歉，但又想到陈惹刚才骂自己无脑，气鼓鼓地哼了一声，头也不回就走了。

陈惹太阳穴直跳，他顶了顶后槽牙，低头看多了个脚印的鞋，喃喃道："我的新球鞋……"

周哥难得见到陈惹吃瘪的样子，忍笑拍了拍他的肩膀，催促道："学校不是今天报到吗？赶紧去吧，臭头鸡仔。"

赵又又憋了一肚子气从车行出来，可一想到待会儿要去新学校报到，再加上对陌生环境的新奇，跟陈惹的那点不愉快很快被她抛到脑后。

父母离异后，赵又又一直跟着妈妈在 T 省生活，但今年她妈妈从任职十多年的公司离职，在清川市自立门户，开了家新公司，赵又又也只能被迫来到这个陌生的城市，插班进了本市最好的高中。

今天是她办转校手续的日子，但她那位女强人妈妈忙新公司的事走不开，只能她一个人应付。

她小大人似的叹了一口气，跨上机车，跟着手机导航，往清川一中的方向去了。

赵又又的身影消失在十字路口，跟她前后脚去学校的还有臭着一张脸的陈惹。

今天是报到的日子，高三（1）班男生聚众聊球赛，女生扎堆聊化妆品，中间穿插着几个发新书的课代表和班委，教室里叽叽喳喳的，跟麻雀窝似的。

班长叶一铭刚从班主任办公室出来，恨不得拿着大喇叭宣扬新鲜出炉的消息："喂喂喂，你们听说没，班上好像要来一个转校生。"

"你小点声！没看到惹神在睡觉啊？"离叶一铭最近的男生反手给了他一下。

叶一铭这才发现陈惹在教室后排的角落补觉。生怕打扰了这位大神，他调低音量兴致勃勃地说道："是个妹子！我在办公室看了一眼，超可爱！"

叶一铭话音刚落，原本还吵吵嚷嚷的教室就突然安静了下来。他下意识地回头，发现超可爱的转校生进了教室。

她穿了一套JK制服，双腿匀称纤细，双手提着制服包挡在身前。像被放到陌生地方的小兔子，她睁着一双水灵灵的眼睛打量着周遭的环境，因为刚来没有座位，只能在讲台边上站着。

身为班长的叶一铭推了推眼镜，露出标准的空少式微笑迎了上去，和蔼可亲地问："同学你好，你就是新来的转校生吧？我叫叶一铭，是这个班的班长。"

看着眼前向自己表露善意的人，人生地不熟的赵又又稍稍松了口气。她眨了眨水汪汪的大眼睛，露出人畜无害的笑容，像一只又乖巧又灵动的布偶猫，声音软下来的时候自带几分嗲意："班长好，我叫赵又又。"

教室里发出一阵吸气声，前排几个男生夸张地捂住心口往后仰，互相搀扶着说道："快！给我个急救包，血条被萌空了。"

被女生们簇拥着讨论化妆品的刘悦也听见动静，看了被人围在中间的赵又又一眼，连忙转过身子和刚拿到新书就开始预习的乐雅咬耳朵："你说她的口音是真的还是装的？我听着怎么怪怪的？"

乐雅翻书的手一僵，却连眼皮都没抬一下："不知道，跟我也没关系。"

自讨没趣的刘悦耸肩摊手："行吧，大学霸，那您先忙。"

瞥到刘悦又加入了刚才的讨论，但话题从化妆品变成了赵又又，乐雅这才迅速看了一眼转校生，又不动声色地瞥向一直没动静的后排，见陈惹还趴在桌上睡觉才稍稍放心。

"赵又又，你是哪里人啊？你之前在哪里上高中？"

"赵又又，你今年多大了？看着好小的样子。"

"赵又又，你怎么说话一股台湾腔，平时喜欢看台剧吗？"

教室里又喧闹起来，同学们围着赵又又七嘴八舌地问问题。

赵又又也耐着性子挨个回答了，赶在另外的问题冒头之前，率先开口问道："班长，我坐哪里啊？"

"哦，对，差点把这事儿忘了。"叶一铭挠了挠头，在班上扫了一眼，抬手指向教室后方的空位，"你先坐倒数第二排吧，反正之后会重新调整座位。"

赵又又对这个又热情又操心的班长很有好感，笑眯眯地点了点头："谢谢班长。"说完就拿着书包，往后面走去。

"班长，平时也没看你对我们多热情啊，做人可不能太双标哦。"赵又又刚走到刘悦旁边，就听见她突然出声，语气虽然算不上讨厌，但落进耳朵还是让人有些不太舒服。

刘悦是班上出了名的刺头，不少人被她呛过，所以连好脾气的叶一铭都不怎么喜欢她："行了啊，刘悦，我平时的热情都快把教室点燃了。你也别跟我阴阳怪气的，上学期期末你以一人之力拉低咱班平均分，老蔡还没找你呢。"

刘悦本来想给新生一个下马威，却碰到了叶一铭这个软钉子。她不大舒坦地撇了撇嘴，刻意抬高音量冲赵又又的背影说道："我就不信这转校生能跟上咱们班的变态教学，到时候可别……"

"刘悦，你太大声了。"坐她旁边的乐雅一脸不悦地捂着耳朵。

话音刚落，正趴在桌上补觉的陈惹就动了几下。他搭在后脑勺的手微微蜷缩，指节用力，显然是被打扰到了。

他抬头看了眼发出声音的地方，轻蹙眉头，视线穿过人群落在赵又又身上，他难得愣了下，以为是自己睡久眼花了，定睛一看，才确定还真是刚才在车行和他吵架的女生。陈惹一向不关心这种事，换了个姿势打算继续睡的时候，却见赵又又朝自己走了过来，然后在前排的空位坐下。

可刘悦铁了心要给赵又又一个下马威，居然快步走到卫生角，随手拿起一个扫把扔到赵又又面前，双手抱胸，仰着下巴说道："新来的，既然来咱们班了，那第一天的卫生你承包好了。"

放了一个多月的暑假，教室里到处都是灰，刚才又发了新书，满教室的废纸，别说一个人打扫了，就是让全班同学一块儿收拾都得好一段时间，刘悦也太为难人了。

叶一铭眉头紧拧，正打算帮赵又又出头，陈惹懒洋洋的声音却突然响了起来："太吵了。"

兴许是刚睡醒，陈惹的声音比平时更低沉，他靠着椅背，把椅脚翘了起来，气压略低地捏着有些酸痛的脖子，因为被吵醒，脸色也有些臭。

陈惹的出场方式过于炫酷，赵又又下意识地转头看了过去，却在看清他的脸后惊讶得瞪大了眼睛——车行那个臭头鸡仔？

在陈惹说话后，刘悦有些犯尿，嘴上却还在嘀咕着："都是这个转校生，要不是她……"

陈惹脖子一歪，抬眸冷冰冰地看了打算甩锅到赵又又身上的刘悦一眼，脾气不太好的样子说道："是你太吵了。"说完也不管她的脸色，冷着脸开始收拾东西。

就补个觉的工夫，桌上已经被这学期的新书堆满了。

叶一铭这才找到机会当和事佬，连拉带拽地把刘悦送回座位。

赵又又很快就把陈惹是自己同班同学这件事消化好，还有些好奇地瞥了他一眼。

虽说之前他们因为机车改装的事吵了架，但一码归一码，陈惹刚刚帮了她，她就应该说谢谢。

赵又又把包塞进桌肚，侧身敲了敲陈惹的桌子。

正在收拾的陈惹抬眼看了过来，虽然没说话，但表情却把意思表达得淋漓尽致——有话就说。

"刚刚的事谢谢你了。"

虽说赵又又没指望陈惹说什么好话，但她道完谢之后，陈惹一句话不说，就只是盯着她看。她被看得心里毛毛的，睫毛轻颤，下意识地回避了目光。等听到他"嗯"了一声后，抬头再看，陈惹居然码了一堆高高的书，把她挡得严严实实。

行，真有你的。

赵又又被他的操作气笑了，没来得及有下一步动作，就听见叶一铭喊了句"安静"，然后"英年早秃"的班主任拿着本书走了进来。

班主任叫蔡厚发，同学们都喜欢叫他"老蔡"。他是学校的金牌物理教师，虽然今年只有三十岁，但因为"聪明绝顶"，看起来略显沧桑。

他背着手走进教室，见大家都端端正正地坐在位置上，新书也收拾得差不多了，很满意地点了点头："还真有点高三学子的样子。"

蔡厚发站在讲台上，说完这话，就看到坐在陈惹前面的赵又又："今年咱们班多了个和大家一起冲刺的同学。"他伸手指了指赵又又，"赵又又刚从 T 省回来，你们平时也要多帮助她。"

被点名的赵又又笑着起身，乖巧的样子看得刘悦一肚子气。

"这个学期还是按照优带劣一对一来排座位，"蔡厚发拿出夹在书里的成绩单，扫了眼排名，"就以上学期期末的成绩为准了。第一名是陈惹，最后一名……"

蔡厚发本来打算按成绩单上的名字来排的，但最后一名为了能考上大学改走艺考了，名次就空了出来。

他把成绩单放在讲桌上，推了推眼镜："赵又又你先挨着陈惹坐吧，等第一次月考成绩出来了再做调整。"

赵又又闻言一愣，没想到陈惹居然还是学霸。她下意识地转头看向正在补觉的陈惹，脑补出一个勤工俭学、积极向上的三好学生人设。

教室里顿时一阵骚动。转校生的颜值不用说，又软又萌，长得跟个吉祥物似的，看着就让人想捏脸。陈惹的脸就更别提了，不光放在一中能"打"，就算进军娱乐圈也是数一数二的能"打"。

敢情女娲造人的时候认认真真给他们俩捏脸塑身，到其他人的时候就直接用柳条甩泥点子了呗。

更何况陈惹不光身高腿长颜值高，成绩也没话说，稳居第一名从来没掉下来过，属于"学神"一般的存在。同学们私下还给他取了个"一中之光"的外号。

这两个人坐一块儿，得多养眼啊。

可惜蔡厚发没给同学们发表意见的机会，安排好座位又循例讲了几点注意事项就放了人，给了这群高三学子最后半天的自由时间。

叶一铭作为班长，跟班上大部分同学的关系都不错，蔡厚发前脚刚走，他后脚就跑到陈惹面前，邀请陈惹一起"开黑"："惹神，正式开学的前一天和我们激情'开黑'呗。"

陈惹人冷话不多，摇头拒绝了叶一铭的邀请："我要去车行打工。"

收拾东西往陈惹旁边搬的赵又又听了一耳朵，心想陈惹小小年纪又要上学又要打工，难道是家庭条件不太好？赵又又吃软不吃硬，心肠又软，还喜欢自我反思，一反思就觉得自己今天不应该在车行跟他生气，万一他因此丢了工作，那她不得愧疚死。

有错就该道歉，赵又又把一大摞书往桌上一放，伸手拉住陈惹的袖子。陈惹顺势看向赵又又，叶一铭则及时闭嘴站在旁边吃瓜。

"今天的事对不起，我那车改装得是有点问题，你也是好心才帮我改回来的，我不该骂你臭头鸡仔，也不该踩你的鞋子。

"反正从今天开始就是同桌了，以后一起好好学习，共同进步。"

赵又又伸手主动求和，可陈惹却半天没回应。

深知陈惹的"尿性"、知道他不喜欢和人有身体接触的叶一铭生怕赵又又尴尬，正准备救场的时候，却见陈惹抬眸看向赵又又，面无表情地握住了她的手，还难得开口道："如果维修过程中发现了其他问题，车行一定会联系车主的，你可以看看通话记录。"

赵又又个子不高，手也小小的，陈惹轻而易举就能全握住。

他说完这话松开了赵又又的手，继续收拾东西。这时，又有一只手伸到了他面前，他抬眼一看，是叶一铭。

"陈惹，咱们以后也一起好好学习，共同进步。"

叶一铭说完还晃了晃手，眨巴着眼睛看着陈惹，最后却在陈惹一脸看智障的表情中败下阵来。奇了怪了，都是手，怎么还区别对待呢？

赵又又听完陈惹的话后，真的拿出手机翻了翻通话记录，还真让她找到了修车的第二天，车行早上九点打来的电话记录。可她那会儿还在睡觉，根本没听清楚车行的人说了什么，迷迷糊糊地应了，结果睡醒之后忘得一干二净。

冤枉了人的赵又又自觉理亏，想到刚才叶一铭的"开黑"邀请，为了表示友好，也拉住陈惹问了句："你真的不去吗？"

收拾好书包准备去车行的陈惹一怔，察觉到身上有好几道火热的视线，他右手握拳抵着鼻尖，有些不自在地咳嗽了一声，然后一脸冷漠地拒绝："不去。"

"那好吧。"赵又又也只是客气一下，见陈惹不答应，转头一脸骄傲地对叶一铭说道，"你们'开黑'可以带我一个吗？我'绝地鸡王'，超级厉害哦。"

陈惹的脚步有短暂的停滞，但很快又大步流星地走了出去，戴上耳机，屏蔽了赵又又和叶一铭叽叽喳喳讨论游戏的声音。

叶一铭一行人打完游戏，已经晚上七点了，他们互换微信，告别回家，又把赵又又拉进了班群。

赵又又也从他们那儿摸清楚了高三（1）班的情况。

一班是清川一中的火箭班，科任老师都是省级优秀教师，班里一半都是清北的苗子，最后一名也能搭上本科，就连今天找赵又又麻烦的刘悦也能排年级前二百名。

能在这种班级成绩稳居第一的陈惹自然不用说，上学期期末甩了第二名三十多分，跑死几匹马都追不上，所以才会一直被同学们尊称为"惹神"。

除了这些基本信息，赵又又还从叶一铭口中得知下个月就是第一次月考的噩耗。虽说赵又又在以前的高中也是学霸，但毕竟有地域差异，她不清楚老师的授课方式，也不知道试卷的难易程度，简直两眼一抹黑。而且一个月说长不长，说短不短，进退尴尬。

吃完晚饭，赵又又拿着崭新的高三课本在房间沙发里窝着，翻看的时候，居然发现教材不一样。她哭丧着脸拿起平板电脑，准备找找有没有靠谱的学习主播。

赵又又之前在T省上学的时候，关注了好几个学习主播，有些是学霸的消遣，跟他们学总比自己没头没脑地乱学要好得多。

她进了好几个直播间都听不进去，有些烦躁地随手点进本地首页的一个直播间，虽说即时观看人数只有几千，但对于学习主播来说还是算多的了。

赵又又来了兴趣，正好听见主播说："新学期开始了，我会和以前一样先做学期规划，今天不讲知识点，先梳理各科的重难点，明天再开始分科目学习。"

主播说话不紧不慢，声音也很好听，赵又又不知不觉地就听了进去，还跟着主播把重难点都勾画了出来。

高三本来就是查漏补缺的一年，新知识点相对较少，赵又又刚刚还两眼一抹黑，现在整个思路都清晰了不少。虽说两地进度有些差异，但大体还是一致的，要跟上进度问题也不大。

"今天就到这里，明天晚上九点我会讲数学和物理。"

这主播还挺有个性，不让人刷礼物，也不让人关注，整个直播间给人一种"爱听就听，不听拉倒"的感觉。不过……怎么感觉这个声音有点耳熟？

赵又又没多想，她听完这两个小时的知识梳理，火速点了关注。等她结束今日份的学习已经凌晨一点了，赵又又洗完澡护完肤，睡前例行公事地拿起手机，点开微信才发现陈惹在一点多的时候通过了好友申请。

为了表达对新同桌的友好，赵又又在班群里找到了陈惹的微信，一早就发送了好友申请，没想到他半夜才通过。

"学神也学习到深夜哦。"她喃喃自语，犹豫了一会儿还是给陈惹发了条消息。

预习完新课本的陈惹正准备睡觉，床头的手机一振，他以为又是叶一铭发来的夸赵又又"吃鸡"技术多厉害的微信，皱着眉头准备骂人，却发现发消息的是"鸡王"本人。

【干啥啥不行：车行确实给我打过电话，是我不小心忘记了，我晚上打回去把情况说清楚了，希望没给你添麻烦。】

【干啥啥不行：为了表达我的歉意，下次一起"开黑"，我带你"吃鸡"。】

陈惹紧皱的眉头一松，在对话框简单地回了赵又又一句：【好。】

一中的节奏很快，开学后立马进入学习状态，看起来吊儿郎当不服管的同学们，一到上课个个眼睛瞪得像铜铃，生怕错过什么知识点。

也正是如此，老师讲课节奏超快，有些赵又又根本没学过的知识点只过了一遍。大半天的课上下来，昨天晚上好不容易跟着学习主播建立起来的自信全线崩塌，尤其身边还坐了个学神。赵又又的学霸人设碎了一地，十个施工队都抢救不回来。

今天下午最后两节是体育课，因为高三刚开始，所以大家暂时还有在操场上驰骋的自由。一班是理科班，男生多，一到体育课，男生们拿着篮球就冲到球场去了，女生们大多牵着手逛操场。肯在这个时候留在教室里的基本都是刻苦的学霸，赵又又除外。

今天的课听下来，赵又又哪里还敢以学霸自居，坐在教室，跟蔡厚发讲的那道重点题型大眼瞪小眼。

赵又又眼珠子都快瞪出来了的时候，突然听到后门有人喊自己同桌，她下意识地听了一耳朵。

"惹神，你没跟叶一铭一块儿打球啊？"

"那你有空吗？我能问你一道题吗？"

陈惹回了座位，兴许是刚从操场回来，他身上带了淡淡的青草味。

"你拿来我看看。"他没拒绝，虽然脸色冷淡，语气更算不上热切，但也没有拒人于千里之外的意思。

"就老蔡今天上课讲的那个重点题，第2问到底怎么解出来的？"

同样被这道题困扰的赵又又瞬间来了精神，不动声色地凑到陈惹面前旁听。

她的动作没逃过陈惹的眼睛，他却什么都没说，还移开肩膀让她看得更清晰。

"分别假设这三个点的坐标，然后得出这条抛物线在 P 点的斜切率，再算出 MN 的方程，代入第1问算出的方程可以得到一个区间。因为两条直线的中点横坐标相等，可得出大于等于 1 和小于等于 −3 两个答案，代入小于等于 −3 不成立，所以最小值是 1。"

陈惹讲题很仔细，每一个步骤都解释得清清楚楚，刚刚还卡壳的赵又又听完之后茅塞顿开，一边听，一边火速列了几个式子。

"听明白了吗？"

"明白了，明白了！"赵又又抢答完才觉得不对劲，只好停下做题的手，转头对陈惹露出招牌笑容，"嘿嘿，刚才蹭了一下课，你不要介意哟。

"不过你讲题真的很仔细，比老蔡讲得更好懂哎。"

来问问题的同学有了解题思路，说了"谢谢"后就赶着回去做题了。

赵又又啃了啃指甲，知道解法后也不着急了，反倒盘算起其他事来——自己身边就坐着一个闪闪发光的学神，是不是可以利用起来。

课余时间麻烦学神查漏补缺，晚上回家跟主播温故知新，还怕跟不上进度？

思及此，赵又又拉开书包翻了半天，在最下面找到一包没吃完的水果硬糖，一口气全倒在陈惹的桌上。

水蜜桃味的硬糖噼里啪啦地砸在陈惹的桌上，还有颗直接跳到他手里。甜腻的水蜜桃味钻进陈惹鼻腔，半透明的粉色糖纸被他捏得作响。

"你干什么？"

"惹神。"赵又又跟着同学的尊称喊了陈惹一声，双手合十凑到他面前。阳光从窗外照进来，成了一线线光柱，赵又又仰头看陈惹，阳光落在她脸上，细小的绒毛也看得清清楚楚。

小姑娘声音软糯，放软声调的时候不自觉地多了几分讨好的意思，她把水果硬糖推到陈惹面前，笑起来的时候眼睛会眯成好看的月牙状，眉骨下方有一颗小小的红痣，在雪白皮肤的映衬下格外醒目。

"我请你吃糖，你教我做题，好不好？"

陈惹的呼吸有一瞬间的紊乱，他睫毛轻颤，眼底闪过一丝不自然。

陈惹迅速偏头，声音冷硬："不好。"

第二章
高岭之花和铁岭之花

被陈惹毫不留情地拒绝后，捧了一手水果硬糖的赵又又有些尴尬，好在从办公室回来的叶一铭及时开口，给赵又又送了个台阶。

叶一铭站在讲台上，宣布刚通知的消息："明天是学校一年一度的高三动员大会，所有人都不能迟到，必须穿校服到场。"

同学们嗯嗯啊啊地敷衍着，叶一铭也不在意，特意点了转校生的名字："赵又又，这两天应该会有人通知你去勤政楼领校服，如果没收到通知，到时候穿自己的衣服就行。"

"哎，知道了。"赵又又应了一声。

被陈惹拒绝后，她情绪不高，顺势趴在自己的位置上，稍微想了想，又把倒在他桌上的糖拿了一半回来，因为没能成功抱上学霸的"大腿"，有些怏怏地挥手道："算了，剩下的请你吃吧。"

阳光照在糖纸上，折射出五彩的光芒。

陈惹看向自己的同桌，眼前没来由地浮现出刚才她拜托自己帮忙补课的画面，她的脸软软嫩嫩，看起来……很好哭的样子。

陈惹没说话，剥开手里的水果糖，扔进了嘴里。

高三动员大会这天，下着绵绵细雨，天空黑压压的，气氛和千军万马过独木桥的高考主题十分契合。为了节约上课时间，动员大会定在一大早，早自习结束就得去操场集合。

因为下雨堵车，路上耽误了不少时间，赵又又到教室的时候，早自习都快结束了。原本以为自己已经够迟了，赵又又进了教室才发现陈惹还没来。同学们还一副习以为常的样子，连班长叶一铭都没着急。

赵又又轻叹一声，猜想这可能就是学神的优待吧。

她正准备偷偷吃早餐，可刚把手伸进包里，就被人喊了名字。

"赵又又同学在吗？麻烦跟我一起去领校服。"

"来了。班长，我去去就回。"赵又又只能把面包塞回去，向叶一铭招呼了一声，就跟着门口的女孩子去往勤政楼。

"刘悦，我觉得你这样不好，"乐雅一直关注着赵又又的动态，见她跟人走了，皱着眉有些不赞同地拉了拉刘悦的袖子，"动员大会是校长主持的，万一她迟到了……"

"要的就是她迟到，不然新来的转校生未免也太傲了。"刘悦翘着凳子，伸长脖子一脸看戏地盯着楼道的赵又又，"就是要让她知道我的下马威，不然我身为咱们班的扛把子，也太没面子了。要不是她，我怎么可能被学神凶。"

听到提及陈惹，原本还想说什么的乐雅只是张了张嘴，最后一个字都没说。

陈惹今天又睡过了，青春期的男孩子饭量大瞌睡多，更何况他一有空不是去车行帮忙，就是开直播上课，休息时间全被占用了，躺下就不容易爬起来，一周五天他得迟到三天。虽然他成绩拔尖，但也没少因为这事儿被老蔡请去办公室喝茶。

空中还飘着秋雨，凉凉的雨丝打在脸上，让人清醒了不少，陈惹轻车熟路地走到学校西门。西门偏僻，再加上废弃了很久，所以没什么人过来，杂草都长到小腿高了。

他随手把包扔进杂草丛里，动作轻巧地攀上铁门，脚踩住倒数第二排的横杠，用力一蹬，手拽着栏杆往上一跃，就跟武侠小说里会功夫的大侠似的，纵身翻过铁门，落地的时候衣摆被风卷起，精瘦硬朗的腹肌若隐若现，明朗的线条向下蔓延到裤腰。

陈惹揉了揉脖子，捡起地上的书包，把上面的水珠和枯叶拍掉，随意往肩膀上一搭，准备回教室继续补觉，却突然看到道路尽头一前一后有两个身影，后面那个……是他看起来很好哄的同桌。

"同学，还没到勤政楼吗？"赵又又没吃早饭，胃里有些不舒服，说是来领校服，可周围却越来越偏。就算她是转校生，也知道勤政楼这种地方，一般都是离校门最近的。

再加上动员大会马上要开始了，赵又又觉得有点不大对劲，半眯着眼睛试探道："不然，等动员大会结束了，我再来领吧。"

带赵又又去领校服的同学一愣，随手指向不远处的一栋大楼，干笑着两声敷衍道："马上就到了，就是前面那栋楼。"

"琢玉楼什么时候变勤政楼了？"

陈惹的声音偏冷，但很清透，十分符合他高冷学霸的人设，他说话的时候没什么表情，垂眸看人的时候，还有些懒洋洋的。

他单手拎包，从满是杂草的废弃小路走了过来，杂草上的露珠打湿了他校裤的裤腿，沾了一身的青草气味。

"陈惹？你怎么会在这里？"赵又又看到他先是一愣，下意识地选择跟他站在同一边，视线从杂乱的草丛划过，低声问道，"你翻墙进来的呀？"

小姑娘突然凑近，不习惯和人近距离接触的陈惹脸上飞速闪过一丝不自在，拿包的手换了一只。他没回答赵又又的问题，而是看着面前这个有点紧张的女生："你不是高三的学生吧？"

陈惹看了女生两眼，声音一沉："谁让你骗她来这儿的？"

女生显然没想到会在这里碰到陈惹，手忙脚乱地鞠躬，支支吾吾地道歉："对、对不起！我真的不是故意的！"扔下这话后，就跟兔子似的跑了。

赵又又没想到真被人骗了，她有些气不过，追了两步，却被陈惹喊住："赵又又，过来。"

他们俩同桌了几天，这还是陈惹第一次连名带姓地叫她。赵又又眨了眨眼睛，陈惹的声音还挺好听哎。

校服没领到，骗她的人也不知道跑哪儿去了，赵又又有气无力地叹息了一声，有些挫败地转身走向陈惹，刚站在他面前，肚子就"咕噜"响了一声。

陈惹往前走的步子顿住，低头看见赵又又捂着肚子有些不舒服，问道："没吃早饭？"

赵又又垂着脑袋点了点头，语气愤愤的："没来得及吃就被骗出来了。"

从陈惹的角度看过去，正好能看见赵又又头上有一个旋儿，他小时候听爷爷说过"一旋儿横，二旋儿拧，三旋儿打架不要命"。

原来小姑娘的蛮横，从头上就能瞧出来。

他的思绪突然飘到车行初见时。见赵又又有抬头的趋势，他马上收回思绪，从包里拿出一个三明治。递出去了才发现三明治的卖相不太好看，他愣了愣，作势要收回来："算了，还是去小卖部买吧。"

赵又又饿得胃痛，生怕到嘴的吃的没了，赶紧把三明治接过来："没事没事。"又分成两半，把大的那份递给了陈惹，"喏，一人一半。"

见陈惹没动，赵又又干脆递到他嘴边，催促道："赶紧吃呀，动员大会该开始了。"

因为家庭原因，陈惹比同龄的孩子要早熟一些，在孩子堆里话不多，又因为自带高冷气场，不少人见到他就自动退避三舍，只有叶一铭那个自来熟的会跟他勾肩搭背——可就算是叶一铭，也没像赵又又这样把吃的喂到他嘴边。

陈惹有点不习惯，伸手接了过来，却没吃。

赵又又的胃不太好，落下一顿就疼，加上赶时间，她大口大口地咬着三明治，腮帮子鼓得跟仓鼠似的。原本没什么胃口的陈惹见状竟也饿了，刚准备咬一口，早自习的下课铃就十分突兀地响了起来。

嘴里塞了一大口三明治的赵又又被突然响起的铃声吓了一跳，她噎着了，连忙拍胸口顺气，可半天不见效果。

陈惹见状半是好笑半是嫌弃地帮赵又又捶背——是真的捶，就差把胳膊轮圆的那种。

赵又又在重捶之下极其辛苦地咽下嘴里的食物，也没怪陈惹下手太重，而是着急地抓住他的手腕："快快快，动员大会就要开始了。"

少年的手腕冷白，青色脉络纵横。赵又又的手很小，指甲盖也小小的，染着自然粉色的圆润。

陈惹站着没动，盯着自己被赵又又拉着的手腕看了会儿，有些无语，指了指相反的方向："操场在那边。"

赵又又被反作用力拉了回来，一下子撞进陈惹怀里，他的胸腔微微震动，初秋的衣服尚且单薄，酥麻的感觉透过两层薄薄的衣料传到皮肤肌理。赵又又突然觉得后背滚烫，兔子似的往前蹦了一步。

她的动作成功地把陈惹逗乐了。他嘴角难得往上翘，抬手拎住赵又又的衣服后领，把她带到正确的路上："不是急着去操场吗？还不跟上？"

陈惹长腿一迈往前走，余光瞥见赵又又跟了上来，冷不丁地开口说话，声音平直："如果之后有不会的题，可以问我。"

陈惹顿了顿，说道："虽然我不一定会给你讲。"

赵又又的眼睛瞬间亮了，自动忽略后半句话，心里高兴得像是开了朵花似的："真的可以吗？哇，惹神，你人也太好了吧！"

"嗯，"陈惹点了点头，眼睛都没动一下，"我也觉得。"

赵又又夸奖的话被噎了下来，她一脸问号地盯着陈惹，确实有被冷到。

叶一铭不是说陈惹人冷话不多，是清川一中的高岭之花吗？眼前这个，怕是从铁岭来的吧。

虽说操场离西门有点远，但两人一路小跑，好在最后没迟到。只是转校生萌妹和高冷学神这个组合突然众目睽睽地出现在操场上，着实吸引了不少人的注意，再加上只有赵又又没穿校服，就更惹眼了，本来就没多安静的操场更热闹起来。

一直等着看笑话的刘悦见赵又又居然没迟到，正准备缩回队伍里，却不小心撞上赵又又平静过头的眼神。她有些心虚，不自在地连忙躲开。站在她身后的乐雅，视线从赵又又脸上擦过，看到和赵又又一前一后过来的陈惹后，睫毛轻轻颤了颤。

叶一铭急得像热锅上的蚂蚁，一看见他俩就赶紧迎了过来："祖宗哎，总算到齐了。不过你们俩怎么一块儿过来了？"

主持人开始调试麦克风，校领导挨个走上主席台坐下，老蔡也示意他们这儿赶紧安静下来。叶一铭就没继续往下问，赶鸭子似的让他们随便找个位置站着。

班级按男女分四排，中间二三排正好空了两个位置，赵又又站进女生队伍，跟孟荧挨着。

孟荧是叶一铭前桌，也是他们班的体育委员，是个运动细胞极其发达的短发妹子，开学第一天就和赵又又一块儿"开黑吃鸡"，最后被赵又又高超的技术折服，一来一去倒也熟悉了。

孟荧见她和陈惹一起过来，只以为他们是偶然碰上的，便没多问，见赵又又空手回来，扯了扯她的袖子，低声问道："你不是去领校服了吗？没领到？"

赵又又小口小口地喘气，等气顺了才低声道："好像误会了呢，校服还没到。"

孟荧皱眉："不还有人特意找你去吗？怎么会没到？"

"可不就是有人特意找我去的吗？"赵又又在"特意"两个字上加重了音，把自己被骗的事三言两语解释给孟荧听。

孟荧是个炮仗脾气，知道后气得直嚷嚷。好在赵又又早有准备，孟荧一出声就伸手捂住她的嘴："没关系，大概也猜到是谁做的了，我自己会想办法的。"

赵又又转学过来还不到一周，也就刚来那天跟刘悦有些小摩擦。除了这位自诩一班扛把子的刘悦，还有谁会这么无聊？赵又又摇了摇头，不打算跟她计较，安抚好孟荧的情绪后，开始安心听校长讲话。

身为班长的叶一铭点好人数之后才挤进队伍，跟陈惹前后站着。他想到刚才赵又又跟陈惹一起过来，八卦泡泡不断地往外冒："惹神，你怎么会跟赵又又一起过来？"

"在西门碰到的。"

叶一铭皱眉："西门？赵又又去勤政楼，怎么会跟你碰上？"

陈惹想到在西门碰到赵又又的画面，微微侧身问道："有个女生鼻梁骨那里有一个拇指大小的红色胎记，你认识吗？"

他想到了什么，又加了句："不一定是高三的。"

叶一铭作为清川一中的"交际花"，上到年级教师组，下到初一小豆丁，基本都能喊出名字来。他听到陈惹这话后略一思索，合掌一拍："这不王雨嘛，高二文科班的，平时跟刘悦关系挺好的，怎么了？"

"没什么。"陈惹转回去，气质有些凛冽，垂眸不知道在想什么，只是眼皮上有一道深深的褶皱。

他听着校长年复一年的演讲，睡意像泉水似的涌了出来，刚想合眼打个盹儿，校服袖子就被扯了两下。

"陈惹。"是赵又又的声音，软软糯糯，是别人学不来的娇嗲。

陈惹睁眼看过去，眼底有些困倦。

赵又又往他那边走了一小步，凑近了些，言语里有些娇憨："你记得把三明治吃了，不吃早饭容易得胃病，我妈妈说的。"

校长例行公事地发表演讲，扩大的声音从音箱传出，有些嗡嗡的。赵又又音量不高，却带着披荆斩棘的气势，从校长的讲话声和操场塞塞窣窣的喧闹声中杀出重围，径直落到陈惹耳朵里。

陈惹垂眸看到她认真的表情像极了在车行和他据理力争时候的样子，而且赵又又虽然看着瘦，可脸却肉肉的，像颗汤圆。他咽了口口水，喉结上下起伏，鼻腔里轻送出一个"嗯"字。

"OK 啦。"成功传达善意提醒的赵又又缩回队伍，悄悄摸出耳机，开始听直播间回放的课程。

陈惹垂在腿侧的手指微动，突然冒出一个奇怪的念头——她的脸捏起来，手感应该挺不错的。

"同学们！跨越这最后的征程，圆我们的青春梦想，展我们的大略雄才，宏我们的凌云之志。让高三无悔，让人生无悔！"

高三动员大会在校长激昂的结束语中落幕，因为高三时间紧张，结束后各班班主任就让班长招呼着同学们回教室继续上课。

赵又又刚才被噎得有些不舒服，拉着孟荧偷偷溜出人群，跑去小卖部买牛奶。

陈惹不喜欢人挤人，选择了一条相对人少的路，没想到乐雅居然也在。

她看到陈惹后，有些不自然地把头发拨到耳后，又刻意放慢了脚步。她本来想笑，可在陈惹从她身边经过的时候又没了表情，一板一眼地开口道："陈惹，上期末我没能超过你，但这次月考我一定不会再输给你的。"

陈惹脚步一滞，对这位从高一开始就立志要考过他，却一次都没成功过的同班同学有些无奈。

他一言不发地点了点头，正准备加快脚步离开，却突然想到她平时和刘悦关系不错，犹豫两秒后开口道："麻烦你告诉刘悦，不要搞什么小动作，叫王雨去骗赵又又的事，让她道歉。"

陈惹昨晚没睡好，三分冷淡也变成了七分，虽然只是让她转达一句话，可听到她耳里却像是自己被陈惹打成刘悦一派，他的话也变成冰碴子从她眼角擦过，留下一抹红："陈惹，我……"

可陈惹说完刚才那句话就快步离开了，眼底蓄了一层浅泪的乐雅看着陈惹离去的背影，不甘心地抹了把脸，转头看到从小卖部出来的赵又又，心底不可抑制地燃起一团屈辱的火。她死死咬住下唇，却又骄傲地扬起下巴，没事人似的回了教室。

第三章
陈惹的高分 buff

一个月过去，赵又又渐渐适应了一中的教学方式，而且遇到不懂的题就抱学神同桌的"大腿"，跟陈惹也渐渐熟悉了。但鉴于同桌放学后还要勤工俭学，赵又又也不好意思让陈惹帮她课后补习，遇到不太明白的知识点就放到晚上跟着学习主播学。

"今天的课就到这里，明天晚上九点是英语作文专题。"

明天就是第一次月考了，赵又又退出直播间叹了口气，从来没担心过考试的人总算也体会了一次什么叫考前焦虑症——她睡不着，书也看不进去，干脆开始玩手机，为了纪念这难得的情绪，还特意发了条朋友圈。

【干啥啥不行：明天就要考试了，好紧张，文曲星保佑！】

赵又又以前的高中同学清一色给她留了一长串问号，问她是不是不让学渣活命了。

她正措辞准备回复的时候，叶一铭也评论道：【求什么文曲星啊，直接求惹神啊！你俩同桌，他肯定保佑你。@陈惹】

赵又又想到之前在班群里看到的关于陈惹的表情包——一张偷拍放大的高糊照片，在陈惹脑门上加了"考神"两个大字，左边是"信陈惹"右边是"考高分"。赵又又一想到自己那位冷面同桌被人当神仙供奉的样子，没忍住笑出了声，趴在床上回复。

【好啊好啊，希望惹神给我打个高分 buff！】

她挨个回复完，没忍住打了个哈欠，她这段时间熬夜赶进度，本来就缺觉。赵又又把手机充上电，反扣在床头柜上，脑子一放空，很快就睡着了。

陈惹收拾好桌上的直播设备，洗完澡，往床上一躺，准备休息的时候，收到了叶一铭的艾特，也看到了赵又又的回复。

不知道为什么，他眼前突然又浮现出赵又又拿着糖让自己教她做题的画面。

赵又又是南方人，个子小巧皮肤白皙，她的脸在阳光下干净得几乎透明，说话又软软的。陈惹觉得赵又又就像橘子汽水，颜色漂亮，酸甜可口恰到好处，却得好好捧着，要是捭了碰了就会冒汽儿。

陈惹突然有些口渴，想喝橘子汽水。

他被这突然冒出来的想法吓了一跳，于是给叶一铭发了条消息。现在是叶一铭的活跃时间，消息刚过去就秒回。

【深藏功与铭：你居然会用微信这种社交工具？】

【陈惹：。】

【深藏功与铭：咋了，半夜找我干吗？】

【陈惹：你有我的表情包吗？】

叶一铭被吓了一跳，为证明自己的清白，连发几条：【我没有。】

陈惹有些头疼，捏了捏鼻梁给叶一铭发了条语音过去："考神那张，我有用。"

叶一铭这才松了口气，把相册里私藏的考神表情包全发了过去。

陈惹一下收到二十多张表情包，一大半都是他没见过的。陈惹额头青筋直跳，给叶一铭发了三个字：【你完了。】

然后不顾叶一铭各种求饶，他从中挑了张最端正的保存下来，点开了赵又又的对话框。

他们之间的对话很少，其中好几条都是赵又又发来的"开黑"邀请，不过陈惹一次都没点进去。因为在外人看来无所不能的陈惹是个游戏黑洞，是一群王者都带不起来的废铁选手。

陈惹侧躺着，点开相册把考神表情包发了过去，又在对话框删删减减，最后发了一句：【保佑你。】

今天考试，可以比平时晚一个半小时去学校，赵又又在家里吃了早饭，抽空背了两首古诗。她妈妈这段时间忙不过来，家里就剩赵又又和保姆两个人。机车虽然修好了，但赵又又却被妈妈禁止在考上大学之前再碰，为此赵母还专门给赵又又安排了一个司机负责接送。

"李叔，我今天考试不着急，自己走路去。"

赵又又吃好早饭，检查了一下考试工具，往嘴里塞了颗水果糖，背着书包往学校走。可刚走了十分钟，身后就传来一阵不紧不慢的自行车铃声。

赵又又往旁边走了走，铃声还是没断。她正背诗呢，思路被打断的赵又又咬碎嘴里的水蜜桃硬糖，扭头想看到底是谁，看清后却愣住了："陈惹？你也住这边哦？"

陈惹穿着校服，骑着自行车，校服拉链没拉上，里面是一件白色的薄卫衣，因为骑车的缘故，校服被风吹得鼓起，揣了满满一怀少年感。

他点了点头，见赵又又手里还拿着课本，问道："你打算走到学校去？"

赵又又合上书看了眼手表："现在才八点过五分，九点开考，赶得到啦。"

陈惹"哦"了一声，踩着自行车准备先走。

初秋的风还很温柔，裹着一股甜甜的蜜桃味扑在陈惹脸上，他看了赵又又一眼，昨天那种想喝橘子汽水的情绪突然涌了上来，有些鬼迷心窍地问道："你没看通知吗？"

陈惹抿了抿嘴，乌黑的眼珠倒映出赵又又震惊的表情："提前了半个小时，八点半就要进考场。"

"什么？"

赵又又一惊，从这儿走到学校最起码也得半个小时，根本赶不上。

陈惹挪开视线，耳朵发烫，有些不自然地拨了下铃铛："上车吧。"

他说话的时候不紧不慢，却莫名地让人心安。

"啊？"

陈惹出声催促："快啊，待会儿我也赶不上了。"

赵又又也没怎么纠结，说了句"谢谢"后，侧坐在陈惹的自行车后座上。她左手抱着书，右手拽着陈惹的校服。

"坐稳了。"

赵又又上车的那一刻，平时没什么表情的陈惹难得勾了勾嘴角，脸上多了点得逞的小表情，但很快就被他藏得好好的。

少年虽然清瘦，可背却足够宽，挡住了大部分的风。赵又又坐在他身后，闻到了陈惹身上的淡淡青草味，她抬头看了看陈惹的侧脸，似乎看见了阳光下穿着白色衬衫在操场奔跑的男孩。

到一中校门外那个路口的时候，熟面孔渐渐多了起来。陈惹骑得又快又稳，现在才八点十五分，时间充裕。

赵又又觉得被人看到不太好，拉了拉陈惹的校服外套，说道："你把我放下来吧。"

陈惹拐了个弯，把车停在一中校门外的自行车停放点，准备进学校的时候，开口叫住赵又又："你是不是没看手机？"

今天早上她起得有点晚了，吃早饭的时候又在背书，半路还遇到陈惹，真没时间看手机。

赵又又摇了摇头，问道："怎么啦？你有给我发消息吗？"

"没什么。"他脸上没什么表情，偏头不敢直视赵又又，只伸出手在赵又又的头顶上轻轻拍了几下，在她疑惑的视线下有些艰难地解释道，"给你加个高分 buff。"

"你看到朋友圈了呀？"赵又又一愣，又很快回过神来，笑眯眯地看着陈惹，下意识地抬手想摸一摸陈惹刚才碰过的地方，却又担心破坏了 buff 的效果，举着手的样子有些憨。

被憨到的陈惹摸了摸鼻子，点头"嗯"了声。

嘴里叼着面包的叶一铭跟一群同班同学慢悠悠地骑着车过来，正好看见陈惹在对赵又又进行"摸头杀"，还没来得及消化这口瓜就听见"高分 buff"这几个字，然后哈巴狗似的冲到陈惹面前："惹神，我也要你的高分 buff！"

他嗓门儿大，一分钟不到，陈惹身边就围了一群求高分祝福的人。

陈惹咬了咬后槽牙，心如死灰地摸遍了这群人的脑袋，到叶一铭的时候故意下重手，狠狠拍了一巴掌。

可叶一铭笑得跟二哈似的，围着陈惹直打圈："得劲！这次不冲进前十名都对不起惹神给的祝福。"

陈惹一句话也不想多说，挥手示意叶一铭快滚。

赵又又在一旁看得直笑，听到铃声才想起马上就要进考场了，下意识拉了个离自己最近的人往学校冲："快快快，马上考试了！"

赵又又拉着陈惹的袖子火急火燎地往考场跑，剩下叶一铭等人满脸问号："不是九点才进考场吗？赵又又和惹神急什么？"

赵又又如墨的长发扎成一个高高的马尾，随着奔跑的动作左右晃荡，晃花了陈惹的眼睛。

校服的布料光滑不怎么抓得住，赵又又跑着跑着脱了手，却突然被陈惹反握住。虽然他之前就知道赵又又的手小，但没想到如此轻轻松松就能包进手掌。

陈惹突然觉得，骗小姑娘好像挺好玩的。

考场顺序是按成绩来排的，赵又又这学期刚转过来，就顺位到了最后一个考场。等她急匆匆跑进考场的时候，才发现教室里人都没几个。

她放好东西，抬头看了眼黑板正上方的时钟，都已经八点半了，怎么还差这么多人？

"哎，同学，"赵又又咂摸出不对劲来，转身去问后桌，"不是提前了半个小时开始考试吗？老师怎么还没来？"

"哈？没听说提前啊，你记错了吧？"

赵又又眨了眨眼睛，说了声"谢谢"后，转身趴桌上咬指甲：陈惹怎么这么记仇哦，不就是第一次见面的时候有点小误会吗？他居然攒到今天！

赵又又气鼓鼓地在心里给陈惹记了一笔，但因为马上就要开考了，便打算等考完再去找陈惹要个说法。

也不知道陈惹是不是故意躲着赵又又，考试这两天就愣是没在她面前出现过，一考场和最后一个考场隔了两层楼，赵又又每次考完试去找他都没找到。

因为只是一次月考，两天的考试时间过得飞快，再加上已经高三了，所以考完的第二天还是照常上课。考完最后一门英语之后得回教室收拾东西，赵又又这才有机会去逮陈惹这个小气鬼。

"你上次干吗骗我？"

教室里还是考场布置，班上的同学正在把桌椅恢复原样，桌椅板凳在地上摩擦发出刺耳的响声。陈惹揉了揉耳朵，反应慢半拍似的抬头看了赵又又一眼，表情无辜又自然，微微张嘴："啊？"

"是我记错了。"陈惹把自己的桌子归位，说话的时候走到赵又又跟前，接过她的桌子跟自己的并排在一块儿，然后不紧不慢地收拾东西，还轻飘飘地来了句，"不过早到总比踩点到好，下次考试你最好也当成提前半小时开考。"

"你……"赵又又气不过，本来还想继续找陈惹理论，叶一铭不知道从哪儿突然冒了出来，横插在赵又又和陈惹中间，乐得嘴巴都咧到后脑勺了。

叶一铭兴冲冲地帮陈惹收拾东西，嘴里没停过："惹神，你这次考得怎么样？一定是你的 buff 生效了，我觉得我这次绝对能冲进班上前十名！"

孟荧悄没声儿地站在叶一铭身后，趁他不备，来了个锁喉。

叶一铭被卡得往后一倒，仰头看到孟荧的脸，喊道："孟荧，你快给爷撒手！"

孟荧挑眉："真撒？"

现在撒手他肯定会摔到后脑勺，叶一铭连忙讨好，笑道："孟哥，孟大侠，松开我这个肩不能挑、手不能提的弱男子吧。"

他搞怪的样子成功逗笑一片人，孟荧跟他在一个院子里长大，两人从小这么玩闹着长大，班上同学都习惯了。

孟荧也不继续逗他，松开叶一铭之后笑眯眯地凑到了赵又又的面前："小柚子，你这次考得怎么样？跟你以前的高中比，是难些还是简单些？"

"小柚子"这个称呼是孟荧最先喊的，因为孟荧平时喜欢吃柚子，赵又又名字里带这个音，一来二去就成赵又又的外号了，后来班上大部分同学都这么喊。

陈惹收拾东西的动作慢了下来，面上虽然风雨不动，可耳朵却竖了起来，听到孟荧对赵又又的称呼后，在心里默念了几次。

赵又又也不想跟陈惹计较了，坐在位置上撑着下巴，脸上的肉被堆到一起，有些肉乎乎的："说不上来，但感觉还行吧，应该还不错。"

赵又又话音刚落，刘悦就阴阳怪气地横插了一句话进来："啧啧，所以说啊，人真的很难对自己有一个清晰的认知。"

她的手搭在乐雅肩膀上，居高临下地看着赵又又，阴阳怪气地说："你现在把牛皮吹这么大，要是出成绩那天爆了，得多难看啊。班长，你说是不是？"

也不怪刘悦这么说，一中的题在清川是出了名的难，不管是月考，还是课堂小测，都是严格按着高考要求来的，甚至比高考题还要难些。

以前也有不少其他学校的尖子生转过来，不管刚来的时候有多骄傲，只要考一次试立马就老实了。也有少数几个受不了打击，心态爆炸，直接转回原校的。

赵又又不想和刘悦浪费时间，收拾好东西起身："班长，现在可以回家了吗？"

"啊？对对，桌椅复原，收拾好东西，就能走了。"

赵又又冲叶一铭和孟荧点了点头，拎着包往外走，却被刘悦拦住了去路："赵又又，你什么意思啊，你看不到我呢？"

"我能看到啊。"赵又又的声音软糯，音量虽然不高，却把教室里大部分同学的注意力都吸引了过来。

她歪头看刘悦，眼睛笑成好看的月牙状："可我们根本不熟，所以不是很想理你。"

看热闹的同学"扑哧"笑出声。刘悦脸都被气红了，指着赵又又的鼻子："赵又又，你太嚣张了！"

"嗯嗯嗯，是是是，那我可以走了吗？"她敷衍地点了点头。

自从上次刘悦让人骗她，害她差点在动员大会迟到后，赵又又对刘悦连面子功夫也懒得做了。她没有等刘悦回话的意思，说完就十分潇洒地走出教室。

刘悦被赵又又毫不在乎的态度气得咬着下唇直跺脚，正想追上去骂她两句，一道阴影突然投了下来。

陈惹的书包挂在右肩上，身高腿长挡了大片光亮。他跟赵又又一前一后走出教室，从刘悦身边经过的时候，面无表情地瞥了刘悦一眼，声音冷淡得像是裹了寒风："与其担心别人，不如管好自己。"

他往外走了一步，突然想到什么，转头说道："还有，你准备什么时候道歉？"

"道歉？"刘悦跟尖叫鸡似的喊出声，一脸不服气，"她一个坐最后考场的人，我凭什么跟她道歉？陈惹，你别跟我转，我不吃你这套！"

"最后一个考场？"陈惹嗤笑一声，转身看着刘悦，"如果这次她成绩比你好，你就跟她道歉，敢吗？"

班上大部分同学的注意力都集中在这儿，刘悦骑虎难下，更不相信赵又又这个看起来不大灵光的转校生刚来一个月就能赶上她，她磕巴了一下，不顾乐雅的劝告高声应了下来："行，我跟你赌。要是她考得比我好，我当着全班同学的面儿跟她道歉！"

教室里一股火药味，叶一铭也赶紧出来打圆场，老母鸡振翅似的挥手："行了行了，各回各家各找各妈，记得把明天起床的闹钟改了。明天成绩出来就该换同桌了，大家顺便收拾下东西。"

陈惹的脚步在听到"换同桌"这几个字的时候一滞，但很快又恢复正常，抬脚跟在赵又又身后。

楼道并不安静，三三两两的同学考完试后结伴回家。赵又又戴着耳机走在热闹中，拿着平板电脑正在看视频，走得很慢。

初秋的阳光温柔，暖橘色的余晖斜斜洒进教学楼，在赵又又身上留下一道暖色残影。风裹着夏天还没彻底消散的暑气，裙摆随风轻晃，淡淡的水蜜桃香气散在空气中，美好得像一幅油画。

等会儿……

陈惹盯着小姑娘的裙摆看了一会儿，耳尖突然红了一片。他不自觉地加快了步伐，趁同学们走向右边楼梯的时候，把赵又又拉进一个拐角处，他身高腿长，轻而易举地把个子娇小的赵又又挡了个严严实实。

赵又又被吓了一跳，抬头一脸疑惑地看他，二人的视线短暂相接，但陈惹却很快移开。

"陈惹，你干吗？"她不小心把耳机线扯了出来，学习主播清冷的讲题声在逼仄的角落响起，但两个人都没心思去听。

"裙子……"陈惹的神情有些不自然，梗着脖子，眼神飘忽，还难得慌乱地摸了鼻子，"你的裙子。"

"我的裙子怎么了吗？"赵又又疑惑地眨了眨眼睛，说话的时候下意识地回头看，发现裙摆一角不小心被书包翻了起来，只留下一层薄薄的白色内衬。

她脑子里"轰"的一声，整张脸以肉眼可见的速度红了，连脖子和锁骨都泛着淡淡的粉色。

赵又又把平板电脑往陈惹手里一塞，手忙脚乱地把裙角扯出来，赶紧抚平想装作无事发生过，可一种名为尴尬的气氛迅速在二人中间蔓延开来。气氛诡异得可怕，只有平板电脑里的主播还在不紧不慢地讲题。

陈惹的思绪被拉了回来，看向平板电脑才发现这个直播间有点眼熟。他一愣，这不是他平时讲课的直播间吗？赵又又居然在看？

赵又又尴尬得快升天了，只想赶紧开溜，磕磕巴巴地道谢："谢……谢谢你，我还有事就先走了，告辞！"

"这个不要了吗？"陈惹见她害羞，竟生出几分逗弄的心思，他拿着平板电脑在赵又又面前晃了晃。

可赵又又伸手想拿的时候，陈惹却故意抬高，放到一个赵又又拿不到的位置。

"陈惹！你干吗啊！"

赵又又踮起脚伸长了手都拿不到，她气得瞪了陈惹一眼，跳起来一把勾住陈惹的胳膊往下压，却不小心压到他的麻筋，他整条左臂都麻了，赵又又眼疾手快一把将平板电脑抢了过来。

小姑娘生气都娇娇的，像颗软软糯糯的汤圆，外面是软软的糯米皮，里头却是呛人的辣椒馅。

陈惹有些惊讶自己居然有这个想法，眼底却蓄了一层浅浅的笑意。他揉着发麻的手臂，不疾不徐地跟上"麻辣汤圆"，试探着问："你平时看这个主播的课？"

赵又又逃离的脚步被这句问话扯了回来，她努力忘记刚才的尴尬，装作一脸平静地和陈惹聊天："是啊。"

赵又又："虽然你没时间帮我补课，但我也有办法跟进度。这个主播讲题思路清晰，声音还好听，比你有耐心多啦。"小姑娘哼哼唧唧的，扳着手指夸主播，言语间还挺得意，压根儿没注意到陈惹听到这话时翘起了嘴角。

他什么时候说没时间帮她补课了？陈惹看了眼赵又又的账号，暗自记在心里，不过现在……也没什么差别了。

热闹的教学楼渐渐安静了下来，他们并肩往校门口走，有一搭没一搭地聊天。

陈惹想到刚才和刘悦的赌约，开口问道："这次考试没问题吧？"

"没问题啊。"赵又又肩头轻耸，有点小骄傲，"很多题都是你给我讲过的变形版，而且学习主播讲的知识点基本都用上了，我厉害着呢。"

"是吗？"陈惹心情不错，瞥了赵又又一眼，"是谁连勤政楼都找不到，轻易就被人骗了？"

"我刚来嘛！又不熟悉环境。"

"嗯嗯嗯，是是是。"陈惹学着赵又又刚才的敷衍样子，成功把"汤圆"气成炸弹。

"陈惹！"赵又又半羞半恼地瞪着他，还泛着没褪尽的粉色的脸蛋，像陈惹最喜欢吃的水蜜桃。

陈惹嘴角上扬，丝毫不担心："没关系，刘悦会给你道歉的。"

"她怎么会给我道歉？"

赵又又无所谓地耸了耸肩。这要是放在赵又又以前的学校，她肯定不会轻描淡写地把这事揭过去。

但这里是清川，是她不熟悉的全新环境，她不希望惹事上身，虽然她不怕事，但也不想给她妈妈惹事。

妈妈一个人拉扯她，已经很辛苦了。

"刘悦答应我，如果这次你的成绩比她好，她会当着全班的面给你道歉。"二人走到车棚，陈惹把自行车推出来，一脸认真地看着赵又又，"我相信你。"

赵又又没想到陈惹居然会帮她出头，她抿了抿嘴："谢……"

"毕竟是我的同桌，"赵又又"谢"字刚说出口，铁岭之花突然绽放，"每天吸收我的灵气，当然不会输给刘悦。"

赵又又被他逗笑了，一拳朝铁岭之花的胸口砸去："陈惹，你真的很'机车'哎。"

"好了。"陈惹也笑出声，把手放在赵又又的脑袋上，像考试之前给她打 buff 那样，轻轻揉了一下，"要感谢就感谢那个学习主播吧，他确实挺棒的。"

陈惹很快收手，跨上自行车往外蹬了一米左右才回头道："高分 buff 的尾款，无效包退。"

她眨了眨眼睛，看着陈惹潇洒离去的背影，抬手学着他打 buff 的样子轻拍了自己两下，突然笑了起来，眼尾上扬，眼底聚满亮晶晶的碎星。

"我这个同桌，人还真不赖嘛。"

第四章

我同桌，我罩着

　　清川一中阅卷很快，一般前一天考完试，最迟第二天下午就能出成绩。出成绩本来就是一件很刺激的事，加上这次还有刘悦和陈惹的赌约，所以这次的成绩单几乎到了万人瞩目的程度。

　　特别是叶一铭这个恨不得住在瓜棚的好事群众，一有空就往老蔡办公室跑，殷勤得让老蔡以为他这次考了第一。不过不仅没拿到成绩单，还被老蔡勒令不许往办公室跑的叶一铭好奇得抓心挠肺，东想西想后把陈惹一起拉到了办公室，希望老蔡不看僧面看佛面，把成绩单交给他。

　　"老师，我又来了！"

　　叶一铭前脚刚进办公室，老蔡就无奈地号叫了一声："叶一铭，你给我老老实实地上课去！"

　　"蔡老师您别急呀，这次不是我，"叶一铭死皮不要脸，笑嘻嘻地把陈惹推了出来，"是陈惹找您有事。"

　　"哦，陈惹啊，叶一铭这小子一早上闹得我头都大了。"老蔡端起桌上的搪瓷缸喝了口茶，"正好我也有事找你，下下周……"

站在陈惹身边的叶一铭眼睛瞪得像铜铃，跟个人形灯泡似的。

老蔡被他盯得浑身不自在，把杯子往桌上一放："叶一铭，你先回教室去。"

"别呀老师，我跟陈惹一块儿来的，哪有自己先走的道理。"叶一铭笑嘻嘻地撞了下陈惹的肩膀，"是吧，惹神。"

"嗯。"陈惹点了点头，拉开办公室大门，"你回去吧。"

叶一铭蒙了。

等叶一铭哭丧着脸被赶出办公室后，里头才安静下来。

老蔡觑了觑陈惹的脸色，见他心情应该还不错的样子，继续刚才没说完的话："下下周是咱们和四中的篮球友谊赛，你初中不是篮球校队的嘛，学校的意思是，让你和几个体育特长生一起代表学校参加比赛。"

见陈惹没说话，老蔡清了清嗓子开始搞心理战术："你之前迟到那么多次，班上的操行分因为你被扣得差不多了，这次怎么着也得拉点分回来吧。"

陈惹身姿挺拔地站在老蔡面前，虽然表情淡淡的，但也在认真听老蔡讲话。

老蔡话音一落，他就点头"嗯"了一声。

"你答应了？"老蔡一乐。

陈惹面无表情地对上老蔡的视线："没答应。"

"得得得，就知道是白说。"老蔡挥了挥手，显然这是意料之中的结果，"说吧，你能有什么事儿找我？"

"关于每次考完试换同桌，我有一些想法。"

陈惹说话的时候把手里的文件夹递了过去。

老蔡翻开一看，里面密密麻麻、图文并茂、白纸黑字写了好几页，陈惹还在旁边解释道："首先，按照成绩排座位是对成绩下游同学的不尊重，容易引发班级矛盾；其次，我们已经正式进入高三，高三课本多东西杂，每月一搬不仅浪费时间，还容易打乱节奏；最后，会严重影响各位同学的心态。

"综上所述，我觉得根据成绩排座位这个操作不适用于高三。"

陈惹嗓音平直，条理清晰，老蔡听得一愣一愣的。老蔡回过神来，敲了敲桌上的文件夹："就为了这事儿，你还特意做个分析报表？"

陈惹正色，丝毫不提自己的私心："我觉得这件事很严肃。"

老蔡笑着摇了摇头："难得这次你肯说这么多话。行吧，你的话也有道理，不换就不换了，我待会儿就通知下去。"

"谢谢老师。"

心愿达成的陈惹，不动声色地勾了勾唇。他点头致谢后，转身就往外走，却被老蔡喊住了："这就走了？不好奇成绩？"

因为犯困，陈惹的眼皮有些重，回头的时候眼皮耷拉着，脸上难得露出几分困惑的表情："第一名换人了吗？"

老蔡摇摇头："没有。"

陈惹一脸理所当然："那还有什么好奇的。"

老蔡被噎了一下，暗暗给他竖了个大拇指，不愧是一班学神，一中之光。

"对了……"陈惹原本想问赵又又的成绩，却在老蔡抬头那刻打消了这个念头，"没事了老师，我先回教室了。"

他一手教出来的同桌，能差到哪儿去？

叶一铭在陈惹那儿什么都问不出来，跟霜打的茄子似的，直到见老蔡抱着一沓物理考卷在万众瞩目中踏进了教室，这才坐直身子，紧盯着他手里那张成绩单。

除了叶一铭，刘悦他们也紧盯着，一个个迫不及待，恨不得上去抢。

陈惹瞥了眼半点反应都没有的赵又又，左手撑着脸，轻声问道："不紧张？"

赵又又下巴搁在桌上，见老蔡展开成绩单，她露出一个晦暗不明的笑容，嘴不对心地摇了摇头："不紧张，一点都不。"

指甲都快咬秃了，还不紧张？

陈惹也不揭穿她，只抬手把她的指甲"抢救"下来，然后从桌肚里拿出今晚要做的试卷："不用紧张，你有这个本事。"

赵又又的手还被他攥着。初秋的天气微凉，可陈惹的手却滚烫，体温渗透皮肤，一路摧枯拉朽地对赵又又心口和脸颊加温，她没来由地脸热起来，心口也怦怦直跳，像是看到一辆心动许久的机车。

她抿了抿嘴，偏头去看陈惹挺拔立体的五官，剑眉星目，皮肤比好多女孩子都好。赵又又的视线从陈惹的眉眼滑到鼻唇，最后落到他的喉结上。虽然什么都没做，赵又又却愣是看出了性感和精致来。

一个月了，这还是她第一次仔细打量陈惹的长相，难怪他被叫作一中之光，这颜值真的太能"打"了。

她正看得起劲，陈惹却突然松手，拿起笔认认真真地做起卷子来。

赵又又回神，有些尴尬地捏了捏耳朵，把注意力放在老蔡身上，丝毫没察觉陈惹在一道填空题上写了A。

老蔡被这么多道火热的视线盯着，一时还有些惊讶，但很快又了然地点了点头："这是你们进入高三后的第一次正式考试，也难怪你们这么紧张。

"这次的成绩呢，总体是很不错的，平均分稳居年级第一。咱们班只有个别同学考得不好，此外，有一个同学的成绩出乎老师的意料。"

老蔡也没卖关子，让物理课代表把试卷发下去，开始宣布这次的成绩："第一名还是陈惹，继续保持这个成绩的话，大学是随便挑了。"

所有人都见怪不怪，赵又又悄咪咪地给他比了个大拇指，又顺手从他桌上拿了一本书，抱在怀里念念有词："蹭一蹭学神的仙气，保佑我这次考试大吉。"

陈惹勾了勾唇，没说话。

"叶一铭、孟荧、宋舟这次的分数也提高了不少，继续努力。"

被念到名字的同学明显松了口气，可注意力还是集中在老蔡身上，毕竟刘悦和赵又又才是这次考试的重头戏啊！

"这次我要重点表扬赵又又同学，短短一个月时间，不仅跟上我们的学习进度，并且这次考了班级第十名，成绩非常不错了。"

一班是一中的火箭班，能在他们班排第十，放到年级排名至少也是前五十的高手。

老蔡此话一出，教室里瞬间热闹起来，等着看刘悦的好戏。她上学期已经算超常发挥了，可还是在班上吊车尾。

"耶！顺利过关！"赵又又松了口气，美滋滋地把书还给陈惹。虽说这个成绩比起以前是有退步，但对于她这个转校生来说已经心满意足了，更何况看刘悦的脸色，她肯定是赢了。

赵又又戳了戳陈惹的腰，原本只想叫他一下，却没想到陈惹像只被踩到尾巴的猫，猛地站了起来。他个子高大，吸引了全班的注意力，老蔡刚念完倒数第二名的名字，抬头问道："有事吗，陈惹？"

陈惹半边身子又痒又麻，不自然地眨了眨眼睛，装作无事发生："抱歉，凳子不小心晃了下。"

"坐下吧。"

陈惹刚坐下，赵又又就跟发现新大陆似的凑了过来，一脸惊奇地瞪着一双溜圆的眼睛："你居然怕痒哎！"她像是抓住了陈惹的小辫子，挑眉威胁道，"以后你要是敢欺负我，我就把这事儿说出去。"

陈惹被她叽叽呱呱吵得头大，一把捂住她的嘴："别说话了！"

"希望各位同学调整好心态，高三是可以创造奇迹的一年，不要就此放松。

"另外，考虑到现在已经高三了，如果再根据成绩来排座位，一是太麻烦，二也影响大家的心态，所以最后一年就不调整了。

"好了，大家把物理试卷拿出来吧，开始讲题。"

陈惹还捂着赵又又的嘴，他个子高，手也大，轻而易举挡住了赵又又大半张脸，让赵又又只露出一双小鹿似的大眼睛。

在听到老蔡说不换座位后，她的大眼睛里浮出欢喜的色彩。她扯开陈惹的手，压低了声音欢天喜地说道："不用换座位了哎。陈惹，我们以后还可以继续当同桌哦！"

陈惹睫毛轻颤，右手握拳，把刚才的触感攒了起来。他没什么表情，只淡淡地"嗯"了一声。

"你都不开心的吗？跟我这样又聪明又好看的人当同桌，好多人羡慕你呢。"

"你说得对，我也挺羡慕你的，"陈惹摸了摸鼻尖，轻咳一声，把脸上的笑意藏了起来，"有个我这么好的同桌。"

这个消息一出，教室里有人欢喜有人忧。倒数第十的男同学还以为能挨着赵又又坐，没想到说不换就不换了，悲戚地叫出声，念叨着女神离他而去。也有不少坐出感情来的同桌，笑眯眯地说不用分开了。

课堂上人心浮躁，又是无聊的评讲试卷，没几个认真听课的。

坐在教室斜前方的乐雅在看到成绩单的时候脸色就不大对。她心气儿高，一直把超过陈惹当成目标，却没想到这次考试有好几道不该错的题都被扣了分，虽然她在班上还是第二名，可年级名次却往下掉了好多位。

乐雅趁老蔡板书的时候回头看向陈惹，却看到他和新来的赵又又相处融洽，一向没什么表情的脸上还挂着笑。她抿了抿嘴，只能低头和试卷较劲。

"小柚子你可以啊！成绩居然这么好。"

孟荧和叶一铭一下课就围到赵又又桌前，虽然他们俩一个第三，一个第五，名次都比赵又又高，但都是真心感叹。毕竟她才来一个月，能考到这个成绩已经很不错了。

三个人叽叽喳喳地说了好一会儿话，赵又又见陈惹没说话，趁他不注意，把桌上的试卷抢了过来："他们都夸我，你作为我的同桌，是不是更该夸夸我？"

陈惹把笔放在桌上，面无表情地侧过身子看向赵又又，跟个机器人似的："哇，你好棒棒！试卷还我。"

可惜他没抢到试卷，就被叶一铭夺了去。

叶一铭扫了眼试卷，挑了挑左眉，笑得有些贱兮兮："惹神，你这试卷准确率有点低啊，填空题你怎么还填个 A？怎么算出来的？"

"咳，这几天工作有点累，眼花了。"陈惹破天荒地被呛到，马上遮掩地咳嗽两声，拿起桌上的笔转了转，可转不到一圈就又落在桌上。

同性之间总有默契，叶一铭的视线在赵又又身上转了一圈，似乎窥探到一丝一中之光的小秘密。他把卷子拍在桌上，走到陈惹身后，似笑非笑地低声问道："惹神，问你个事儿，你怎么这么护着赵又又啊？又是跟刘悦打赌，又是给她讲题的？"

被点了名的赵又又竖起耳朵，也偏头盯着陈惹。

好在陈惹表情少，哪怕三个人激光扫描仪似的上下打量他，他也没露出什么破绽，只挺了挺背脊，突然点亮"BKING"光环。

陈惹垂眸，半认真半玩笑地道："我同桌，我罩着。"

赵又又三人扯了扯嘴角，一脸无语地收回视线，商量晚上"开黑"的事，把突然中二的陈惹晾到一边。他不恼，反倒短促地轻笑一声，用气音抱怨了句："小没良心的。"

赵又又的余光完美捕捉了陈惹这个笑。

短暂、不大正经，却很好看。

上午的时间转瞬即逝，一行人收拾好东西准备放学，刚起身就看见因为考试成绩太难看，所以被老蔡点名叫去办公室的刘悦回来。不晓得是不是挨训了，她眼睛红彤彤的，像是哭过的样子。刘悦和赵又又对个正着，似乎思虑了片刻，抬脚走到教室后面。

孟荧生怕刘悦恼羞成怒干什么事，赶紧把赵又又护在身后，像只护崽的老母鸡，下巴一扬，质问道："你干吗！"

"赵又又，这次是我输了。"刘悦的语气难得平静，"我刘悦是江湖儿女，说到做到，既然输了，我给你道歉。"

画风转变得太快，众人都没回过神，倒是赵又又从"老母鸡"的翅膀底下出来，跟刘悦面对面站着。

刘悦深吸了口气，神色不太自然地梗着脖子："对不起，我不该针对你，也不该骗你去领校服，害你差点迟到。"

赵又又先是愣了下，听完刘悦说的话后闷闷地憋着笑："哪个江湖儿女像你这样啊。"

刘悦脸色涨得通红，正要恼羞成怒，赵又又不紧不慢地又加了句："行了，我接受你的道歉。"

"啊？就这？"刘悦还以为赵又又怎么着也会拿话刺自己几句，却没想到她居然轻飘飘地就把事情揭过去了。

"不然还要怎样？"赵又又其实压根儿没把这些事情放在心上，但想到刘悦是因为和陈惹打赌输了才道歉，倒是在心里又给陈惹加了不少好感度。

她用余光瞥了眼正站在自己身后的陈惹，嘴角往上翘了翘，故意高声道："走啦，孟荧，我们今天'吃鸡'去！"

第五章
干啥啥不行，
气人第一名

陈惹这次还是没跟他们一起去网吧"开黑"，说是最近车行事情多，出了校门就和赵又又他们分开了。

赵又又有些好奇，跟叶一铭打听陈惹的事儿："陈惹的家境不太好吗，怎么高三还打工呀？"

"应该吧，听说学费都是他自己挣的。"

叶一铭也是高中才认识陈惹，很少听他说家里的事，他家长好像也很忙，家长会都是他自己开。因为这是人家的家事，陈惹不主动提，叶一铭也不好开口问。他们几个关系不错的知道陈惹在打工后，偶尔也会请他喝奶茶吃饭，但第二天陈惹就会还回来，他们担心这样反倒给他增加负担，也不敢再做什么，就当不知道。

赵又又"哦"了一声，默默记了下来。

三个人玩了几把游戏，在外面吃了饭就回家了。赵又又做完作业，看学习主播还没上播，她闲来没事翻了翻评论，发现主播居然是一中的，不知道是学生还是年轻老师，反正年纪应该不大。

她有些好奇，毕竟这一个月跟着这位主播学了不少东西，这次成绩不错，也得谢谢他。赵又又截了个图，虽然知道叶一铭认识的人多，可还是不自觉地把图发给了陈惹，啃着指甲发出一行字。

【干啥啥不行：陈惹，你认识这个主播吗？好像是一中的。】

陈惹半小时前才从车行回来，准备好今晚上课的资料，正鼓捣直播设备呢，突然收到赵又又的消息。他点开看了眼，一个手滑差点把相机摔了。

怎么突然想起扒马甲了？

陈惹摸了摸鼻子，又起了逗弄赵又又的心思，装痴作傻地回了个问号。

【干啥啥不行：就是上次给你说的那个学习主播呀，这次考试多亏了他呢。】

【陈惹：哦。】

这个字包含了无数种情绪。赵又又趴在床上，笑眯了眼睛，故意没回陈惹的消息。她早就看出来了，陈惹看着高冷，其实就是个死傲娇。

"死傲娇"等了半天没等来赵又又"也谢谢你呀""也多亏了你呢"之类的话，准备发消息过去问问，但为了维护自己高冷学霸的人设，愣是没问出声。

"还真是个小没良心的。"陈惹不大乐意地嘀咕了一句，看见赵又又的微信名，飞快给她改了个备注。收拾好情绪，他开始今晚的直播。

"今晚讲的题都很有代表性，还有两道是去年物理竞赛的题，如果有不明白的，可以在评论区提问。"

直播间里的人虽没有露脸，但嗓音清透干净，手指骨节分明，指甲被修剪得干净圆润，手腕处还有一个小小的月牙状的疤，是手控党的梦中情手了。他越是不露脸，就越是让人浮想联翩。

陈惹从小被父母教育喜欢的东西要靠自己努力得到，所以空闲时间就会打工或者做一些副业。但上了高中以后时间不多，他除了偶尔去车行帮忙，就是做直播了。

学习直播间是从去年才开始做的，一能挣点零花钱，二能做知识梳理，三也不影响学习，加上大半年时间也累积了一些粉丝，陈惹就一直坚持下来了。

评论区一水儿的"听懂了"，偶尔穿插几句让陈惹露脸的话，他当没看见，又讲了几个需要注意的地方。正准备下播的时候，页面上竟突然了出现一个占据大半个屏幕的游艇，顶上还有一排不断闪动的加粗七彩大字——Zyy 今天努力学习了吗送给 Re2002H 豪华游艇×1！

陈惹难得有点大波动的情绪变化——他惊讶得张嘴，满脸问号，盯着这个眼熟到不行的账号小声嘀咕："赵又又是饿到把自己脑子吃了吗？！没事学什么富婆？"

学习直播间的观众都是些学生，平时没什么钱打赏，就算有也都是普通的星星、烟花之类的。今天突然来了个有钱人，不光是陈惹，评论区也惊了，就等着看这位一掷千金的富婆说什么。

赵又又也没让大家失望，喜滋滋地刷了几个评论。

【Zyy 今天努力学习了吗：主播讲得超棒！我会一直关注的！】

【Zyy 今天努力学习了吗：下次成绩进步我还来！】

【一定要考上医科大：我靠前排和富婆合影！】

【CJ 独自美丽：这可能是我这辈子离富婆最近的一次了。】

赵又又压根儿没想到一艘游艇炸出这么多人，她评论完就从直播间退了出来，没心没肺地洗澡去了。也托她的福，陈惹的直播间一时竟然涌进不少围观群众，直播间人数居然因为一艘游艇达到大半年来的人气巅峰。

陈惹木着一张脸，丝毫不关心暴涨的粉丝人数，满脑子都在想这钱能不能退回去。

他被赵又又这个操作搞得晕头转向，扒拉两下头发退出直播间，一脸无语地拿手机准备搜相关信息，可拿起来就看到有条未读的微信消息，是赵又又一个小时前发来的。

【气人第一名：也感谢我天下无双的帅气同桌，你棒棒的！】

【陈惹：你也挺棒。】

他扔了手机往床上一倒，仰面朝天地盯着白花花的天花板，本以为他在头疼怎么处理这个事，可一丝轻笑却像少年郎没藏好的隐秘心事从唇缝冒了出来。笑声冒了个头就收不住，陈惹笑声明朗，喉结不住地上下滚动，胸腔起伏不停。

过了好一会儿，他才搓了把脸从床上坐起来，可笑意依旧藏不住："救命，真的好可爱。"

陈惹当晚就做了个梦，梦到自己和赵又又在一艘游艇上，周围是一望无际的蔚蓝大海，他们站在甲板上，赵又又被海风吹乱了头发，她捧着满满一手的糖，眯着笑眼一点一点地凑近陈惹。咸腥的海风混着几分清甜的水蜜桃味，织成一张密不透风的网，把陈惹禁锢在赵又又跟前。

少年依稀可以看见她粉嫩的唇和眉骨下方小小的红痣。赵又又越靠越近，呼气时喷涌的热浪打着他的耳郭。

小姑娘言语含笑，用讨好的语气说道："陈惹，咱们以后一起好好学习，共同进步吧。"

学习邀请就像一根银针，扎破了陈惹的少年心事。他突然惊醒，在床上呆坐了会儿，想到那个怪诞的梦，无奈地揉了把脸，正要起身洗漱的时候，却察觉到身体的异样。他脸上闪过一丝慌乱和羞耻，拿了套干净衣裤大步跨进卫生间。

睡前，赵又又从叶一铭那儿知道刘悦转班了。

第二天到教室的时候，刘悦的位置果然空了，班上的同学也都在讨论这个事，说是一班节奏太快，刘悦这次下滑了几百名，只有换班试试，要再不行可能就得蹲班了。

她们本来就不熟，赵又又知道后也只是"哦"了一声，乖乖把作业放到课代表的座位上。回座位的时候旁边空空的，她的同桌还没来，可桌上却多了一瓶牛奶。

"李旭东，这牛奶谁给陈惹的呀？"

赵又又的八卦之魂熊熊燃烧，戳了下前桌，想吃一吃一中之光的瓜。

李旭东刚补完作业，闻言迫不及待且小心翼翼地指向教室斜前方正面无表情认真看书的乐雅，压低声音道："肯定是乐雅给的。你刚来不知道，他们俩可是青梅竹马呢。

"听说他们从小到大都在同一个学校，双方父母也都认识。"

嚯！陈惹还有个小青梅呢。

赵又又眼睛都亮了，可听到一半又觉得不太对劲："可我为什么都没怎么看见陈惹跟乐雅说话啊？他们都这么高冷？"

"这就不知道了，说不定……"

"陈惹，早。"赵又又正八卦得起劲，教室前方突然传来乐雅的问好声。

她下意识地抬头看过去，却和提着面包、奶茶进来的陈惹对个正着。

陈惹冷淡地点点头就当回应乐雅的招呼了，抬脚朝赵又又走去。

陈惹对小青梅怎么这个态度？难不成这两个人拿的是虐恋情深的剧本？

赵又又的吃瓜表情没来得及收拾好就被陈惹逮个正着，她见男主角脸色又臭了几分，咧嘴嘿嘿一笑，开始转移话题："你今天居然没迟到，不用去办公室喝茶咯。"

陈惹扯了扯嘴角没搭理她，趴桌上开始补觉，还没闭眼就从胳膊缝里看到一只企图作怪挠他痒痒的手，眼疾手快地拦了下来。

作怪不成的赵又又及时求饶，把陈惹放她桌上的面包和奶茶推了过去："你的早饭。"

陈惹说："给你买的。"

"啊？"赵又又先是疑惑地盯着他看了会儿，又半眯着眼睛凑过去，摸出手机，打开手电筒当台灯，模仿港剧里阿 Sir 审问嫌疑人的样子，"说，你是不是做了什么对不起我的事？"

因为赵又又喜欢吃水蜜桃味的硬糖，她身上老有股蜜桃的香甜味道，伴随她欺身过来的动作，一个劲儿往陈惹鼻子里钻，昨晚那个梦不合时宜地冒了出来。陈惹神色别扭，心虚似的一巴掌罩住赵又又的脸往外推："我还钱……"

赵又又把他的手扒拉开，闻言，却更迷惑了："你什么时候欠我钱了？"

昨晚十点半，你的豪华游艇！

陈惹暗自腹诽，面上却不显，动作极快地撕开面包袋，拿出面包往赵又又嘴里一塞："吃都堵不上你的嘴。"

"哦，对了，"被强行投喂的赵又又顺杆往上爬，嘴里塞得满满当当的，找水喝的时候才想起乐雅放在陈惹桌上的牛奶，伸手一指，"你小青梅给你的牛奶。"

在线观看仓鼠吃饭的陈惹好不容易脸色阴转晴，这会儿直接小雨转暴雨，拿着牛奶浑身冒冷气儿："我没什么小青梅大青梅的，从小我就不爱吃那东西。"

陈惹说完就走到乐雅面前，把牛奶往她桌上一放："我从来不喝牛奶。"

教室里的人陆陆续续多了起来，陈惹个儿高显眼，四十多双眼睛都盯在他和乐雅身上。教室里的同学们窃窃窣窣的，小声讨论着。

陈惹说完扭头就走，生动形象地诠释了什么叫帅哥的烦恼。

吃错瓜的赵又又费劲儿咽下嘴里的面包，抬头就看到眼尾泛红冷脸看着她的乐雅。

赵又又有些尴尬，刚想找前桌要个说法，回到座位的陈惹又冷不丁地迸出一句话来："下次别让其他人来我这儿。"

赵又又四下看了看，确定他在和自己说话后，有些疑惑："我？"

"作为同桌，你有这个义务。"

赵又又生怕这位傲娇大爷生气，小鸡啄米似的直点头，一边憨憨敬礼，一边说道："保证完成任务！"

陈惹的脸色这才好一点，也没心思补觉了，拿起课本准备早读。

赵又又偷摸吐了吐舌头，暗道以后不能乱吃瓜。她吃完面包嘴里干，拿起奶茶才看见价格，居然二十多块钱一杯。

陈惹自己都不容易，白天上课，晚上还要去车行打工，平时别说奶茶了，可乐都很少见他喝，而且她实在不记得陈惹什么时候借了她钱呀。

吸管被赵又又蹂躏得不像话，她越想越过意不去，奶茶也变得苦涩起来。

一整个早自习，赵又又偷摸瞧了陈惹好几次，终于在第三次的时候被他抓了个正着。她原想趁机问个清楚，可下课铃一响，孟荧和叶一铭就突然蹿了过来，两人笑得跟福娃似的，围着陈惹打转。

"陈惹哥哥，我的好哥哥，你就答应我们嘛。"叶一铭仗着自己跟陈惹关系不错，也不知从哪儿学来的撒娇可以为所欲为的歪理，居然拉着陈惹的手在大庭广众之下撒起娇来，"要是你不去参加比赛，那这次篮球友谊赛咱们学校又得输给四中，多丢人啊。"

关于篮球友谊赛这事儿，赵又又也听他们俩说过。

清川一共有七所学校，一中和四中挨得最近，为了增进两所学校的感情、锻炼学生的身体素质，每年秋天都会开展篮球友谊赛。

虽说两所学校的升学率咬得很紧，但一中一直领先四中。就是每年的篮球友谊赛，一中年年输，再加上今年他们又是主办方，校领导咽不下这口气，决定一雪前耻，一定要赢一次。

虽然已经选出几个篮球校队的佼佼者，但还是差人。叶一铭和孟荧"偶然"从老蔡嘴里得知陈惹初中是篮球校队的，再加上陈惹个儿高腿长又有肌肉，一看就是个打篮球的好手，就把主意打到了陈惹身上。

叶一铭的猛男撒娇把众人恶心得够呛，赵又又一口奶茶差点喷出来。

陈惹更是青筋直冒，太阳穴直跳："你要是再这么说话，我现在就把你扔下去。"

他们教室在四楼，摔不死也得去半条命。

叶一铭赶紧闭嘴，用手肘捅了捅孟荧，让她想办法。

偏偏孟荧是个木头脑袋，以为叶一铭让她当撒娇战术的主力军，当即嘴角抽搐。但为了学校和班级的荣誉，孟荧心一横，一副豁出去的架势，板着脸强行撒娇："陈惹啊，你就帮帮我们嘛，求求你了！"

孟荧撒完娇，整个世界都安静了。

陈惹一副见鬼的表情，借口要上厕所，赶紧离开大型直女撒娇现场。

叶一铭不放弃任何可以洗脑的机会，跟屁虫似的跟去了厕所。

孟荧这哪是撒娇，这是撒钢铁嘛。

赵又又笑得直拍桌，眼泪都笑出来了，后悔刚才没把陈惹的表情拍下来，不然贴门上肯定辟邪。

原来比猛男撒娇更可怕的是直女撒娇。

"孟荧，对不起，我最后再笑一分钟。"赵又又乐开了花，笑得肚子疼，见孟荧一脸挫败地趴在桌上，连忙安慰，"放心啦，放心啦，如果真的劝不动陈惹，你们就赶紧找其他人，说不定有人比陈惹厉害呢。"

"得了吧，咱们学校就没几个会打球的，要不是不能男女混合赛，我就自己上了。"

孟荧是班上的体育委员，又是学校体育部的前任部长，所以学校才把这事儿交给她来办，可没想到她连人都找不齐。

赵又又见她真有点受挫，担心她难过，拉着她的手轻晃，柔声细语地宽慰道："没关系啦，我们孟荧已经很尽力啦，就算最后输了也没关系，大不了……"

赵又又的话没说话，孟荧突然鲤鱼打挺坐直了身子，双手重重搭在赵又又肩膀上，一双眼睛瞪得溜圆："小柚子，不然你帮我个忙？"

"我？"赵又又拧巴着一张脸，连忙摆手，"我可不会打篮球，我是个运动废物！"

"谁要你打篮球了啊！"孟荧拉过赵又又，在她耳边轻声道，"你帮我向陈惹撒撒娇，劝他参加一下。只要你去说，陈惹肯定答应的。"

赵又又的心像是被人攥了一下，又很快松开，有种奇怪的酥麻感。

她睫毛轻颤，感觉有些别扭："你和叶一铭都劝不动，我去说也没用的啦。"

孟荧一急："有用！陈惹那么护着你，他当然愿意听你的，你可是他的同桌哎！"

她的话像是 3D 立体音，不断在赵又又的脑子里回放。赵又又心情复杂地抠了抠手，视线先是落在桌肚里的校服上，又飘到了奶茶那儿。

陈惹好像真的……一直护着自己呢。

孟荧把希望寄托在了赵又又身上，扣着她的肩膀轻晃："拜托拜托，小柚子你最好了！事成之后，我就是你小弟！行不行？"

"那……那好吧。"赵又又垂眸的时候看到桌上那杯奶茶，她不自然地揉了揉眼睛，藏住了眼底的情绪，拖长尾音慢悠悠地道，"我试试好了。"

兴许是为了帮孟荧，又或许是为了她那点小小的私心——她确实想知道陈惹是不是真的愿意听她的话。

陈惹回来的时候，孟荧已经老老实实地回座位待着了，顺便把跟狗皮膏药一样贴在陈惹身上的叶一铭领了回去，还不忘冲赵又又使个眼色。

"她跟你说什么了？"这两人的眼神交流被陈惹抓个正着，他擦干净手上的水珠，偏头问了赵又又一句。

小姑娘目光躲闪，含混地说："没什么。"

语文老师踩着上课铃走进教室，陈惹也没继续问下去，可过了半晌，袖子却被人轻轻扯了两下。

赵又又用手捂住嘴，很小声地问道："惹神，你为什么不参加比赛啊？"担心他听不见，她又凑近些，手臂挨着手臂，"你看你个子高腿又长，打篮球肯定超帅的！"

陈惹不动声色地勾了勾嘴角，睨了赵又又一眼："怎么，你希望我参加？"

风从没关紧的窗缝钻了进来，发丝飘在脸上有些痒酥酥的，赵又又抬手挠了挠，避开陈惹的视线，嘴里嘟囔着："跟我有什么关系……我、我是帮孟荧的忙。"

"哦？"陈惹拉长声调点了点头，"那她让你怎么帮？"

"让我冲你……咳……撒撒娇。"最后三个字说得含混不清。

陈惹挑眉，趴下身子把耳朵凑了过去："冲我干吗？"

他身上总是有一股干净的青草气息，把他对外的冷冽弱化了许多。如今凑得这样近，浓烈的青草味让人头晕目眩，赵又又有些喘不过气，声音也不受控制地高了起来："冲你撒娇！"

教室里诡异地安静了起来，孟荧见鬼似的扭头看着赵又又，扶额道："要命。"

"最后一排的同学，冲谁撒娇呢？"

语文老师叫祁鹤，是个很年轻的男人，以前也是一中的学生，还是当年的文科高考状元，博士毕业后就回一中执教，跟同学们的关系一向不错。他放下手里的书，不紧不慢地问出这话的时候，同学们纷纷笑了起来。

赵又又着急忙慌地捂住嘴巴，恨不得找个龟壳套身上，脸和脖子以肉眼可见的速度红了起来。偏偏祁老师不肯轻易地放过这两个破坏课堂纪律的捣蛋鬼，清了清嗓子慢悠悠地道："那就起来读一下这篇课文，冲我撒撒娇呗。"

教室里又是一阵哄堂大笑，所有的眼睛齐刷刷地对准后排。

赵又又哭丧着一张脸，手忙脚乱地翻课本，嘴里还念叨着："坏菜了。"

好不容易在陈惹的提醒下翻到课文，正要起身的时候却被他拽回凳子上。

陈惹伸手拿过赵又又手里的语文书，在全班的注视下不疾不徐地起身，顶着一张睥睨众生的学霸脸，声音平直却带了几分不正经："祁老师，我给您撒个娇。"

班上的同学们纷纷对视，隔了会儿又十分默契地拖长音调发出"哦"的起哄声，叶一铭还回身比了个大拇指。

祁鹤一愣，手里的粉笔精准地砸在陈惹脑门上，然后绷不住笑骂了一声："臭小子，你撒哪门子的娇？看着都够了，坐下吧！"

见班上的人没个正形，他敲了敲黑板，拿出老师的架势："笑什么笑？都给我认真听课。"

原本沉闷的课堂因为这个插曲轻松起来，即便赵又又尽力减弱自己的存在感，可班上同学好事的视线以及陈惹火热专注的眼神，都让她浑身不自在，她干脆捂住眼睛诠释什么叫掩耳盗铃。

好在下课铃及时响起，祁老师宣布下课的瞬间，赵又又才觉得活过来了。

但她刚想往外溜，就被陈惹一把拽住。她被拉得一颠，下意识地回头看他。

阳光明媚，从层层叠叠的树叶缝隙透出来，打在陈惹身上。他眉眼深深，眸子深邃如黑曜石，光点跳跃着落在鼻头和唇边。

陈惹扯了扯嘴角，憋出一个不正经的笑来："你就是这么冲我撒娇的？赵又又同学。"

第六章
小柚子，你真的好可爱

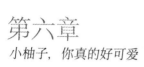

"救命……你怎么比我还不会撒娇啊，小柚子！"

祁鹤前脚走出教室，孟荧后脚就拉着叶一铭跑向教室后排，带着一副恨铁不成钢的表情跺了跺脚。

听到这一声，赵又又这才触电般回过神来，一把甩开陈惹的手，眼神回避，根本不敢看他，还抬手把头发拨下来，遮住了红透的耳朵。

见孟荧和叶一铭过来，她又咬了咬后槽牙，愤愤道："反正……反正你让我撒娇我撒了，你得去参加比赛！"

陈惹轻笑一声，一副心情大好的样子："参加比赛……倒也不是不行。"

孟荧靠过来就听见陈惹松口，一个滑步上前，一双眼睛炯炯有神，双手合十，就差跪他面前了："惹神，你说吧！你要我做什么才肯参赛，上刀山下火海都行！"

陈惹的情绪酝酿到一半被孟荧打断，好在叶一铭眼疾手快，扯着孟荧的校服把人拽到一边，虽然压低了声音，却还是清楚地传了出来："就你有嘴，人惹神可没跟你谈条件！"

陈惹装模作样地咳嗽一声，背靠在座椅上思考了会儿，像是深思熟虑后的决定："打完篮球肯定口渴，要是没水……"

赵又又眨巴眨巴眼睛："你想让我给你送水？"

陈惹被噎了一下，虽然他确实这么想的，但也没让赵又又这么大刺刺地张扬出来。他垂眸没应声，大脑飞速运转，想找个借口让自己的想法没有看起来的这么明显，却听见赵又又继续道："行啊，不就是送水吗？你等着吧！"

小姑娘摸了摸耳朵，还是没好意思去看陈惹的脸，拉过孟荧当挡箭牌："不过你到时候得请我们喝奶茶，刚才的芝芝桃桃就挺好喝。"

陈惹起身时，椅腿摩擦地面发出刺啦声，熟悉的青草味扑面而来。

赵又又下意识地抬头，正好看见陈惹明朗的笑脸，他微微弯身，大手像拍皮球似的拍两下赵又又毛茸茸的脑袋，又故意揉乱她的头发，露出粉意还没尽褪的小耳朵，在小姑娘的注视下轻声吐出两个字："成交。"

赵又又呼吸一滞。陈惹说话的神态太好看，她竟不自觉地咽了口水，看见他嘴角那抹若有若无的笑容后才回过神。

"喂！我头发被你摸油啦！"她像只炸毛的布偶猫，找了个拙劣的借口拉开和陈惹之间的距离，然后拉着孟荧跑出教室。

陈惹站直身子看着又羞又恼跑出去的赵又又，笑着摸了摸后脑勺。众人眼中的高冷学神、一中之光，竟露出几分憨傻劲。

比赛那天上午下了场瓢泼大雨，到中午才放晴，球场上还有些积水，却丝毫没影响同学们的热情。

因为这场赛事，学校特意给同学们放了半天假。下午的时候，所有人就像被放出笼的鸡仔鸭仔，叽叽喳喳、热热闹闹地去了篮球场。

托赵又又的福，陈惹总算答应参赛，也正因此，今年来看比赛的观众达到历史巅峰。篮球场的看台站满了人，球场边上也围得水泄不通，一眼望去，一大半是女生，男生都被挤到了后头。

"小柚子，你和叶一铭人呢？再不来，待会儿就真没位置了。"

孟荧这次也算半个工作人员，提前过来布置场地，见好不容易给赵又又和叶一铭抢来的两个位置隐隐有保不住的趋势，着急忙慌地给赵又又打电话。

话音刚落，赵又又就从人堆里挤了过来，气儿都没来得及喘匀，转身把叶一铭拽了出来。她抹了把汗，长叹道："不就是一场球赛嘛，怎么这么多人？"

"你知道什么？"孟荧帮着给她扇风，拉着赵又又咬耳朵，"这次除了一中和四中的学生，八中和十四中也来了不少人，篮球场都快挤爆了。"

八中和十四中离他们学校远，坐地铁都得一个小时，就为了看场球赛，至于吗？

见赵又又说不出话，孟荧冲她努了努嘴，说道："连乐雅都来了，你就不能积极点？"

乐雅在老师和同学们的心里就是一心只读圣贤书的学霸人设，但凡是和学习无关的活动她基本没参加过，没想到今天居然会来凑篮球赛的热闹。不仅来了，刘悦还往她身上套了一件球衣。

帅哥果然是第一生产力。

赵又又顺着方向看过去，这才发现乐雅原来长得特别好看。她长相明媚又冷艳，很有辨识度，难怪之前大家都说她是一中的校花。

赵又又收回视线，压下心里莫名其妙的别扭情绪，晃了晃手里的两瓶矿泉水："还不积极吗？水我都准备好了哎。"

"光水怎么够？你得……"

"孟老师"的课堂尚未开始就被山呼海啸似的尖叫声打断，两个学校的首发队伍在欢呼声中走了出来，一白一红形成鲜明对比。两支队伍打了个照面后，又回到两边的长椅坐下。

赵又又在一堆火红的球衣里找到陈惹，这还是她第一次看见陈惹穿红色。热烈的红像火焰，给平时的高冷学神增添了几分少年人的狂气，却又不突兀，似乎本就该这样。

赵又又忍不住翘了翘嘴角，莫名生出一种自豪感来——这么好看的人居然是我的同桌。

可小姑娘的笑意没维持多久。她的视线落到他球衣的 23 号上，又不自觉地瞥了乐雅一眼。一样的红色，一样的球衣号码。

时间回到几分钟前，刘悦十分艰难地挤到乐雅身边，二话不说就从包里扯了件球衣出来往乐雅身上套，嘴里还念叨着："乐雅，你可别说姐妹对你不好，我好不容易才打听到陈惹的球衣号码，然后帮你搞了件同款，赶紧穿上。"

刘悦虽说性格火暴了点，但毕竟和乐雅当了那么久的同桌，也是真心实意把乐雅当朋友的。她又不是傻子，自然能看出乐雅的心思。

"太多人了，不太好……"

乐雅的神色不太自然，想脱下来却被刘悦阻止："高冷人设都快过时了，咱们可都高三了，赶紧抓住青春的尾巴吧。"

乐雅嘴皮子嗫嚅了两下，却忍不住看向球场里的陈惹。她攥着衣摆的手紧了又紧，最终还是没脱掉……

陈惹本来就在场子里找赵又又，再加上小姑娘的视线火热，坐在长椅上的陈惹抬眼就看到了她。陈惹正想抬手给她打招呼，却见小姑娘气鼓鼓地瞪了他一眼，拧开瓶盖咕噜噜灌了一大口水，哼哼唧唧地没给他正脸。

陈惹挑眉，手臂一个拐弯捏了捏后颈，觉得赵又又刚才不是拧瓶盖，倒像是拧他的头盖骨。

他正纳闷，徐文骁突然坐过来，勾着他的肩膀挤眉弄眼："陈惹，你果然厉害，咱校花都来了，还搞 CP 球衣，暗戳戳发糖呢？"

徐文骁和陈惹是一个初中的，后来虽说都考上一中，但一个在一班，一个在二十四班，平时没什么交集，也就初中的时候打过几场球。徐文骁是从校队里选出来的。

陈惹不喜欢和人有身体接触，马上把徐文骁的手拉下来，然后皱眉看向他手指的方向。陈惹的视线落在乐雅的球衣号码上，嘴角先是不悦地紧绷，却又突然缓和，还隐约多了几分笑意——难怪刚才小姑娘凶得要吃人。

"徐文骁，帮我个忙。"陈惹起身，场馆里的灯光在他脸上落下一道光影，"咱俩换一下球衣。"

因为只是两个学校的友谊赛，算不上多正式，陈惹给裁判和技术台知会了一声，回来就和徐文骁换了球衣。

"哎，陈惹怎么要换球衣了？"一直注意球场动向的孟荧见陈惹突然和队友换球衣，疑惑出声。

赵又又心里却"咯噔"一声，猛地抬头看向球场，那种心被人攥紧又飞速松开的酥麻感再次突然席卷全身。

陈惹拉住球衣衣摆，扬起手臂往上一掀，把 23 号球衣脱了下来，换上徐文骁那件 7 号球衣。

赵又又忍不住一直盯着重新换上球衣的陈惹，他的视线穿越大半个场馆落在自己身上。陈惹的笑容难得张扬，扯了扯身上的 7 号球衣，张嘴无声道："换了。"

换不换跟她有什么关系？

赵又又口不对心，拍了拍校服上不存在的灰尘，但是垂眸的时候，嘴角在自己没意识到的情况下扬起，压都压不下来。

双方队伍入场，一红一白两支队伍十分惹眼，尤其是身高腿长颜值高的陈惹更是惹眼。他前胸后背那两个大大的"7"字就像一记无声的耳光甩在乐雅身上，她攥紧衣摆把球衣脱了下来，脸色煞白。

刘悦也没想到自己好心办坏事，一副做错事的小媳妇表情站在乐雅身边，想着待会儿怎么帮乐雅把场子找回来。

随着裁判的一声哨响，比赛正式开始，陈惹和对面一个大高个儿站在场中的圈内，紧紧盯着裁判手里的篮球，准备跳球。

开场的第一球最重要，是鼓动整支队伍士气的关键。

全场的目光都汇聚在被裁判高高抛起的篮球上，陈惹和对方几乎同时起跳，轻而易举地抢过开场第一球。原本安静了一瞬的球场轰然热闹，给一中和陈惹加油打气的呼喊声一浪比一浪高，连赵又又也被场内氛围感染，握着两瓶水加起油来。

只见陈惹带球连过三人，一路杀往四中球筐下，跑到三分线的时候竟抬臂起跳，准备直接来个三分！

他手臂肌肉线条流畅，冷白皮肤下青筋微鼓，投篮的时候身子微微后倾，宽大的球衣和白色 T 恤被风扬起，腹肌若隐若现，场上又是不绝于耳的尖叫声。

陈惹将篮球对准球筐，手腕下压，手臂青筋鼓起，他手指用力往前一顶，篮球被抛出去，在空中划出一道好看的抛物线，径直朝四中的球筐奔去。

篮球不偏不倚，连球筐都没挨到，是一个十分漂亮的三分空心球！

一中率先得了三分！

整个篮球场就像是被泼了水的滚油锅，噼里啪啦热闹得没边了，所有人的热情都被陈惹这个三分球调动起来。

"惹神太牛了！"徐文骁等人都看呆了，见计分板从"0"跳到"3"，鬼叫几声冲到陈惹面前要抱他，却被陈惹一脸嫌弃地推开。

赵又又也觉得浑身燥热，心越跳越快，像是有人往她血液里倒了一大包跳跳糖，激动得眼睛都亮了，攥紧拳头高喊："陈惹！超棒棒！"

小姑娘就算再大声，声音也软软糯糯的。四周很吵闹，可陈惹却在第一时间听到了赵又又的打气声。他扬眉看向自己的小同桌，在众目睽睽之下冲她明朗一笑，右手握拳隔空和她碰了一下。

　　大半个篮球馆的人都随着陈惹的动作看了过来，可赵又又浑然不知，努力踮起脚尖朝他挥手，还指了指自个儿怀里的水——要是想让我送水，就一定要赢！

　　接下来的比赛简直成了陈惹的个人秀，三分球、大灌篮、真假动作混着来，反正什么姿势帅就来什么。一向高冷的人突然张扬起来，耀眼得让人根本没办法把视线从他身上移开。第三小节结束的时候，一中已经超了四中二十多分，对方追得太吃力，首发队员的体力耗得差不多了，只能暂停换人。

　　"陈惹，你打得也太猛了，最后一节给我们留点表现的机会啊！"徐文骁等人坐回长椅上歇气，虽然累，但比起四中球员汗流浃背累得跟狗似的狼狈样好多了。

　　陈惹的汗水顺着发尾滴落，面上也有一层薄薄的汗，汇聚在鼻尖滴落，帅得惊心动魄。

　　偏头跟他说话的徐文骁一愣，突然仰头灌了两口水，冷静下来才说道："幸好我是个男的，不然你刚才那样我非得心动不可。"

　　"滚犊子。"陈惹笑骂了一句，视线落在徐文骁的水瓶上。

　　徐文骁一愣，把水往陈惹跟前一递，试探着问道："您请喝？"

　　"我不喝别人喝过的。"陈惹起身，抬肩擦掉顺着眉骨流下的热汗，骨节分明的手指插进头发往后一抓，露出清晰俊朗的眉眼，汗水飞溅，在脚边砸开。

　　场上又是一阵吸气声，见陈惹往外走，观众们纷纷不知从哪儿掏出矿泉水来，捏在手里紧张地盯着陈惹。

没几个人知道陈惹是因为赵又又答应给他送水才参加比赛的。他本来就长得好看，学习也好，还是个话少的酷哥，喜欢他的女生能从一中大门排到四中后门去，所以这次来看球赛的女生，几乎人手准备一瓶水，就等陈惹下场的时候给他送水。

赵又又见陈惹起身朝自己走来，没来由地有些紧张，又听见孟荧小声道："待会儿陈惹过来，我就把你推过去，你可别摔了啊。"

"不是他让我送水的吗？你干吗要推我？"赵又又睫毛扑闪，话音刚落，就见陈惹撩起衣摆擦掉脸上的汗，一步一步地径直走到赵又又身边。

"水呢？"陈惹脸上的汗已半干，头发微微闪光，他横跨大半个篮球场，在几百双眼睛的注视下伸手问赵又又要水。

"你、你怎么这么高调啊？又不是没水喝……"赵又又不自然地挠了挠脸，弯腰拿水的时候，才发现给陈惹准备的那瓶水不知道哪儿去了。

陈惹见赵又又半天拿不出东西，歪头挑眉，难得露出几分桀骜表情。他扯了扯嘴角，似笑非笑："敢情你就这么哄我参赛的？"

陈惹的声音不小，附近又多是一中的学生，他们就像听到什么爆炸性绯闻似的，一个个交头接耳，眼睛都不舍得眨一下，生怕错过一口瓜。

"不是，我……"赵又又找了几圈都没找到，只能尴尬地拿起自己喝过的那瓶水，有些不大好意思地藏在身后，还不断给孟荧和叶一铭使眼色，想让他们帮忙找瓶水来。可没想到这两个人关键时刻没一个靠谱的，居然躲在一边看热闹。

"别人都知道给我送水，你怎么不知道准备准备？"陈惹无奈地叹了口气，戳着赵又又的脑门往后推，"亏你还是我同桌，太没良心了。"

赵又又愣是从他的话里听出几分可怜意味来，纠结了好半天，心一横，把自己那瓶水递了过去："谁说我没良心了？我一早就准备好了，可是……"

陈惹眼睛一亮，心里那一点点的失落在见到赵又又递来的那瓶水时一扫而空，他接过水，笑得很开心："还真准备了？给我喝一口，渴死了。"

为了喝赵又又这口水，他可忍了大半场球赛。

"可是这瓶水是我……"

赵又又还没来得及把后半句话说全，陈惹就拧开瓶盖，嘴对嘴地喝了起来。

他微微仰头，喉结因为吞咽的动作上下滚动，汗珠顺着脖颈滑落，只留下淡淡的水痕，最后消失在宽大的球衣里。

陈惹刚打完篮球，汗味和他身上的青草味交织，成为青春一词最好的解释。

大半瓶矿泉水以肉眼可见的速度变空，赵又又"喂"了一声，赶紧拨头发挡住自己泛红的耳朵。

终于解渴的陈惹满足地舒了口气，他把瓶子捏扁，正要扔掉的时候，却看到瓶口残留的一点亮色。陈惹一愣，目光落到赵又又的唇上。

水嫩的唇带着淡淡的粉红，和瓶口的颜色一模一样。

陈惹喉结滑动，又觉得口渴起来。

"水我送了，你赶紧回去比赛！"赵又又心如擂鼓，把他往球场推。

可他壮得跟头牛似的，赵又又不仅没推动半分，还隔着衣服摸到他紧实坚硬的腹肌。她像是碰到热铁，急忙撒手，还怒其不争地给了这只没出息的右手一巴掌。

陈惹哑着嗓子低笑，被赵又又又羞又恼地瞪了一眼，他笑得更欢，还十分坏心眼地用刚刚摸过篮球的手揉乱赵又又的头发："乖了乖了。"

陈惹把空掉的塑料瓶塞进赵又又手里，用只有他们两个人才能听到的声音说道："作为奖励，我把冠军给你赢回来。"

场上明明没风，可赵又又却觉得刚刚有一阵秋风吹过，带着淡淡的青草气息。就像考试的那天早上，她坐在陈惹的自行车后座，拉着少年的校服，风从他身上掠过，又轻轻地扑在她脸上。

是陈惹的气息。

赵又又睫毛扑闪，她压下心口的悸动，学着陈惹挑眉的动作，像只骄傲的小孔雀微微扬起下巴，眉骨下方的红痣精致又漂亮："好啊，我等着看。"

陈惹从来说话算话，第四节比赛刚开始，他就打得比上半场还猛，但也没忘记拉一把队友。陈惹作为唯一一个非校队选手，居然掌控了整场比赛的节奏，把四中这个常胜将军打得节节败退，最后一个压哨球进筐，以48比13的大比分结束了整场比赛。

"天啊！陈惹真牛！一中真牛！"

"不愧是一中之光，德智体美劳全面发展！"

"啊啊啊，这可是咱们学校第一次赢啊！"

　　比分出来的那一刻，一中学子热血沸腾，徐文骁等人更是想学着电视里那样把陈惹抛起来，最后在陈惹一脸拒绝中告吹。

　　"赢了赢了赢了！惹神也太强了，不仅赢，还赢得这么好看！"孟荧跟叶一铭激动得什么似的，不知道的还以为陈惹是他俩的儿子，老父亲老母亲就差老泪纵横了，看得赵又又直乐。

　　赵又又偏头看了眼被队员们围在中间的陈惹，眉眼弯弯笑得可爱。

　　孟荧把一中获胜的好消息告诉了去外地学习没眼福观战的老蔡，然后兴冲冲地合掌一拍，一个小跳勾住叶一铭的肩膀："等颁完奖，我请你们吃饭！今天中午我都没怎么吃，饿死了。"

　　叶一铭忙不迭地点头："好啊，我想吃小吃街尽头那家纸包鱼，馋死我了。"

　　这两人的对话莫名其妙跑到吃上，赵又又原本也想发表意见，可突然想到什么，"哎呀"一声，把空水瓶往孟荧手里一塞，急急忙忙往外跑，只扔下一句："孟荧，我还有点事，先回教室一趟。"

　　孟荧没拽住人，伸长脖子高声问道："小柚子你回教室干吗？还有颁奖仪式呢。"

　　回答她的是赵又又渐行渐远的声音："我会尽快回来的！"

　　成功赢了比赛的陈惹，一结束就在人群中搜寻赵又又的身影，可小姑娘不知道要做什么，一脸着急地跟孟荧说了句话，急急忙忙地跑了出去。他微微蹙眉，盯着她跑走的方向，这个时候她出去做什么？

　　比赛虽然结束了，但还有个颁奖仪式，所以从篮球馆出来的人不算多。一路狂奔的赵又又显得有些突兀，她算了算时间，加快脚步跑向小卖部。

"运动废人"冲进小卖部，在面包区找到陈惹之前给她买的那款，扬手问还在看电视的阿姨："阿姨，这个面包可以整箱买吗？"

阿姨摁了暂停看了一眼，点点头，又问道："你买这么多做什么？"

"买来吃的，麻烦阿姨给我两箱吧，我扫码付款。"赵又又有点着急，让阿姨搬了两整箱面包，付款之后又忙不迭地跑回教室。

赵又又走后，阿姨小声嘀咕了一句："这小姑娘，看着个子不大，这么能吃啊？"

这个时候大家都在篮球场，整栋教学楼都空空的。赵又又抱着两整箱面包，气喘吁吁地跑到教室门口，她张望了一眼，还好没人。

这事儿她搁在心里都半个月了，上次陈惹说是还钱，所以连续给她买了一周的早餐和奶茶，可不管赵又又怎么想，都想不起来陈惹什么时候借了她的钱。

陈惹的家庭条件不太好，本来自己都半工半读了，还莫名其妙在她身上花钱。赵又又已经很过意不去了，本想直接折现给他，又担心这样会伤到他的自尊心。因为这事儿，愁得她头发都掉了百来根，最终才决定偷偷给陈惹准备一个月的早餐，起码能帮他省点早餐钱。

之前一直找不到合适的时机，又担心同学们看到会多想，正好今天大家都去看球赛了，陈惹也不在，趁现在赶紧把这事儿了了，不然还不知道要拖多久呢。

赵又又做贼似的把一箱面包塞进陈惹的桌肚，另一箱因为塞不进去，她只能放在桌上，准备把窗帘拉过来挡挡。

教室的防盗门突然"嘎吱"响了一声，突如其来的声音把赵又又吓了一跳，她拉窗帘的手一抖，蓝色窗帘布上积年的灰被抖了下来，细小的尘埃在光影中飘浮，初秋温柔的阳光在赵又又略显惊慌的脸上打下斑驳光晕。

赵又又像是做了坏事被抓包，有些心虚地抖了抖睫毛，开口的时候差点咬到舌头："你、你怎么这么快就回来了呀？"

陈惹双手环胸靠门，连身上的球衣都没换。兴许是跑过来的，又或许是刚下场还没缓过劲儿，他的胸膛随着呼吸起伏，喘气声也有些大，在安静的教室里格外清晰。陈惹随手把挡在额前的碎发往后抓，歪头似笑非笑地看着被吓得靠墙而站的赵又又，带着滚烫炙热的气息朝她走去，直到在她面前站定才开口道："为什么不看颁奖就走了？"

陈惹的气息霸道又浓烈地侵占了赵又又的方寸之地，滚烫的热气从他身上散发，即便二人隔着半步的距离，赵又又却仍旧能感受到他带来的热浪。

"我回来办点事，本来以为……赶得上的。"赵又又自以为隐蔽地扯了扯窗帘，想把桌上的那箱面包挡住。可小姑娘慌张的神情和机灵的眼神却一丝不落地全被陈惹看在眼里，他用余光瞥了瞥被窗帘遮住大半的箱装物体，一时还真有些好奇。

偏偏他起了坏心，贪图小姑娘的灵动表情，意味深长地"哦"了一声，又往前走了小半步，伸手隔着窗帘撑在窗户上，将打在小姑娘身上的光影分去一半，高鼻深目被光芒切割，线条精致干净："有什么事比看我比赛还重要？"

陈惹微微弯腰，赵又又被他的气息圈得无处可逃，睫毛一个劲儿直抖。

"我之所以参加这次球赛，可是你冲我撒娇哄我去的。"

"谁、谁哄你了？"赵又又耳根发烫，像一只被踩到尾巴的猫，"嗷呜"一声咋呼起来，"我那是被孟荧……被她烦的，是为了帮她才让你去比赛的……"

赵又又在陈惹的注视下越说越没有底气，声音也渐渐弱了下来，最后变成嗫嚅。她心虚得厉害，双手下意识地乱挥，本想把陈惹推开，却被他一把拉住手腕。

滚烫的触感像烈火，爆裂的火星子蹿进血管，又一路横冲直撞烧到赵又又心里。

"这样哦？"陈惹挑眉，不自觉地放软了声音，像是学赵又又说话。

他右手攥住遮在桌上的窗帘，猛地拉开，问道："那这是什么？"

桌上那箱面包突然暴露，陈惹原本以为这是赵又又为了庆祝他获胜准备的神秘礼物，可看到上面的面包 Logo 后整个人呆住，难得有些蒙蒙的。他指着面包又重复了一遍："这是什么？"

"面包啊，你不认识字哦。"赵又又趁他愣神，蹲下身子往旁边一闪，逃离了陈惹的包围圈。

陈惹抓了抓头发："我当然知道这是面包，可你没事干吗给我买吃的？"

说话的工夫发现桌肚里居然还有一箱，陈惹轻笑一声，伸手比了个"二"："还买两箱？"

"就……就庆祝你赢得比赛啊。"赵又又眼神飘忽，水灵灵的眼珠子左右乱晃，一看就在撒谎。

陈惹歪头："真的？"

赵又又结结巴巴道："当然……是啊！"

陈惹凑近："你要是撒谎，明天脸上就起小痘痘。"

"喂，你真的很'机车'哎！"赵又又瞪了陈惹一眼，圆溜溜像玻璃珠子的眼睛染上三分羞恼，比小鹿还灵动。

她摸了摸自己白白嫩嫩的脸，嘴一噘："那你之前给我买早餐，我请回来不行哦？

"本来每天都困成这个样子，要是再多打一份工，那你干脆不要上学了。"

原本还有些摸不着头脑的陈惹，在听见赵又又的小声嘀咕后，彻底反应过来了：这丫头不会一直以为我是缺钱才去打工的吧？所以担心我给她买早餐花光了钱吃不起饭？

"你这……"这个认知冲进陈惹脑子里，他愣了下，漆黑的双眸浸透笑意，他看着赵又又，"小柚子，你怎么可以这么可爱？"

随即他又捂着脸笑得畅快，低低的笑声从唇缝溢出，性感的喉结随着笑声上下滑动。

被抓个正着的赵又又本来就不好意思，见陈惹不仅笑，居然还用了孟荧对她的称呼。赵又又半羞半恼，整张脸染上粉嫩嫩的颜色，她踩了陈惹一脚："不许笑！"说完就转身往外跑。

可刚跑开一步，手腕就被人从后面拉住，她搜刮了一肚子生气的话，正打算一句一句往陈惹身上砸的时候，眼前一暗，被什么东西兜头罩住。

青草味和汗味混杂，每一个躁动分子都刻着陈惹的名字。

赵又又手忙脚乱地把头上的东西扯下来，这才发现居然是陈惹的7

号球衣。赵又又把球衣攥在手里："干吗？你想让我给你洗衣服哦？做……嗷！"

她的话没能说完，陈惹双手搭在她肩膀上，用力拉向自己。

赵又又顺着惯性冲到陈惹面前，在她没来得及生气的时候，陈惹突然抬手，五指张开，金牌在阳光中划出一道光线落在赵又又眼前。

初秋的阳光染着夏天未褪尽的热情和秋天的温柔，陈惹的脸隐在光芒中，整个人和阳光一样耀眼。他微微低头，脸上染笑，拉过赵又又的手，郑重地把那枚奖牌放到她的掌心："我答应过你的，要把冠军给你赢回来。"

陈惹："至于这件球衣……"他咧嘴，傻乎乎地笑出一口白牙，看着毛茸茸的赵又又，还是没忍住伸手摸了摸她的头发，小拇指边缘擦着她软嫩的脸滑过，"是对你可爱的奖励。"

第七章

数学最后一道大题
你做了吗？

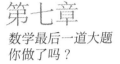

"最近一段时间的重点是几何题，分平面解析几何和立体几何两部分。我会从基础开始入手，大家可自行选择观看。"

赵又又靠在床头一个大大的海豚玩偶上，大半个身子都陷了进去，平板电脑被反扣在床上，学习主播清透的声音从喇叭处外放出来。听到他接下来要讲的重点，赵又又动了动耳朵，却只是翻身侧躺着，只要抬眼就能看到被她挂在门后的7号球衣。

"我答应过你的，要把冠军给你赢回来。"

这句话一下子钻进赵又又耳朵里，眼前还浮现出陈惹说这话时半认真半桀骜的神态。赵又又"嗷呜"一声，双手捂住发烫的脸，弓成虾状，嘟囔着："嗷嗷嗷，陈惹干吗说这些啊，别扭死了。"

说是这么说，可小姑娘翘起的嘴角却出卖了她此刻的好心情。她拍了拍脸，想压下心中涌动的复杂情绪，可越想忽略就越真实，耳边似乎还传来陈惹给她讲题的声音。在床上翻来覆去，滚了好几圈的赵又又顶着鸡窝头，难得在学习的时候不认真，还有些纠结地咬了咬下唇，拿起手机靠坐在床头，打开微信界面，忍不住给陈惹发了条消息。

【干啥啥不行：数学卷子最后一道大题你做了吗？】

就在赵又又把消息发出去的瞬间，直播间"叮咚"一声，正梳理知识点的陈惹顿了顿，借口要喝水，暂停下来看了眼微信消息。

最后一道大题？陈惹的眉头一蹙，又很快舒展开。他记得赵又又课间就把今天的卷子做完了，最后一道大题也没空着。

像是想到了什么，陈惹轻笑一声，没回复，而是折身从包里拿出数学卷子，重新回到直播间："正好我这里有一道例题，大家可以看看。"

正等着陈惹从基础讲起的观众一愣，看到他拿出来的所谓例题后整个裂开，不是说好从基础入手吗？大神的基础和我等学渣的基础果然不一样。

赵又又等了半天都没等到陈惹的回复。她哼唧两声，把手机扔到一边，心想他这个点可能还在车行打工，只能兴致不高地拿起平板电脑强迫自己学习。可一眼就看到主播正在分析的题目，赵又又睫毛扑闪："这题怎么这么眼熟？"

不正是她刚问陈惹的最后一道大题吗？

赵又又翻身坐起来，拍了张照发给陈惹。

【惊了！现在大数据这么厉害吗？我刚问你这道题怎么做，学习主播就开始讲了。】

直播间里讲题的声音又被微信提示声打断，赵又又有些奇怪地看着平板电脑，脑子里突然冒出一个荒诞怪异的想法。她盯着直播间，随便点了个表情包发给陈惹。

可直播间的微信提示声再也没有响起过。赵又又瘪嘴，像泄气的皮球，百无聊赖地听主播分析这道她早就会做的数学题。她心里说不上是什么感觉，有点失落，但这失落却来得莫名其妙。

难不成她还指望这个主播是陈惹？这个时候，他肯定还苦哈哈地在车行打工呢。

主播讲完这道题，又拉回刚才的话题，开始梳理基础。

数学这门课对赵又又来说其实还好，就是空间想象力差了些，所以做几何题比较困难。

现在主播从基础开始讲，她倒也慢慢听了进去，结束的时候都已经十一点了。赵又又瞥了眼一直没亮过的手机，陈惹还没回复消息。

她搓了把脸，翻身下楼从冰箱里拿出一瓶冰水，咕噜咕噜灌了大半瓶。可盖瓶盖的时候，好不容易被甩出去的情绪又冒了出来：陈惹比赛那天喝的水，是我喝过的呀！

"啊啊啊，气死我了，为什么老是想到他！"

赵又又恼羞成怒，转身上楼抽出一张试卷，决定做题冷静冷静，可刚落笔，安静了一个多小时的手机突然响了一声。赵又又手抖，笔尖在卷面上画出一道长长的划痕。

小姑娘心乱如麻，把卷子扔一边，一头栽进被子里，手却不老实地在枕边摸索，露出一双机灵水汪的眼睛，盯着消息页面。

【陈惹：过程发你了。】

他发来一张图片，上面写了详细的解题步骤，解题方法比学习主播讲的还多了一种。陈惹的字很好看，卷面干净整洁，笔迹是带着个人风格的行楷，复杂的解题过程在一手好字的映衬下格外清晰。

赵又又保存了下来，装模作样地道谢，正想问他刚才是不是在车行工作，陈惹就直接打来语音电话。

赵又又立马坐直，咳嗽两声清了清嗓子才接起来："你干吗突然打电话啊？"

"打字好累。"陈惹的声音从话筒里传出，他轻叹一声，那口气像是直接扑在赵又又耳朵上。他的声音也比平时要低沉一些，嗓音处在干净清越和低沉磁性中间，赵又又像是触电，支吾一声却没成句，只当他刚打工回来累着了。

"最近还有什么题不会吗？"

赵又又挠了挠脸，窝在被子里瓮声瓮气道："其他还好，就是几何题会费一点时间。"她翻了个身，"不过没关系，我关注的学习主播最近正好要讲这个版块，刚才不是发消息告诉你了吗？

"但是大数据也太可怕了吧，我刚给你发了消息，那个主播马上就拿那道题当例子了，还说要专门讲几何题呢。"

小姑娘说起话来没完没了，絮絮叨叨的，她声音娇糯，语速也慢悠悠的，听起来就像是在撒娇。

陈惹忍不住轻笑一声，低低的笑声轻轻砸在赵又又心口，打断了小姑娘的絮语。

她觉得自己刚才的语气有点不对劲，啃了啃指甲，下巴一扬，像只骄傲的小孔雀："不过也不排除他和我心有灵犀啦。"

和赵又又心有灵犀的惹神闻言看了眼桌上一字排开的数学书和整

理知识点时做的提纲，嘴角噙笑靠着椅背，拉长语调"哦"了一声："那应该夸你还是夸他？"

赵又又说道："当然夸他咯，他很厉害呢！比你还厉害一点点。"

陈惹挑眉，这醋吃了不对，不吃也不对。他干脆不说话，安静地听赵又又吹彩虹屁。小姑娘除了惊叹大数据，言语里还挺崇拜那位学习主播。

陈惹本来还挺享受的，可突然想到上次这位富婆大手一挥打赏的游艇，担心有一次就有第二次，犹豫着措辞道："对了，你跟着学习没事，但最好别打赏吧。网上骗子很多的，万一……"

陈惹话还没说完，赵又又就急了："你才是骗子呢，他怎么可能骗人啦，他可是我的宝藏主播哎。"

陈惹被怼得卡壳，只好低低地笑了一声，放缓语速轻声道："骗子送你奖牌？给你讲题？还是请你喝奶茶？"

手机那头安静了好一会儿，陈惹偏不让赵又又蒙混过去，他"嗯"了一声，尾音上扬。

这个单字就像一根小羽毛，在赵又又心尖挠啊挠。她恼羞成怒，凶巴巴地冲手机那头的陈惹叫唤："哎呀，你好烦，我不和你说话了。"说完就急急挂了电话，掐断了陈惹张狂恣意的笑声。

赵又又耳朵发烫，双手成扇试图给脸降温，窗外月色如瀑，清亮的月光从没拉紧的窗帘缝隙钻了进来，打在床头的奖牌上，上面的图案若隐若现。秋天的风裹了几丝寒气，夜风吹拂黑发，小姑娘的脸红红的，像一颗饱满可口的水蜜桃。

"水蜜桃"扇风的动作渐缓，她鼓了鼓腮帮子，撑着下巴看被风吹动的 7 号球衣，低喃声在安静的房间内飘浮："还是陈惹厉害一点，他会三种解法呢。"

她捂着嘴巴短暂地窃笑一声，倒在床上听风吹动万物的声音。

后来她才明白，原来风声过耳，每一个音符都是陈惹的低喃。

因为上周陈惹带领篮球队赢了四中，老蔡的好心情持续到现在，哼着歌乐呵呵地进了办公室。他刚收拾好坐下，隔壁座位的老师就一脸八卦地凑了过来："你们班陈惹可以啊，不仅成绩好，打篮球也那么厉害。不过你得多操点心，这种孩子最招小女生了，听说比赛那天好多人给他送水呢。"

"嘻，谁还没年轻过，叶一铭这小子还特意组织同学们给他送水呢，小孩子们也就这点虚荣心了。"老蔡心宽得很，一点都不觉得这事儿有什么问题，"更何况陈惹这孩子比同龄人成熟不少，知道什么事情该做，什么事情不该做，放心吧。"

邻座的老师讨了个没趣儿，便挪了回去，但还是忍不住又多说了一句："这我倒不清楚，不过听我们班学生说你班上那个挺可爱的女孩子，好像就这学期转学过来的，他俩平时走得有点近。你可得注意点啊，这都高三了。"

老蔡刚刚还乐呵着，听了这针对性极强的话还是留了心，想到很早之前随风刮进他耳朵里的不少流言，还有陈惹上次特意跑到他办公室来建议不要换同桌的事，脸上的笑意淡了几分。

可陈惹那孩子对谁都不温不火的，怎么看都不像会早恋的人啊。

"哟，惹神，什么时候养成吃早餐的好习惯了？还囤这么多，不怕招耗子啊？"

叶一铭现在都快成后排的固定成员了，一下课就往后面跑，要真招耗子，那他自己不就是耗子成精了？他一边说话，一边把邪恶的手伸进面包箱子，死皮不要脸地道："我今天起晚了没吃饭，惹神给我一个填填肚子。"

陈惹眼疾手快，一把拽住他的手，又从兜里摸出一张百元大钞："饿了自己去食堂。"

可钱在叶一铭手里待了不到两秒，就被赵又又抢过去，一把拍在陈惹桌上。小姑娘还毫无威慑力地瞪了眼旁边这位败家子同桌："你钱多烧包啊？就算是自己挣的钱，也不能这样乱花呀。"

在他们俩都没回过神的时候，又听她冲孟荧喊道："孟荧，你那儿有吃的吗？叶一铭说他没吃早饭，要和我抢吃的。"

叶一铭满头问号："我什么时候和你抢吃的了？"

"有啊，"孟荧从斜前方转身，抬手一挥，咧嘴笑道，"沙包大的拳头吃不吃？俩，管饱。"

叶一铭委屈巴巴地透过现象看本质，总算是摸清了赵又又这张无辜面皮下，是一副和陈惹有得一拼的腹黑心肠。

不愧是同桌，黑一块儿了。

上课铃突然响起，叶一铭骂骂咧咧地回了座位，免了吃拳头的苦。

赵又又察觉身旁一直有一道视线，她强行忽略，装模作样地在包里找物理书。

陈惹撑着下巴看好戏："你今天把书包翻穿了也找不到物理书。"

赵又又没有理他："我的物理书呢……"

她来回找了好几遍，还真没找到。眼看老蔡都进教室了，赵又又只能压低声音问陈惹要书："把书给我。"

陈惹歪头装听不到："什么？"

赵又又磨了磨后槽牙："我的物理书！是不是被你拿走了？"

陈惹点头，似笑非笑地呼了口气，桌上的百元大钞随风轻摆："是啊，你昨天放我桌上，我顺手就装包里带回家了。"

老蔡拿着书站在讲台上，敲了敲黑板："把书拿出来翻到第十章，这节课继续讲热学。热学在高考中分值不高，我们争取两节课把知识点过完。"

眼瞅着都开始讲课了，陈惹还不把书还给她，赵又又滴溜溜转了转眼珠子，想趁陈惹不注意的时候把他的书抢过来，可刚扑过去就被他抓个正着，双手都被他紧紧攥着。

陈惹挑眉，一副早就料到的得意模样："我就知道你不老实，书不是不可以给你。"

他顿了顿："但是你得回答我一个问题。"

老蔡背过身子在黑板上写东西，一转头就看到了他俩在底下的小动作。

赵又又脸都急红了，挣脱两下没挣开："你快松开我呀，老蔡都看到了！"

陈惹不松口也不松手："你先回答我，为什么把钱抢回来？"

他桌上那张钱被揉得皱皱的，蔫蔫儿地躺在桌上。

原来就因为这事儿？赵又又没心思跟他闹，陈惹的手像滚烫的热铁，钳得她手腕发热。她一边挣扎一边解释："你每天晚上打工到半夜才好不容易挣来的钱，怎么可以说花就花了呀！"

陈惹笑了，松开赵又又的手，不紧不慢地说道："看不出来，你还挺会疼人。"

赵又又连忙收手，皮肤上还残留着陈惹的温度，她的脸红了一片，看起来就像是喝醉了似的。小姑娘被臊得不行，桌子底下的脚十分准确地踩上陈惹的鞋子，控制音量怒道："喂，快把书给我！"

赵又又的脸也不知道是气红还是羞红的，眼尾红彤彤，眸子却水汪汪的。她跺跺脚，抬手给了同桌一拳："陈惹！"

挨了打的陈惹半点自觉都没有，左手握拳抵住鼻尖轻笑，喉结上下滚动发出断断续续的笑声来，还抬手揉乱了小姑娘的头发："怎么连生气都这么可爱。"

赵又又气得直喘气，端起凳子往旁边挪，二人楚河汉界分明，隔了好大的空。

老蔡摁断了粉笔，用余光瞥完全程，心里五味杂陈。他当了陈惹两年多的班主任，这小子平时不是一张欠了八百年瞌睡的疲倦脸，就是被人骗了八百万的棺材脸，什么时候笑得这么畅快过？难不成同事说的事是真的？

不管这事儿是真的也好，捕风捉影也罢，可不能就这么放任下去了。老蔡这么想，连上课的语气都沉重了许多。

赵又又和陈惹一东一西，中间能塞下两个叶一铭，还真就这样上了一整节课。下课铃刚响，她就拽着孟荧去了厕所，从陈惹身边经过的时候还气呼呼地瞪了他一眼，结果又惹来他一阵笑。

"陈惹，"讲台上的老蔡看得清清楚楚，他沉下脸，难得严肃，"跟我去一趟办公室。"

被点名的陈惹一愣，老老实实地跟着老蔡去了办公室。可前脚刚进去，老蔡就接到年级主任的电话，连内部解决的机会都没留给他，直接让他把陈惹带她那儿去。

"哎哎哎，小柚子别急，刚老蔡是不是让陈惹去办公室了？"

被赵又又火烧眉毛似的拉出教室的孟荧也只是大概听了一耳朵，连忙拽住赵又又在后门等了等，果然看见老蔡和陈惹一前一后进了老蔡办公室。可他们两秒不到就又出来了，径直往对面的主任办公室走去。

孟荧一脸凝重地摸了摸下巴："我看老蔡情绪不对啊。按理说陈惹上周才帮学校赢了比赛，他该高兴啊，怎么板着一张脸？"

"没错，而且他今天上课都没提篮球赛的事儿。"叶一铭跟鬼似的，悄没声儿地飘了过来。

赵又又吓了一跳，孟荧更是下意识给了他一肘子："叶一铭，你属鬼啊，居然偷听我们女生讲话。"

叶一铭一脸痛苦地捂着肚子："小柚子的确是女生，可你算什么女生啊？我肚子都快被你捶穿了，万一出事了我非找你负责不可。"

孟荧和叶一铭插科打诨，可赵又又却有些担心地啃了啃指甲。虽说她才来不到两个月，但已经比较了解老蔡的性格了。孟荧和叶一铭说得没错，老蔡今天的确有些反常。

赵又又有些纠结地踮脚往办公室的方向看了看，女生的直觉告诉她没什么好事。她扯了扯孟荧的袖子，打断两个"小学生"的骂战，说道："办公室那边不也有厕所吗？我们去那边好了。"

陈惹也没想到，老蔡说的办公室居然是年级主任的办公室。他路上问了一句，可老蔡竟然没搭理他。

高三年级组说得上话的老师都在，陈惹一进去就被七八双眼睛盯着，大有三堂会审的架势。他短促地皱了下眉，又很快舒展开来，只是脸上的笑意尽消。

"老师们叫我过来，是有什么事吗？"他率先发问，语气不冷不热，毫无波澜。

办公室的几个老师你看我我看你，最后还是年级主任先开口："是这样的，我们最近听了不少风言风语，说你和班上一个女同学的关系……密切了些。"

年级主任姓廖，是个四十来岁的英语老师，平时就以严厉闻名，同学们私底下都叫她"廖魔头"。

廖魔头没给陈惹说话的机会，脸色沉重，语气也沉重："都已经高三了，你们该把心思放在学习上！你也知道，学校对你抱有很大的期望，你自己也是个争气的孩子，如果这个时候放松，那这辈子就完了！"

陈惹闻言先是一愣，半晌后居然乐了。他嗤笑一声，笑意却未达眼底，瞧人的时候视线有些冷："你们从哪儿听来的消息？"

"你别管我们从哪儿听来的，就说你现在的心思有没有放在学习上？"站在廖主任旁边的男老师生怕没说话的机会，抢着质问。

　　陈惹莫名其妙被人告了黑状，还把赵又又牵连了进来，他心里窝着一团火，语气自然好不到哪里去。他瞥了说话的男老师一眼，刻在骨血里的桀骜在此刻冒了出来："您看我什么时候把心思放在学习上过？"

　　那男老师被他噎了回来，却也的确找不到话来反驳。

　　如果把学习当成游戏，普通学生是从新手一路打怪升级，学霸就是在打怪过程中刷到了宝物，能够甩开普通学生一大截。可陈惹就是吃了直升丸子，一建号就满级的那种，别人怎么追都追不上。

　　老蔡见气氛冷了起来，只好出来打圆场："这件事也可能是误会，咱们问都没问清楚，不该就这样草率定论。"

　　原本老蔡没想过闹到年级组来，但他不知道廖主任抽查班级监控的时候居然看到篮球赛那天陈惹和赵又又在教室里举止亲密，所以他还没来得及自己解决，就被勒令把陈惹一起带过来问话了。

　　"好了，陈惹，你先回去吧，也别把这件事放在心上，至于赵又又……"老蔡叹了口气，有些头疼地摁了摁太阳穴，毕竟当着年级主任的面，不可能什么都不做，"我会重新安排座位，就这样吧。"

　　"蔡老师，这样就算了？你就是这么当班主任的？"廖主任还没说话，刚才那个男老师双手抱胸，抢先道，"既然陈惹不承认，那就把女生一起喊过来，叫什么赵又又是吧，我现在就去……"

　　"不用老师们特意去叫，我自己过来了。"

　　原本陈惹都快变成人体制冷器了，赵又又却突然敲门走了进来。她个子娇小，肥大的校服衬得她越发单薄，站在气氛诡异的办公室里，就像一只入了虎口的小兔子。

陈惹从门缝里瞥到同样惊讶的孟荧和叶一铭，他俩显然没拉住人。

陈惹沉下脸，走到赵又又身边："你过来干什么？"

赵又又没说话，她站直了身子，丝毫不露怯，甚至还扬了扬下巴，像一只骄傲的孔雀。

老师们也没想到说曹操，曹操自己就来了，更没想到这小姑娘居然这么可爱。

男老师见没人说话，不动声色地翻了个白眼，双手抱胸上下扫视赵又又，语气和神情都让人很不舒服："我问你，你是不是在和陈惹谈恋爱？"

"现在吗？"赵又又眨巴眨巴眼睛，看起来人畜无害的样子，可下一句话却把所有人惊得不行，"现在没有，但以后不一定哦。"

"你们看你们看，我就说……"

赵又又一脸疑惑："啊？难道以后我们毕业了工作了，老师们还要管我们谈不谈恋爱的事吗？"

原本眉心紧蹙的陈惹不动声色地勾唇轻笑，在心里给这小姑娘竖了个大拇指。虽然早就知道她糯米皮子下藏着辣椒馅儿，可站在一边看小辣椒呛人，倒真挺有趣。

他垂在腿侧的手指轻轻摩挲，眼角余光全是赵又又的身影。"以后"这个词从她嘴里说出来，真是格外动听。

男老师脸都气红了，喘了两口粗气，指着赵又又哆嗦道："行啊，老蔡，你们班上的学生一个个牙尖嘴利成这样，还参加什么高考啊，我看直接退学参加辩论赛吧！"

老蔡被他阴阳怪气地嘲讽了两句，原本就觉得他没资格管这事儿，现下更护起短来："我看张老师倒是比我们班的孩子更合适。"

眼见两个老师你一言我一语针锋相对快吵起来了，廖主任只能开口打圆场："好了，你们两个都少说一句。"

她叹了口气，看了看陈惹，又看了看赵又又，把提前想好的解决方案说了出来："你们如果只是同学关系，那当然是最好的，但为了保险起见……"

赵又又站着没动，陈惹不知道什么时候站到她面前，替她挡住大半视线。小姑娘看着少年的阔背，心中五味杂陈，一时品不出是何滋味来。

廖主任把手里的成绩单压在桌上，一副深思熟虑的表情，语重心长道："既然出现了这个情况，我们就不会坐视不管。经过年级组的讨论，我们会做调班处理。

"赵又又同学是这个学期才转学过来的，对班上感情应该也不深，如果现在去新班级也不会太受影响，所以……"

廖主任的话没说完，但所有人心里都跟明镜似的，这是要送走赵又又，保全陈惹了。

办公室陷入了诡异的安静中。十月的天气渐凉，萧瑟秋风从窗缝里灌了进来，办公桌上二人的成绩单被风吹动。

陈惹年级排名从高一进校起就是第一，每次的成绩单跟复制粘贴似的，好看得让人眼红。

廖主任的话"啪嗒"一声打开了陈惹这个人体制冷器的开关。

他冷着一张脸，伸手把赵又又拉到自己身后，大有护着她替她出头的架势："我不同意，你们凭什么做这个决定？"

"就凭我们是老师，要对这个学校的学生负责！"廖主任看到陈惹的动作，脸色铁青，刚才的好脾气也撑不住了，用力在桌上拍了好几下，"陈惹，你已经高三了，学校把所有的希望都寄托在你身上，你不能让我们失望！"

"谁让你们把希望寄托在我身上的？"陈惹懒洋洋地撩起眼皮，眼下一片冰寒，跟过冬了似的，"你们对我抱有希望，我就必须拿你们想要的东西来回报你们吗？

"难道因为在你们看来，赵又又的成绩不如我，所以她就需要让步吗？"

接连几个问题把办公室所有老师问得哑口无言，连老蔡都吓得不轻。虽说陈惹平时性格是冷淡孤僻了些，可从来也没听他说过这么重的话。

老蔡生怕这两个定时炸弹在办公室爆炸，想把他们俩拽回自己办公室说话，可刚拉住陈惹的袖子就被他轻松挣开。

只见陈惹双眸半垂，通身散发着"生人勿近"的冷气，从嗓子眼里用冰凿出一句整话："居然用成绩来断定一个人的一生，各位老师才应该回大学重修。"

整个办公室像是变成了冰窖，被陈惹护在身后的赵又又心里"咯噔"一跳，显然被吓到了。虽然知道陈惹不是表面上那么喜怒不形于色，却也没想到他居然会为了自己跟老师们说这样的话。

"好、好！陈惹，你果然是我们学校的好学生！"廖主任气得不轻，猛地起身，桌上的成绩单全被扫了下来，纸蝴蝶似的飞了一地，"既然陈惹质疑我的教学能力，那就把校长请过来，看他……"

赵又又赶紧从陈惹身后站出来，声音不大，却十分果断地打断了廖老师的话："只有陈惹是考状元的苗子，我就不行吗？"

"老师，我不比任何人差。"她的声音娇娇柔柔，让人听了也很难生气。赵又又说话不紧不慢，语调轻柔，一边说话，一边俯身去捡地上的成绩单。

秋日的阳光打在她脸上，白皙的皮肤几近透明，她把成绩单整理好，捏在手里："陈惹能拿到的成绩，我也能拿，所以您没必要让我转班。"

在听到赵又又这句话后，陈惹紧皱的眉头舒展开。他歪头看着不卑不亢地站在廖主任面前的小姑娘，虽然看着乖，说话也乖，背脊却挺得直直的，不肯在廖主任面前落了下风。

陈惹垂眸轻笑，原来他们两个人，长着同一根傲骨。

"蔡老师，你看看你们班的学生，一个个都要翻天了！"男老师是个看热闹不嫌事儿大的，见状又开始起哄架秧子，"廖主任，我这就去找校长。"

陈惹拦住男老师的去路，偏头似笑非笑地对男老师道："您不用找蔡老师的麻烦，既然老师您衡量一个人的标准是成绩，那咱们就拿成绩来说话。"

赵又又则转头看着已经平静下来认真思考的廖主任，双手把成绩单递了过去："如果到时候您不满意我的成绩，转班也好转校也好，我都听您的。"

疯狂给这两个人使眼色的老蔡终究还是没犟得过热血上头的年轻人，他闻言急得低喝一声："赵又又！"

"好，"廖主任接过成绩单，神情冷淡地把鼻梁上的眼镜往上推，"既然如此，期中考试再见分晓吧。"

"你们俩刚才挺过瘾的吧？威风吧？有本事吧？"

赵又又和陈惹前脚从年级主任办公室出来，后脚就被老蔡拎去自己的办公室，上课铃早响了，整个办公室就剩他们三个人。老蔡平时性格温和好说话，这会儿却跟吃了炸药似的，满嘴冒火星子，燎得他们两人一身泡。

"你们俩能不能让我省省心？有什么事我们私下再谈不好吗？"

见老蔡气得头晕，陈惹赶紧扶他坐下，赵又又也十分乖觉地送来一杯水。

老蔡看着他俩看似乖巧，实则一个比一个不服管的样子，生气不是，不生气也不是，左右为难，只能咕噜咕噜灌水："非要把事情闹大，我看你们怎么收场！"

"明明是老师先闹到年级主任那儿去的……"赵又又嘀嘀咕咕，见老蔡一个眼刀过来，又咧嘴一笑，连忙上前讨好地帮他顺气，"反正事情都这样了，老师您再气也改变不了啊。"

赵又又疯狂给陈惹递眼色："陈惹，你说是吧？"

在赵又又的眼神轰炸下，陈惹这才不情不愿地"嗯"了一声，他抬头看了眼墙上的时钟："老师，您再不放我们回去，就该下课了。"

看得出陈惹根本就没把这当回事，老蔡气得把搪瓷缸往桌上一砸，吹胡子瞪眼："你们别以为我不知道，这节体育课！"

陈惹淡淡地说："体育老师不舒服，改上数学了。"

老蔡被噎了一下，差点被口水呛到，好不容易捋顺了气，刚才那满肚子的火也消得差不多了。

"既然你们俩这么有本事，还上什么课？还要我们这些老师做什么？"老蔡算是摸出跟陈惹对话的窍门来了，这句话一出，办公室果然安静了。

一高一矮两个孩子见他是真生气了，不再跟他耍嘴皮子，老老实实地在他桌前站着。

老蔡拿他们一点办法都没有，一副"我人没了"的表情瘫坐在椅子上："算了算了，也不知道造了什么孽摊上你们俩。既然话都放出去了，期中考试就好好给我考。"

他抹了把脸起身，双手分别搭在赵又又和陈惹的肩膀上："咱们一班的学生天生就是为了创造奇迹的。"

事情发展到现在，是真是假也不重要了，重要的是这次期中考试赵又又到底能拿个什么成绩。

老蔡重新坐回椅子上，看着两个孩子向外走的背影，又是感慨又是羡慕地叹了口气。

青春可真好啊！

第八章
是心动啊，
糟糕眼神躲不掉

大日头底下没有秘密，才半节课，赵又又跟陈惹在年级办公室闹的事儿就传遍了整个高三。

陈惹倒还好，从高一入校起就那个爱搭不理的高冷劲儿，连续两年多称霸年级榜的风云人物，做出什么事都不稀奇了。

可赵又又刚转学来没两个月，认识她的人不多，这次却是彻底出了名。不少其他班的同学慕名前来，只想一睹这位敢和廖魔头叫板的女侠风采。可惜女侠没看到，一中之光的白眼倒是受了不少。

之前在办公室放狠话的赵又又一回教室就尿了，啃了一个小时的指甲，到最后一节自习课的时候都没消停，好不容易养起来的指甲又被啃得光秃秃的。

陈惹见再啃就该啃出血了，实在忍不住一把捏住她的脸，拯救了可怜的手指甲。

赵又又的脸被他捏着，脸上的肉堆在一起，嘴巴不自觉地嘟了起来，声音也闷闷的："你干吗？"

"刚刚不还底气十足吗？怎么现在跟霜打的茄子似的？"陈惹松手，却在放开的瞬间贪恋起刚才的手感来。

他右手攥拳，把手指藏在掌心，歪头挑眉又问："怕了？"

本以为赵又又不会承认，可没想到小姑娘嘴巴一瘪，整个人往桌上一趴，脸压在桌上微微变形，脸上溢满担忧："怕啊！当然怕，你可是陈惹哎，传说中的一中之光，我说考得过就考得过啊？"

她说得委屈，语调又此起彼伏可爱得不行，陈惹本来没什么好心情，闻言脸上倒是多了几分笑意。他歪着身子，手搭在桌上那箱没吃完的面包上，盯着唉声叹气愁眉不展的赵又又看，比看课本还起劲。

小姑娘心有戚戚，保持脸贴桌的姿势随手翻开一本书，她张嘴闭眼，手从左往右扒拉，把空气喂进嘴里，还小声念叨着："只要吃透了这些知识，我就一定能考高分。"

陈惹被小姑娘可爱的行为逗乐了，笑出声，正要说话的时候，看见她的头发滑落，遮住了她的眼睛，可她一心扑在"祈福仪式"上，无暇顾及其他。

"让我超过陈惹一次就好了，下次还让他当第一。"

赵又又也不贪心，一边吸收知识，一边许愿。她胡乱翻了翻书，正要起身认真学习的时候却感觉跟前突然扑来一股热浪。不等她睁眼，眼皮就被陈惹微凉的指腹碰了一下。赵又又睫毛轻颤，不自觉地转了转眼珠子，小心翼翼地眯开一条缝，刚才遮了自己眼睛的刘海被陈惹扒开，她一睁眼就看到陈惹那张好看得令人窒息的脸。

陈惹还保持着歪头看她的姿势，帮她拨弄刘海的手还没来得及收回，见赵又又盯着他看，他反倒有些不好意思地一把捂住她的眼。

赵又又再次陷入黑暗，干净的青草气息渐浓，她的耳边传来一句只有他们两个人才听得见的低语，是陈惹在说话。

"小柚子……没什么好担心的，一中之光，随时为你明灭。"

后半句在他舌尖打了几个圈，最后才拖长声调慢悠悠地说了出来。

放学的铃声准时响起，住校生一早就开始计时，铃声响起的瞬间就冲向食堂。

赵又又、陈惹，还有叶一铭、孟荧四个人都在家住，也不想跟他们抢路，干脆在教室里慢悠悠地收拾东西。

叶一铭还没收拾好东西，转头就看见陈惹起身要冲出去，刚张嘴还没来得及出声，赵又又娇糯的声音就响了起来："这会儿人正多呢，你急着回家？"

叶一铭及时闭嘴，把孟荧的脑袋往后扳，一起看戏。

"嗯。"陈惹拎着书包往外走，经过赵又又身边的时候掐了下她肉嘟嘟的脸，"要去办点事，下午见。"

走到门口的时候，他又冲叶一铭和孟荧扬了扬手："走了。"

早就被抛弃的叶一铭已经看透陈惹重色轻友的本质了，他摸着下巴沉思了好一会儿，戳了戳孟荧的胳膊，说："我怀疑上次的高分buff就是惹神拿来哄赵又又的，不过正好被我逮到，才勉为其难也给了我一个。"

孟荧跟叶一铭嘀嘀咕咕，愣是没考虑过压低音量，二人的谈话一字不落地飘进赵又又耳朵里。明明才降了温，赵又又却觉得热得很，顺手拿起一个作业本扇风，催那两个还没收拾好东西的八卦鬼回家。

通往校门的路上人挤人，不管身高还是颜值都很打眼的陈惹挤在人堆里，本来有好几个女孩儿想问他要联系方式，却又被他满脸"生人勿近"的表情劝退了。

陈惹出了校门没回家，直奔自行车停放点，在最里面找到了刚蹬上车的老蔡，长臂一伸勾住了他自行车后座。老蔡蹬了半天没蹬动车，转头才看见陈惹搞的小动作，吹胡子瞪眼："陈惹，你干吗呢？"

"蔡老师，我想问问您和廖主任为什么会觉得我和赵又又……"他开门见山，没打一点太极直接问出声，可提到关键点的时候，却把剩下的字咽了下去。

陈惹顿了顿，又问道："是有人给你说什么了吗？"

老蔡没正面回答，推着自行车往外走："这个事你别管，我自然会解决。"

陈惹不松手，直直地盯着老蔡看，眼神幽深："您不告诉我，我就去问廖主任。"

他们俩今天才差点起冲突，要是再碰上，这不就跟火星撞地球似的，谁都讨不到好。

"算了算了。"老蔡拗不过他，只能把车一停，犹豫了会儿从兜里掏出手机，"这是廖主任抽查班级视频的时候看到的。"

他点开和廖主任的聊天页面，里面有一张模糊的视频截图："也不怪廖主任多想，这张照片的角度，还有你们的氛围，都太……"

老蔡皱眉，从词库里搜索相对含蓄的词语，憋了半天才说道："不天天向上了。"

陈惹被噎了一下，哼笑一声，冲老蔡微微弯腰："我知道了，谢谢老师。"

他想了想又加了句："刚才在办公室我的态度有问题，现在向您道歉，对不起。"

陈惹从小接受的教育和家庭教养告诉他，对的事不能让步，错的事不能当作没发生过。他躬身道歉，被老蔡扶直了身子。

"赵又又那个事我会再想办法。那孩子乖巧聪明，好不容易在我们班上混熟了，要是换到别班去又要重新熟悉环境。高三的关键时期，可不能小看了心理压力，你也……"

老蔡虽然是个物理老师，但真唠叨起来，一整个语文办公室的老师加起来都赶不上他。陈惹失笑，学着他刚才的动作拍了下他的肩膀，打断道："放心吧，老蔡。"

陈惹站直身子，视线越过人海，落在和孟荧说笑往外走的赵又又身上，语气笃定："我们不会给廖主任换班的机会的。"

老蔡被秀了一脸，翻了个大白眼准备回家吃饭，可又被陈惹拉了回来。

陈惹挠了挠后脑勺，笑道："那张截图，能发给我吗？"

老蔡没好气道："快滚！"

跟老蔡分别后，陈惹并没有回家，转头就去了叶一铭他们几个常去的网吧，在最角落的位置开了台机子。

网吧中午人不多，虽然已经入秋了，可空气里还是飘浮着浓臭的汗味，混杂着劣质的烟味，呛得陈惹很不舒服，但想到自己来网吧的目的，心情倒是很愉悦。

既然老蔡不肯把照片发给他，那他就自己找原视频好了。

陈惹目不转睛地盯着电脑，双手飞速在键盘上跳跃，页面上是一串串令人头大的代码。不多时他就找到学校摄像头的 IP 段，进入网络摄像头的 web 登录界面。

陈惹挑眉，没想到居然这么轻松就弹进去了。他半眯着眼睛，看了看登录页面，随便试了个常用口令。摄像头都是学校找人统一安装的，很少会修改登录密码。他前后输入了几个常用口令，第三次就成功黑进了教室门口的摄像头。

监控画面里的教室空荡荡的，正是篮球赛那天，大家都到球场去了。

陈惹不习惯戴网吧的头戴式耳机，刚取下来就听见广播里的机械女音道："欢迎收听来自 25 号机点播的歌曲！"

他被吓了一跳，握着鼠标的手一晃，进度条正好拉到比赛结束没多久的时候，赵又又突然出现在画面里。

"想起看见你的那刻，还是忍不住脸红了。"

轻快甜蜜的音乐在网吧流淌，陈惹看到赵又又的那一刻，嘴角一勾，好整以暇地盯着视频。画面里的赵又又抱着两箱面包，做贼似的四处张望，看到别班有人出来，吓得差点把手里的两个箱子扔出去。见他们没注意自己，她这才松了口气。

"和你只是擦肩而过，眼睛红了。"

高清摄像头拍得很清楚，小姑娘先是鼓了鼓腮帮子，才慢悠悠地舒了一口气，还十分娇俏地吐了下舌头。

"我连牵着手一起走的人也没有，甜蜜的春风太过分了。"

兴许还惦记着颁奖仪式，赵又又加快了步子，走到教室门口的时候先是探头往里看了看，见没人，高兴地踮了踮脚，兔子似的抱着两箱面包一蹦一跳进了教室。

陈惹看得有趣，他靠着椅背，嘴角在不自知的情况下翘起，刚才还紧蹙的眉头早就松开了，一副春心萌动的模样。

"是心动啊，糟糕眼神躲不掉。"

背景音乐十分应景，陈惹食指微动，坐直身子，点了几下鼠标，把进度条又往后调了一些，前后调整了好几次，最后定格在赵又又"劫后余生"吐舌头的画面。陈惹左手在键盘上同时摁下几个键，把这一帧画面截了下来。

一向成熟冷静的少年郎难得红了耳朵，他把截图发送到文件传输助手，郑重又严肃地把图存了下来。

"对你莫名的心跳，竟然停不了对你的迷恋，感觉要发烧……"

他像个时间小偷，把青春藏进手机。

陈惹从网吧出来的时候已经不早了，他正准备回学校，可刚出来就被一道女声喊住。

他回头去看，发现叫他的人居然是许久未见的乐雅妈妈，乐雅就背着书包跟在她身后。

陈、乐两家当过一段时间的邻居，两家的父母也断断续续联系着。

乐雅的妈妈姓宋，看到陈惹后十分惊喜地小跑过来，上下打量了他一番："还真是你。阿姨都好久没见过你了，中午怎么没回家啊？"

陈惹冲宋阿姨点头问好："阿姨好，我中午有点事情。"

"你可不能跟那些坏孩子学，来网吧的都不是什么好学生。"宋阿姨看了眼不远处的网吧，正经又严肃地说。

跟在她身后的乐雅忍不住扯了扯她的袖子，却被她一把拽到陈惹跟前："对了，陈惹，我们家乐雅不争气，大中午的也得补课，你们俩一个班，你成绩又好，要是有时间的话，你就帮阿姨辅导一下她的功课。

"你们俩先聊着，我去开车。"

她说完这话也没管陈惹答没答应，扔下乐雅自己就先走了。

陈惹原本打算回学校，却发现乐雅不大对劲，他微微蹙眉，开口询问道："你没事吧？"

乐雅脸色难看，整个人都没什么精神。陈惹虽然平时没怎么注意过她，却也能看出来她整个人瘦得快脱相了，脸颊都凹了下去。

乐雅有些诧异地抬头看了陈惹一眼，摇头想说自己没事，却突然感到一阵眩晕。她身子一晃，整个人差点倒在地上，好在陈惹扶了她一把。

"我没事，刚刚应该是低血糖了，谢谢。"乐雅稳住身子，陈惹也松手拉开了二人之间的距离。

乐雅的家教极严，尤其是刚刚那位宋阿姨，秉持的人生理念是"学不死就往死里学"，所以对乐雅的要求简直高到令人发指，小时候陈惹就没见乐雅出门和同伴玩过，本来以为长大了会好一些，看样子是变本加厉了。

宋阿姨的车很快就开了过来，摇下车窗对陈惹道："你是回学校还是回家，阿姨送你。"

陈惹看了眼上车就开始背书的乐雅，抿了抿唇："阿姨，中午补课起不到什么作用，适当的放松才能保持更好的学习状态。"

宋阿姨听见这话，脸上的笑容淡了许多，明显没把他的话听进去："笨鸟先飞，勤能补拙，现在不辛苦，以后的苦日子还长着呢。"

"那阿姨就先走了，有时间再聊。"

耽误了一中午，陈惹来不及回家吃饭，在学校门口的餐馆里随便吃了点东西。他见时间差不多了，就回了教室，却发现赵又又居然已经在座位上了。

小姑娘趴在桌上睡觉，宽大的校服搭在身上，小小的人被包裹起来，只露出嫩白的侧脸。赵又又的脸被呼出的热气闷得粉红，像一颗可口的水蜜桃。

陈惹饶有兴致地站在她旁边看了会儿，兴许是视线太火热，小姑娘不舒服地蹙眉，扭头把整张脸都埋进臂弯，校服也因为这个动作往下掉。

陈惹看得满眼笑意，轻手轻脚地拎着校服重新为她盖好，又担心薄薄的校服不够暖和，便把自己身上那件脱下来，一起盖在她身上。

赵又又被熟悉的青草味笼罩，打了个激灵，猛地坐直，后脑勺正好撞在刚弯腰给她盖衣服的陈惹的下巴上。

"咚"一声响，赵又又捂着后脑勺，疼得倒吸一口凉气，埋怨出声："陈惹，你干吗呀，好痛。"

陈惹也没好到哪儿去，他哭笑不得地捂着下巴，又伸手揉了揉赵又又的后脑勺："没事吧？我也没想到你会突然醒过来。"

陈惹的手掌温热，不轻不重地揉着她被撞痛的后脑勺。他个子高大，左手撑着桌子，又站在赵又又身后，从侧面看起来，赵又又就像是被他圈在怀里似的。

小姑娘有些别扭地从这个半包围结构中挣脱出来，发现自己身上还搭着陈惹的校服，便马上脱下来放到他桌上。

陈惹虽然没说什么，却十分敏锐地察觉到小姑娘的情绪不高。

"还痛呢？"他以为是刚才撞得太痛，又不小心打扰了她睡觉，他在旁边坐下，放软了声音哄人，"我不是故意的，不然你撞回来？"

赵又又白了他一眼："你不知道力是相互的呀，撞你我也疼。"

"可不是嘛。"陈惹一愣，随即笑得有些恶劣，还故意凑近赵又又，低声道，"我也疼呢。"

刚睡醒还有些迟钝的小姑娘这才回过神来，本来就红的脸更红了："你怎么这样啊！"说着，她顺手给了陈惹一下，挪着凳子远离这个人，却又被他拉了回来。

"好了，不逗你了，还有半个小时才上课，再睡会儿吧。"

赵又又脸上还有刚才睡觉的压痕，陈惹下意识地伸手摸了一下，但很快挪开，转而轻拍她的脑袋，像哄小孩子似的哄她睡觉。

赵又又趴在桌上，她心里装着事睡不着，歪头看着闭眼休息的陈惹，犹豫了半天后轻声问道："你今天中午没回家，干吗去了呀？"

陈惹睫毛轻颤，赵又又这才发现他双眼皮褶皱处有一颗很小的痣，如果不是此刻闭眼，平时很难发现。赵又又盯着看，那颗小痣却又被藏了起来，她一下落进陈惹的眼底，两个人都愣了下。

陈惹率先回神，避开赵又又的视线："咳，也没做什么。倒是你，怎么今天来这么早？"

本来情绪就不高的赵又又，就像被人拔了气门芯儿，整个人蔫蔫的。见陈惹糊弄她，她趴桌上脸扭到一边，声音闷闷的："来做卷子，晚上好留时间复习。"

她没说假话，今天中午回家吃了饭，躺在床上就想到在廖主任那儿撂下的狠话，瞌睡瞬间没了，翻身下床让张叔送她到学校，可她在路上看到两个认识的人。

赵又又不动声色地歪头，用余光瞥了陈惹一眼，想到不久前看到的画面，赌气似的又把头转了回去。

当时乐雅扑进陈惹怀里，陈惹不但没有拒绝，还握住乐雅的肩膀，甚至还低头看乐雅。

这个画面原本只是一晃而过，现在却像一段高清视频，在赵又又脑海里不断慢速重播。她有些不开心，委屈的情绪从心底弥漫开来，有些酸涩。

偏偏陈惹一点反应都没有，还挑眉贱兮兮地敲了敲被赵又又压在胳膊底下的物理试卷："敢情你在梦里做题呢？"

赵又又心里本来就不痛快，陈惹还故意撩拨，总算是把火撩起来了。

她气呼呼地把试卷揉成团，一把塞进桌肚，用校服把自己罩得密不透风，浑身透露出"别来招惹本姑娘"的警示。

"你这是怎么了？"陈惹被赵又又孩子气的动作逗笑了。他伸手扒拉她的校服，没想到她铁了心不想搭理自己，双手抓着校服不肯放。

陈惹也没用多大的力气，逗她玩儿似的跟赵又又拔河："个子不大，脾气倒还不小，跟我说说，谁招你了？"

赵又又被他的话气得半死，把校服往他身上一砸："我脾气大不大跟你有什么关系？谁要你管哪？"

教室里陆陆续续来人，正好赶上这场好戏。陈惹被砸蒙了，脸颊被校服拉链划出一条浅浅的伤口，细密的血珠争前恐后地冒了出来。

可赵又又被气狠了，扔下校服就跑去孟荧座位上坐着，没看到陈惹负伤。

陈惹用手背擦掉脸上的血，笑意不知所终。他性格本来就冷，是赵又又来了之后，才多了几分少年的青春气息。可此刻他板着脸不说话，冷冷地盯着赵又又后背看的样子，还真有些吓人。

看热闹的同学生怕这位爷动手，正你推我，我推你，找不到人出面的时候，叶一铭就打着呵欠进了教室。他刚踏进教室就被同学拉了过去，三言两语地解释了刚才的事，还指了指陈惹脸上的伤："惹神都破相了，这事儿怕是不好收场。"

"惊了，怎么还动手了？"

叶一铭看着陈惹这样也有些害怕，做足了心理建设，刚上前，陈惹就走到赵又又身边，一把拉住她的手，拽着人朝教室外面走。

"惹神惹神，你消消气，这可是赵又又，你同桌呢！"叶一铭吓得要死，生怕这两个人出什么事，赶紧拦住陈惹的去路。可被陈惹寒津津的眼睛一瞪，他也只能眼睁睁地看着陈惹把人拉出去。

"陈惹，你干吗呀！松手，松手呀！"

赵又又不仅气，还委屈，偏偏陈惹的手跟钢筋似的，她怎么也挣不开。

快到下午上课的时间了，一路上都是人，可陈惹丝毫不在意他们的眼光，硬是把赵又又拉到了西门。

刚才刮了风，现在天气阴沉，像是要下雨的样子。西门荒凉，现在只有陈惹和赵又又两个人。

"你松手啊！"赵又又的手腕红了一大片。

陈惹沉着脸，心情阴沉得就跟现在的天气一样，然后冷冰冰地吐出两个字："我不。"

赵又又委屈得要命，明明是个好强的人，可偏偏泪点低，而且想到陈惹居然对她这么凶，眼泪就跟断了线的珠子似的，滴答滴答不停往下掉，一边哭还一边骂："陈惹你这个臭头鸡仔，你欺负人，你就知道欺负我。"

她哭得哽咽，巴掌脸写满了委屈，眼睛和鼻头都哭红了。赵又又的情绪来得莫名，眼泪就跟开了闸的洪水似的控制不住，哭到不能自已了都还不忘抽噎道："陈惹，我不想跟你坐了，我找老蔡换座位，你……"

赵又又的气话没发泄完，肩膀却突然被陈惹握住往后抵，后背被用力抵在西门旁边那堵墙上，却不痛，是陈惹用手垫了一下。

她抽抽搭搭，一个哭嗝卡在喉咙里，湿漉漉的眼睛看向陈惹，像一头无辜的幼鹿，里面清晰地倒映出陈惹含怒的脸。

复杂的情绪交织，把陈惹的声音磨得嘶哑，他低头看被自己圈在怀里的赵又又，眼中燃了一簇火，忍住怒气道："赵又又，你不跟我坐跟谁坐？"

"反正我就是不要和你……"话还没说完，赵又又就被陈惹捂了嘴。

陈惹手掌捂住赵又又大半张脸，掌心湿漉漉的，不由得眉心微蹙，是赵又又没来得及擦干的泪水。

赵又又也不是任人拿捏的汤圆，费力扒开他的手，语气愤愤的："我才不要和你同桌了，你喜欢的话和乐雅一起坐好了，反正我不要。"

刚刚气压低得吓人的陈惹这才回过味来，他眨了眨眼睛，居然笑了："赵又又，你中午看到我和乐雅了？"

赵又又胡乱擦干脸上的泪，见陈惹居然还笑得出来，咬牙切齿道："管你和谁一块儿，滚开啦，我要回教室上课。"

陈惹又闷笑两声。赵又又听得怒从心头起，一双泛着泪光的眼睛狠狠瞪了他一眼，甩开他的手，作势便要走。可她刚抬脚，就又被他压回墙上。

"赵又又，原来你在介意这个啊？"陈惹的声音轻飘飘的，却像一把重锤砸在赵又又心上。

她表情慌乱，一时不知道说什么，好半晌才憋出一句："你你……你瞎说什么！"

"傻柚子。"陈惹把恼羞成怒准备开溜的赵又又圈在怀里，身子微躬，凑到她面前，语气温柔，声音缱绻，"我只是中午恰好碰到她了，她低血糖差点晕倒，我扶了一把。"

"真、真的吗？那她没事吧？"赵又又一怔，反应过来是自己误会了，抬头就对上陈惹似笑非笑的眼神。

赵又又的耳朵没来由地有些发烫，她迅速往下一蹲，逃出包围圈："既、既然没什么，我就先回去……"

"我的脸好痛啊，小柚子。"

赵又又还是没能逃走，因为听到陈惹这句委屈巴巴的话，她才发现他脸上有一道半干的伤口。

想到应该是被她不小心用校服拉链划伤的，赵又又抿了抿嘴，有些自责，伸手想去摸，却在快碰到的时候缩回了手，底气不足地轻声问道："你的脸……没事吧？"

"有事，好痛哦。"陈惹也不知道什么时候学到了赵又又的口音，放软语气的时候格外明显。一米八几的大个撒起娇来，半点不输小姑娘。他眼尾微微下垂，小狗似的盯着赵又又看。

赵又又被他看得心虚，像个做错事的小孩一样攥着衣角，又抬手摸了摸陈惹的头发，声音小得连陈惹都差点没听清："那我给你吹吹吧，吹两下就不痛了。"

秋风乍起，染上秋意的树叶被风卷到空中，蝴蝶似的飘呀飘，从陈惹和赵又又二人中间飘落。

金黄的树叶从眼前掠过时，陈惹发现小姑娘脸上还残留着泪痕，却因为他喊痛，在红着眼睛耐心哄他。

陈惹在赵又又面前原本就岌岌可危的防线被击溃，所有关于喜欢的情绪溃不成军，对赵又又俯首称臣。

"小柚子，"陈惹握住赵又又的手，"你不让我管，那以后你管我吧！"

赵又又有些蒙，惊讶地和陈惹对视："啊？"

细密的雨丝终于落了下来，赵又又鼻尖一凉，被雨滴打个正着，随即额头又被什么冰冰凉的东西挨住，但很快又变得暖呼呼的。

陈惹弯腰，和赵又又额头相抵，二人的呼吸在方寸之地交融，透露出缠绵的滋味。

陈惹像一只黏人的猫，用额头轻轻蹭赵又又："小柚子，以后你管我吧，我乐意让你管。"

赵又又想到刚才自己生气时，不许陈惹管她的气话，耳边又回荡着他刚才的那句请求，明明已经被哄好了，却还是嘴硬道："谁要管你啊……"

"那我以后还能不能管你了？"

赵又又没说话，伸手碰了碰陈惹脸上开始结痂的浅浅伤口，要收手的时候却被他用力摁住："赵又又，我的脸破相了，你得负责。"

小姑娘嗫嚅两下，喃喃道："又没说不负责……"

陈惹抵着赵又又的额头，轻轻地说道："那就说好了，你得对我负责。"

少年的声音裹着满腔的蜜糖，拆开揉碎四散空中，碎片上都刻着赵又又的名字。

第九章
输给你，我乐意

叶一铭提心吊胆了大半节课，脑补了各种八点档狗血剧情，还在老师眼皮子底下和孟荧传字条，商量好再过五分钟就假装肚子痛去找陈惹和赵又又。可没想到他刚举手，那两位大爷就没事儿人似的回了教室，赵又又甚至还在经过乐雅身边的时候往乐雅桌上放了一块巧克力。好在叶一铭之前告诉语文老师，说老蔡找他俩有事，语文老师倒也没多说什么。

"班长有什么事吗？"祁鹤今天有事请假，来代课的语文老师是个温柔慈祥的老太太，见叶一铭举手，柔声把他叫了起来。

叶一铭在心里把陈惹骂了个狗血淋头，面上却笑眯眯的，张嘴就是彩虹屁："老师，您的课讲得真好，我情不自禁地想举手赞美您。"

语文老师推了推老花镜，被他哄得心花怒放，乐呵呵地道："那就让班长领着同学们读一遍《逍遥游》吧。"

叶一铭盯着还停在目录页面的语文书，心里再次问候陈惹，慌忙翻书的时候听见孟荧小声提醒道："第33页。"

他这才松了一口气，认认真真地领读起来："北冥有鱼，其名为鲲……"

孟荧和叶一铭好不容易熬完这节语文课，老师前脚才出教室，他俩后脚就跑到最后一排，大有兴师问罪的意思。

孟荧来得迟，只上课的时候听同桌说了个大概，知道是陈惹把赵又又弄哭了。孟荧脾气火暴，也不怕陈惹那冷冰冰的臭脾气，一巴掌拍他桌上："陈惹！你是不是欺负我们家小柚子了？"

知道赵又又是因为误会了他和乐雅才冲他生气的陈惹如今心情大好，听见孟荧这话，还饶有兴致地挑了挑眉，似笑非笑地道："我的小柚子什么时候成你家的了？"

"我的小柚子"这五个字穿云箭似的射进赵又又心口，箭羽擦着耳郭，留下一片彤云。

这话听在孟荧耳朵里不外乎火上浇油，她"嘿"了一声，撸起袖子就要找陈惹干架，被赵又又和叶一铭拦了下来。

赵又又哭过，眼睛还是红红的，可也看不出是受过委屈的样子，她把孟荧拉到一边，低声解释道："小荧，你误会了，他没欺负我，是我自己搞错了。"

她踮脚凑到孟荧耳边，言语里有些愧疚："我还不小心把陈惹的脸划伤了。"

孟荧看了眼陈惹的脸，的确有一道浅浅的伤口，要是再等一会儿，说不定都痊愈了。她这才放心，捏了捏赵又又的脸，说："要是陈惹敢欺负你，我就揍他！"

"小荧，你最好了，我最喜欢你了。"赵又又抱着孟荧，用脸蛋蹭她，像小猫似的直撒娇，看得一旁的陈惹心底泛酸。

他起身把自己的小同桌捞了回来，还装模作样地把抽屉里那张被赵又又揉皱的卷子扯出来，用红笔圈了几道重点题："这张卷子只有几道题值得做，你做好了我给你检查，不会的我讲给你听。"

被撇在一边的孟荧和叶一铭满脸问号，对视一眼后默不作声地回了座位。

得，看来这两位已经和好了，白瞎他们担心了整整一节课，终究是错付了。

陈惹站在赵又又身边，手顺势搭在椅背上："你其他四门都不用担心，就是数学和物理需要稍微拉一点分。距离期中考试还有两周多，我前一周给你补物理，后一周补数学，争取给你多拉点分。"

他把这段时间的复习计划安排得妥妥帖帖，赵又又都点头应下了才回过神，仰头看他："陈惹，我们现在可是竞争关系，我这次一定要赢过你呢。"

陈惹没说话，从桌肚里翻出一个笔记本放在赵又又桌上，在上课铃响起的那一刻，才不紧不慢地开口道："输给你，我乐意。"

一中的课程虽然魔鬼，但主张挖掘学生们的自主学习性，所以高一高二都没有安排晚自习，直到高三才开始安排。又想到有不少学生报了高考冲刺班，教育机构都是晚上上课，所以也没有强制要求必须留下来自习，只是让孩子们打申请。

赵又又为了这次和廖主任的赌约，倒是主动申请留校，还特意给老蔡说了一声学习主播的事，得到了他的允许，第三四节晚自习的时候可以拿平板电脑出来听课。

陈惹知道这事儿的时候张了张嘴想说话，但最后还是什么都没说。赵又又想着他晚上要去车行打工，特意点开学习主播的直播间让他放心，说晚上她会跟着主播上课，让陈惹安心工作。

本来就情绪复杂的陈惹听了这话之后更是哭笑不得，硬是陪着她上了一节晚自习才被赵又又催着离开。可临走之前又担心赵又又晚上冷，他还特意把校服留了下来，让她冷的时候穿上。

他晚上不在，叶一铭也要去教育机构上课，好在孟荧申请留下来上自习了，赵又又有个伴，陈惹这才放心不少。

孟荧见不得陈惹这唠叨模样，赶苍蝇似的把人往外赶："陈惹，你还记得自己的高冷人设吗？能不能不要崩得这么彻底？"

知道的说陈惹是赵又又的同桌，不知道的还以为他是她爹呢，比老蔡还能叨叨。

孟荧翻了个大白眼，陈惹视而不见，叮嘱道："那你好好复习，有不懂的随时给我发消息。"他顿了顿，又补充一句，"记得好好听学习主播讲课。"

直到第二节自习课上课铃声响起，他这才拎着书包离开。

占了陈惹位置的孟荧拉着赵又又吐槽了一会儿人设崩塌的一中之光之后，教室里逐渐安静下来，学习氛围也越发浓厚，二人这才安心自习。

"惹神把他的物理笔记都给你了啊？"孟荧做完作业伸了个懒腰，偏头就看到赵又又正拿着个笔记本看，"他这笔记本可跟宝贝似的，老蔡之前讲知识点就直接用他这笔记本当的提纲。你用他的笔记本复习，期中考试肯定没问题。"

孟荧的物理成绩一直不错，她都说没问题，那肯定就没什么好担心的了。赵又又心里喜滋滋的，觉得物理题好像都可爱了不少。

赵又又做完了作业，又把陈惹给她圈出来的题做了，的确有一小半题不会。虽然旁边就是孟荧这个物理学霸，但赵又又见她在背英语单词，就没打扰她，想着明天问陈惹也是一样的。

到第三节课的时候已经九点出头了，教室里的人走了一大半，赵又又把不会的题整理好，这才拿出平板电脑连上热点，准备接着上学习主播的课。

"怎么这个主播每次讲课都跟及时雨一样，我缺哪门他就讲哪门？"赵又又戴上耳机进入直播间，之前的数学部分已经讲得差不多了，按照先前的计划，主播原本打算讲英语的，却没想到突然变成了物理。

赵又又看了眼直播间里白板上的题目，和她刚做的几道题差不多，算是简单的变形版。原本没什么信心的小姑娘突然底气十足，白天有一中之光给她开小灶，晚上还有个及时雨主播，就算她真考不过陈惹，成绩也不会太难看。

学习主播讲题思路清晰，原本复杂的物理题被他三言两语解释清楚，抽丝剥茧地把关键信息留下。赵又又找出卷子跟着解题思路理了一遍，刚才还不会的题，现在轻轻松松就能做了出来。

成功攻克一道难题的成就感堪比中彩票，赵又又忘了还在教室，得意忘形地"耶"了一声，吸引了不少人的视线。

她吐了吐舌头，缩头当作无事发生。

孟荧被一堆英语单词折磨得够呛，听见赵又又的动静，去了半条命似的倒在她身上，见她拿着平板电脑，开口问道："你干吗呢？刚刚还这么激动。"

赵又又迫不及待地想把这个神仙主播安利出去，分了只耳机给孟荧，压低声音激动道："我在跟这个学习主播上课，他真的超棒！知识点罗列清晰，重难点分析得超级透彻，只要是他讲过的题，同类型的我都不会再错。"

陈惹都没被赵又又这么夸过，孟荧也来了兴致，跟赵又又一人一只耳机听主播讲课。

可孟荧越听表情就越奇怪，她取下耳机，扯了扯赵又又的袖子，摸着下巴轻声道："这主播的声音怎么有点耳熟？"

赵又又眼睛都没挪开，盯着屏幕，手里捏着笔在草稿纸上记着什么，顺口应声道："有吗？可能我听习惯了吧，没有觉得耳熟哎。"

"这个知识点大家注意一下哦，很容易出现在最后两道选择题里。"

耳机里传来主播的声音，赵又又顿了顿，说不上哪里奇怪，自言自语道："就是觉得主播的口音……"

赵又又生怕错过什么知识点，一直盯着屏幕看，突然瞧见留言区多了好几条评论。

【一定要考上医科大：主播最近是不是在追台剧，怎么好像多了点台湾腔哦？】

【CJ独自美丽：对对对，我前段时间就发现了，还以为是错觉呢。】

【温找找 find：反差萌，爱了爱了！】

拿着资料正准备回身板书的陈惹看到因为他的口音而突然刷起屏的留言区，自己也愣住了，脑子里突然冒出赵又又的傻样。他大拇指微动，白板笔的盖子一扣一开，发出轻微的响动，安静的直播间响起他短促却真实的轻笑声。

除了讲课解题，平时很少说话的主播还破天荒地解释道："被一个小朋友带偏了。"

他声音温柔得像是从蜂蜜罐子里捞出来似的，甜腻得要命，跟平时讲题的时候完全是两种状态。

这声低笑和他的话穿过耳机传进赵又又耳里，竟然和赵又又记忆中陈惹的声音重合了。

赵又又整个呆住，反复琢磨"小朋友"这三个字，总觉得怪怪的。

留言区先是安静了几秒，又突然炸开，原本安静听课的观众也按捺不住吃瓜的心，纷纷评论起来。

【一定要考上医科大：？主播笑了？】

【CJ独自美丽：我的天！怎么感觉有点甜？】

【蛋挞好可爱哦：嗑到了！！！】

【今天也没钱：天啦，小朋友是什么"苏炸天"的昵称啊！】

主播及时收声，又变成那个冷面学霸，也不管自己扔下的重磅炸弹，继续讲课。后面的课，赵又又都没什么心思去听，但还是强行集中精神听完了。

赵又又觉得主播辛苦，又想着他讲了很多陈惹白天没来得及仔细讲的知识点，在临结束的时候大手一挥，又打赏了一艘游艇。

留言区第三次爆炸，满屏的——【富婆看看我！】

准备下播去学校的陈惹看着屏幕里跳出来的那行五彩斑斓的大字，嘴角抽搐，一时不知道该说些什么，无奈地捂着额头长吁短叹："这又怎么还啊……"

陈惹哭笑不得，生怕赵又又之后还会打赏，清了清嗓子，沉声正色道："不要再给我送礼物了！"

陈惹："你们要是感激我……"他顿了下，继续说道，"那就好好准备接下来的考试吧。"

晚自习下课时，已经是晚上十点四十分了，赵又又和孟荧收拾好东西一块儿往外走。校门外有一辆公交车，是专门接下晚课的高三学生回家的，站台那儿三三两两站着来接孩子下课的家长，看着倒还挺热闹。

孟荧挽着赵又又的手，伸长脖子找人："我爸来接我，咱俩一块儿走吧，先让我爸把你送回家。"

张叔这两天生病了，不能来学校接赵又又。她原本打算坐公交车回去的，但还是担心一个人不安全。听见孟荧这么说，她倒也不扭捏，开开心心地应下了："好呀，就是麻烦你和叔……陈惹？"

赵又又跟着孟荧往外走，却突然在公交站牌后面瞥到一个熟悉的身影。

陈惹靠着公交站牌，正低头看手机，微弱的屏幕光映在脸上。也不知道他在看什么，嘴角自然上翘，平时的冷冽柔和了不少。

他穿了件黑色的连帽卫衣，帽子虚虚戴着，下面是浅蓝色的宽松牛仔裤，脚上的是第一次和赵又又见面时穿的球鞋。这个装扮越发显得他身高腿长，即便微微垂着头，个子却依旧挺拔，少年感十足。

赵又又一愣，话音刚落，微信就弹了条消息，她没看，抬脚走到陈惹面前："你怎么在这儿呀？"

"接你下课。"陈惹随手把手机揣进兜里，站直身子扭了扭脖子，把帽子扯下去，头发乱糟糟的，似乎有些疲惫。

赵又又被他毫不掩饰的回答砸得发蒙，冷风一吹才回过神来："我说好和小荧一起回家的……"

"喂，爸，你的车没油啦？只能坚持到回家这段路？好，我这就来帮你推车。"

孟荧突然触发了助攻技能，倒拿手机自导自演一出好戏，一边说一边冲赵又又挥手示意，把人交给陈惹之后就找亲爸去了。

陈惹眼尖，满脸笑意地盯着赵又又粉嘟嘟的耳垂看了会儿："现在能让我送你回家了吗？"

"那走吧。"赵又又也没推托，下意识去拉同伴的袖子，却一下拉住了陈惹的手。

她刚要松开，陈惹却反手一把拉住她："等等。"

陈惹用了巧劲，把赵又又带到自个儿面前。

站牌旁有一盏昏黄的路灯，光束自上而下打在站在公交站牌后方、姿态亲密似相拥的两个人身上。

赵又又撞进陈惹怀里，下巴抵着他坚实的胸膛，仰头看陈惹那张精致好看到人神共愤的脸，心中暗道造物主不公平。在知识海洋里泡了一天，头昏脑涨的小姑娘反应迟钝，漆黑明亮的眼睛像两颗水洗过的葡萄，葡萄皮上刻着陈惹的笑脸。

陈惹声音温柔，带着蛊惑意味："好看吗？"

小姑娘傻乎乎地点了点头："好看。"

"那你喜欢吗？"

"喜……"

赵又又如梦方醒，急急咽下剩下的那个字，又羞又恼地瞪了始作俑者一眼，想从陈惹怀里退出来，视线却突然被一个玩具占据。

"这是什么？"

小姑娘眼前一亮，伸手接过陈惹递来的玩具，定睛看了看，问道："泡泡机吗？你居然会买泡泡机？"

这段时间泡泡机可火了，虽然学校不许带这种玩具，但还是有个别胆子大的偷偷带到学校来玩。赵又又之前趴在走廊的栏杆上看一些学弟学妹在操场玩过，朋友圈和短视频软件里也好多玩泡泡机的视频。她老早就心动了，还想着等期中考完，和孟荧一起去逛街买呢。

陈惹双手抱胸，站在旁边看自个儿的傻同桌。小姑娘开心得不行，抱着泡泡机左看右看研究了好久，又摁出一大堆泡泡戳着玩。

泡泡在昏黄灯光的照射下泛出七彩光芒，被小姑娘追着一个个戳破，破裂的瞬间，泡泡水四溅，散落在她脸上，偏偏她还笑呵呵的，也不管脸上的水沫，一个劲儿往外摁泡泡。

直到公交车的喇叭声响起，赵又又这才想起自己还要回家。

她"哎呀"一声，把泡泡机收起来，急急跑向公交车。松松垮垮扎住头发的发圈不小心滑落，头发在她回头冲陈惹招手的时候散开，像一匹漂亮绸缎。

"公交车！陈惹，快快快，这可是最后一趟车，错过就没了。"

陈惹伸长胳膊拎住赵又又的后衣领，又捡起她掉在地上的小皮筋："谁说坐公交车了？"

"你不会让我走回去吧？好远呢！"

赵又又不干，抓着陈惹就往公交车的方向走，却被他反拉到一旁。她眼前一黑，脑袋一沉，居然强行被陈惹戴上个头盔，耳边传来他低沉的声音："我也只有一个，错过也没了。

"走吧，送你回家。"

赵又又怀疑自己是不是听错了。她犹豫着要不要问问，却在看到眼前的黑色机车时忘了个一干二净。

她把陈惹抛在脑后，倦鸟投林似的扑在机车上，东看看西瞧瞧，各种感叹词不要钱似的往外冒："哇！好酷的机车！"

这辆机车线条流畅，一看就是被车主精心保养了的，干净得都能照出人脸来。赵又又越看越觉得眼熟，一拍头盔才想起这不就是陈惹的头像嘛，这车原来是他的！

被勒令大学之前不许碰车的赵又又心痒难耐，笑嘻嘻地跑回陈惹跟前，一手抱着泡泡机，一手摊开伸到他面前："惹神，我能摸摸车吗？"

陈惹挑眉："行啊。"

"陈惹你最好啦！"赵又又乐得直蹦，"钥匙呢？"

陈惹受用得很，一把握住赵又又的手，长腿一跨坐上机车，又把赵又又拉到后座。他戴上头盔，转头轻轻碰了碰小姑娘："我就是钥匙。坐稳了，我送你回家。"

今天下了场秋雨，入夜后有些凉悠悠的，好在赵又又裹了件校服，陈惹的肩膀又够宽，挡了不少风。她坐在机车后座，虚虚拉着陈惹的衣服，怀里还抱着他送的泡泡机。

"陈惹，"两个人都戴着头盔，赵又又担心他听不清，还特意放大了音量凑到陈惹耳边，"你拿驾照了吗？"

机车的轰鸣声在安静的夜晚响起，不知道是担心车速太快小姑娘害怕，还是藏了私心想和她多待一段时间，陈惹开的速度不快，语速也慢悠悠的："去年寒假就考了。"

"那你比我大哎，我高考第一天才能满十八岁，超没劲的。"

小姑娘絮絮叨叨的，声音软糯好听，还时不时地摁摁泡泡机，所经之处，飘了一路的泡泡。

陈惹一直没说话，只安静地听她抱怨物理题好难，又夸学习主播跟她心有灵犀好厉害，还说一定要想办法逃过秋季运动会。

路越来越熟悉，不远处就是赵又又家的院子，小姑娘拍了拍陈惹的肩膀，说道："就几步路了，我走回去吧。"

陈惹在一棵树下停了车，取下头盔转头看向赵又又。

天上零零散散挂着几颗星星，风吹动云层，二人下了车，陈惹取下她的头盔，她的长发因为静电变得乱糟糟的。

他们两人都没说话，风把呼吸声卷走。陈惹站到赵又又身后，见小姑娘好奇地转头，伸手把她的脸扭了回去。

陈惹的手指微凉，就着夜风，动作轻柔地把赵又又的长发拨弄到一块儿，细长的手指在黑发中穿梭，偶尔还会不小心蹭到她的耳朵。

这种看似不亲密却亲密过了头的行为让赵又又头皮发麻，那种痒酥酥像小猫尾巴轻蹭的感觉迅速遍及全身。

"小柚子。"陈惹说话不紧不慢，声音低沉温柔，尾音勾出缱绻意味来。

赵又又头皮一紧，陈惹帮她扎好了头发。她紧紧攥着手里的泡泡机，却不小心摁到开关，泡泡和陈惹的声音一块儿冒了出来。

"我们一起努力考大学吧。

"考同一座城市，同一个大学，最好是同一个专业同一个班。"

刚才的一阵风把遮挡月亮的乌云吹散，清亮月光如瀑，被树叶枝丫分解成碎片，一片片地落到二人身上，又慢悠悠地往二人心口钻。

赵又又头顶一沉，刚刚帮她绑头发的人把下巴搁在她头上，说话的声音低沉："赵又又，以后我们在一起吧。"

泡泡被风往回吹，在赵又又鼻尖炸裂，水沫溅在她脸上。

小姑娘先是一愣，而后咧嘴笑得开心。她把泡泡机举到陈惹跟前，摁出一连串的泡泡，在满满的七彩泡泡中脆声应下："好啊！

"以后还一起当同桌。"

第十章

以后别叫惹神了，显老

"同学们不要只顾着学习啊，期中考试结束就是秋季运动会了，咱们得德智体美劳全面发展，学习运动两手抓啊！"

"韦章林同学扔铅球了解一下？"

"连李旭东都报了跳高，你报个一千米不过分吧？"

…………

再有两天就是期中考试了，可叶一铭和孟荧还跟花蝴蝶似的在班上飞来飞去，逮着个人就恨不得让人家把运动会的报名表给填了。整个教室被他俩搞得热热闹闹，跟宣传会似的。

上节物理课一下课，老蔡就把陈惹叫去了办公室，回来的时候看到赵又又趴在桌上，好像不太舒服。

赵又又长得乖、性格好，再加上"吃鸡"技术一流，虽然转学来没多久，但是已经和班上同学打成一片，跟大部分同学的关系都挺不错的。几个同学见赵又又不舒服，纷纷围在桌边问她需不需要请假回家。

陈惹站在后门看了会儿，发现因为第一次月考倒数第十名而差点和赵又又成为同桌的男同学殷勤关切着赵又又。他顶了顶后槽牙，抬脚走到赵又又身边坐下，把围观群众当空气，柔声问道："没事吧，脸色这么难看？"

赵又又压着用校服做成的简易枕头，脸色惨白，气若游丝，藏在外套里的手捂着小腹："那个来了，不太舒服。"

陈惹眉头一皱，有些发愁，痛经这事儿他还真帮不上忙。他绞尽脑汁半天只憋出一句话："那你……多喝热水？"

黛玉上身的赵又又十分艰难地抬手指了指讲台边，原本就软的声音多了几分虚弱："饮水机坏了，放不出热水。"

"哦，这样……"这种事陈惹算是头一次遇到，除了多喝热水，也想不到别的办法。他听见赵又又用气音哼唧了一句"直男"，哭笑不得地盯着饮水机看了会儿，又脱下身上的校服把因为疼痛而缩成一团的小姑娘兜头罩住。

陈惹抬脚往外走，正好撞上来传话的李旭东，他的嗓门又大，一句"乐雅，老蔡叫你去办公室"响彻整个教室。

陈惹下意识回头，看到乐雅浑浑噩噩地从桌上爬起来，面无表情地出了教室。陈惹又看向老蔡的办公室，发现宋阿姨居然也来了。

他对这种因为自己飞不起来就强迫下一代飞的家长没什么好感，皱了皱眉头便往小卖部去了。

"老师，您找我有事吗？"

乐雅敲开老蔡的办公室，看到妈妈也在，已经见怪不怪了，木着脸站在老蔡面前。倒是老蔡神色尴尬地摸了摸后脑勺，余光瞥向面色凝重、双手环胸的乐母，笑着让乐雅坐下。

"倒也不能算有事，就是你妈妈来学校询问你最近的成绩，觉得……"老蔡绞尽脑汁地措辞，"觉得不大满意，就想让你过来好好谈谈，是不是在学习上遇……"

"乐雅，从小我就告诉你，你不可以比别人差，可你看看你最近的小测成绩，以前还能考前几名，现在连班级前十都进不去了，你最近的心思到底有没有在学习上？"

老蔡还没说完，乐母就忍不住高声讨伐起乐雅来。办公室里还有不少老师和同学，纷纷因为她这话而看了过来。帮英语老师跑腿要体育课的徐文骁也不例外，看见乐雅的时候明显一愣。

"下次考试如果不能考到班级前三，这学你就不要上了！"

旁人异样的眼光根本不起作用，乐母的数落和讨伐不休不止，乐雅却连半点情绪波动也没有。

"乐雅妈妈，您消消气，成绩有起伏是很正常的事，乐雅底子好，您不用这么着急……"

"蔡老师，您就是这么当班主任的吗？！乐雅现在高三了，她可是要考清北的！您不上心就算了，现在还让我不要着急？如果我的女儿……"

乐母讨伐完乐雅又开始攻击老蔡，一直木着脸的乐雅终于忍不下去了，她猛地起身，打断了乐母的话："妈，下次考试我会努力的，但你能不能别不分青红皂白就开始指责老师？考不好是我的问题，是我达不到你的要求。如果下次再考不好，我退学就是！"

乐雅强撑着没落泪，说完这话就梗着脖子跑出办公室。

徐文骁见状，扔下刚刚用来打掩护的试卷，追了出去："校花，刚刚那个是你妈妈？你没事吧？"

徐文骁把身上能揣东西的地方摸了个遍都没能找到一张卫生纸，干脆把手送到乐雅跟前："你用我的校服擦眼泪吧，前天刚洗的，可干净了。"

乐雅本来隐忍着没让自己掉眼泪，可听见徐文骁的话，被亲妈数落的委屈和连累老师的内疚在这一刻爆发，她的眼泪就跟开了闸的洪水似的，哗啦啦掉个没完。她一边哭，还一边推徐文骁："谁要你管啊，你给我滚开！"

发现他就是在篮球赛上和陈惹换球衣的人后，乐雅的难堪几乎达到顶点，她用力把人推开，哭着跑了出去。

被甩开砸到墙上的徐文骁没想到乐雅的力气这么大，愣了好半天才回神，可乐雅早就不知道跑哪儿去了。他有些无措地抬手想摸摸鼻子，却发现手背上多了滴水，是乐雅的眼泪。

大课间有二十五分钟的休息时间，这个时候的小卖部人最多，好在陈惹手长脚长，就算中间夹着一个男同学，也拿到了货架上的玻璃杯，还特意选了个粉色的。他速战速决付了钱，又去了离小卖部不远的后勤服务中心，没几分钟就抱了个新的饮水机出来。

一中之光买了个粉色水杯，还抱个饮水机的事儿没多久就传了出去，奇奇怪怪的猜测像潮水似的，但一大半都跟赵又又有关。

赵又又生理期一直不太舒服，但这次却格外疼。疼得她冷汗直冒，连穿在最里面的那件长袖都被冷汗浸湿了。即便身上盖着陈惹的校服，也还是冷飕飕的，手脚更是冰凉。

孟荧跟叶一铭宣传到她这儿的时候才发现赵又又不对劲，好在孟荧带了止痛药："小柚子，先吃颗药，过会儿就好了。"

教室里放不出热水，叶一铭就拿着杯子去别班借，可大课间的热水一向紧俏，不是排了一群人等着泡泡面，就是已经没水了，还有几个班老师拖堂，进都进不去，他跑完一层楼就只接回一杯半温不凉的水。

赵又又忍痛抬头，刚接过叶一铭好不容易接回来的水准备吃药，手里的杯子就被一只骨节分明的手拿走了。

她下意识抬头看，正好对上陈惹的视线。也不知道他做了什么，额头布了一层薄汗，似乎是着急跑回来的，还有些喘。

陈惹把那杯跟冷水没多大差别的水拿走，又大步走到教室前面。赵又又这才发现他怀里抱了个崭新的饮水机。

陈惹把桶装水换到新饮水机上，等着水烧好后，把刚才那杯水倒了，接了杯温度适宜的水，然后走到赵又又面前把杯子给她，看着她吃了止痛药，才稍稍安心。

他看了眼孟荧，说："孟荧，借下你校服。"

而后，陈惹又一次走到饮水机旁，拿出一个粉色盖子的玻璃杯接了满满一杯热水，把玻璃杯塞进校服袖子里，拿给赵又又："用这个放肚子上焐着应该会舒服点。"

他见赵又又脸色还是惨白，有些心疼，语气也温柔："饮水机我换好了，现在有热水了，不舒服的话睡会儿吧，我帮你跟老师说一声。"

上课铃响得及时，孟荧和叶一铭被这位爷酸得鸡皮疙瘩掉满地，马上就回了座位。倒是陈惹和赵又又的前排一脸"我不应该在这里，我应该在车底"的表情，赶紧拿出课本转移注意力。

陈惹看了眼还停留在百度页面的手机，确定都做好了才放心。他本来打算买个暖手宝的，可这会儿还没入冬，别说暖手宝了，暖宝宝都没得卖，他只能想出这个笨办法。现在也没办法给她弄生姜红糖水，只能用热水代替了。

吃了药喝了热水的赵又又已经比刚才有精神多了，不知道是热水的作用太强大，还是陈惹在她不知道的情况下给她加了个"止痛buff"，赵又又竟然不觉得痛了。

她握着陈惹细心包好的玻璃杯，放在小腹的位置滚来滚去，心里有些喜滋滋的，嘴角都快翘上天了。

赵又又坐直身子，在包里掏了半天，摸出一颗糖，趁老师让全班起立的时候，塞进了陈惹的手心，又在叶一铭喊"坐下"的时候，拖长声调轻声说了句："陈惹，谢谢你啊。"

陈惹摊开掌心，里面安静地躺着一颗蜜桃味的水果硬糖——是赵又又当初拿来贿赂他帮她讲题的那种糖。

他嘴角一勾，把糖攥在手心，趁赵又又拿课本的时候靠近她，用只有彼此才能听到的声音轻声道："以后还要不要我管？"

赵又又一愣，想起不久前跟他闹别扭说出来的气话，没想到陈惹居然还记着。她窃笑，用小拇指挠了挠他的手背："那你一定要好好管哦。"

期中考试总算踩着深秋的尾巴来临了。期中考是大考，整个高三都十分重视，再加上又有赵又又和廖魔头的赌约，这次的期中考更是备受瞩目。好在考试这两天天朗气清，时间在与考题的斗争中飞速溜走，转眼就到了公布成绩的那天。

期中和期末两次考试和月考不同，会拉一个年级大榜然后公布在逸夫楼大厅的公告栏处。

叶一铭作为一中小灵通，成绩前脚刚张贴出去，他后脚就把消息带回了教室："快快快，小柚子，我们一起去看。"

孟荧知道赵又又和廖魔头赌约的内容，考完试心就一直悬着，考试之前还旁敲侧击地让陈惹手下留情，免得到时候赵又又转了班陈惹没地儿哭，最后当然还是被陈惹给冷了回来。

比起孟荧，赵又又这个当事人倒是兴致缺缺："我就不去了，你去看吧。"

为了这次期中考试，她已经尽了全力，争取把一切都做到了最好，所以不管最后结果如何，她都不后悔。更何况在陈惹和学习主播的双重辅导下，她就不信自己考不出好成绩来。

因为前段时间缺了太多觉，赵又又准备趁大课间的时候好好休息一下，可刚趴下就被陈惹抓住后衣领。

她望过去，见陈惹垂眸说道："走吧。"

"去哪儿啊？"

陈惹拉着赵又又下楼："看成绩。"

公告栏面前围了一大群人，赵又又还没走近就能听到热烈的讨论声，时不时夹杂着几句"厉害"，明明刚才都还挺放松的，她现在居然跟着紧张了起来。

站在她旁边的陈惹见状揉乱她的长发，笑得有些恶劣："怎么，害怕了？"

赵又又明知只是激将法，却偏偏忍不住往套子里钻，她挺胸收腹头抬高，端出骄傲小孔雀的派头，哼唧道："谁怕啊，我很厉害的好不好。"

他们两人走近人群，站在外圈的人眼尖地看到他俩过来，也不知道是谁说了句"陈惹和赵又又来了"，刚刚还水泄不通的人堆突然从中间分出一条路来，就差铺红毯送他俩出道了。

陈惹不动声色，赵又又却有些不大好意思，尴尬地笑着跟旁边的人打招呼示意。

"赵又又也太强了，我之前还以为她跟廖魔头吹牛的呢。"

"不瞒你说，我还希望她能转来我们班，现在看来只有一班配得上她，其他班都不配。"

同学们讨论的声音虽然很小，可还是一字不落地落进了赵又又耳朵里。她肉眼可见地紧张了起来，屏住呼吸不敢看年级名次大榜，闭着眼睛去扯陈惹的袖子，把事儿推在他身上："哎呀，好烦，我就说我不来看了，是你非要拉我来的，那你帮我看好了。"

见状，陈惹轻笑一声，扳着赵又又的肩膀把人推到公告栏跟前："你不是天天在我面前夸学习主播有多厉害吗？现在就到验真章的时候了。"

"他厉害不代表我也厉害呀，反正我不看，要看你看。"赵又又赖皮死活不看，干脆把眼睛给捂住了。

陈惹挑眉，视线落在年级大榜上，原本轻松的表情渐渐凝重。

赵又又半天没听到他说话，一颗心七上八下的，忍不住扯着陈惹的袖子轻声催促："你看到没呀，不至于考太差啊……"

"赵又又，"陈惹的声音低沉严肃，摸不透是什么情绪，明知道她心里着急，偏偏拖长了声调，还叹了口气，"看来我们的缘分……"

他又不肯把话说完，赵又又脑补了半天，是缘分太浅，还是有缘无分？她被磨得没了耐心，心口"咚咚"直跳，小心翼翼地睁开条缝，从年级大榜第一排最下面慢慢往上扫，看到孟荧、叶一铭，还有乐雅。她紧张得下意识攥着陈惹的校服袖子，视线一点一点往上移，在临近顶峰的时候看到了陈惹的名字。

赵又又整个愣住，前面标着的序号是"2"，猛地回头看着陈惹，惊呼道："你这次居然只考了第二名？！"

围观群众被她这话扎得透透的，缩着身子往后退了小半步。眼前这两位学神的气息太重，他们这种凡人容易被误伤。

"你再这么看下去，这队伍就得排到西门去了，"陈惹被小姑娘的反应逗笑，把她的脑袋扳回去，又微微用力让她仰头，视线落在"陈惹"上面的名字上，声音含笑，"看来咱俩的缘分还挺深，名次都挨在一块儿。"

赵又又的名字就排在大红色的"2016级高三上学期期中考试成绩"下面，前面是光荣又辉煌的数字"1"。她不可置信地张大了嘴巴，磕磕巴巴地说："我、我居然真的考过你了？"

两个人的分数相近，都是"7"打头，赵又又比陈惹多了 0.5 分，稳居榜首。

她在 T 省的时候也经常拿这个名次，可从来没有一次像今天这样高兴过。她这半个月以来的努力没有白费，也没丢了陈惹和学习主播的面子。最重要的是，和廖魔头的赌约是她赢了！赵又又乐得直蹦跶，站在公告栏面前，让陈惹给她拍张照纪念一下。

陈惹看着他们俩紧紧靠在一起的排名，垂眸的时候忍不住笑了一声，打开相机把赵又又框在里面："你踮一踮脚。"

小姑娘听话地踮脚，把陈惹以下的名字全部挡住，画面里只有赵又又和她背后两个挨在一起的名字。

看完成绩的状元和榜眼在公告栏耽误了有一会儿，拍完照就赶紧让开，正乐颠颠回教室的时候却被廖魔头抓个正着。

她面带喜色，哪还有平时的臭脸，看到并肩走在一块儿的两个人，连声道："你们两个跟我来趟办公室。"

年级组办公室热闹得跟开会似的，高三的老师几乎都到齐了，赵又又和陈惹一进去就被十多双眼睛盯着，只有老蔡面带佛光，弥勒佛似的笑眯了眼。

"你们两个在门口站着干吗？进来啊。"廖魔头把他们喊了进去，"这次期中考试的难度是按照高考来的，里面还有不少高考题的变形版，你们现在就能考到这个成绩，老师相信到高考的时候，你们一定能发挥得更好！"

学校之前不是没出过总分上七百的，但同时出现两个还是头一遭，虽说这次和其他学校用的不是同一套考题，但按往届的经验来看，陈惹和赵又又如果继续保持，不光是随便选大学，这两个人说不定还能出一个理科状元。

廖魔头现在看陈惹和赵又又就跟看吉祥物似的，笑得合不拢嘴，对他俩又是夸又是给予厚望，身为班主任的老蔡都听得飘飘然。

"那个，廖主任……"赵又又及时拉住自己差点和老蔡一起飘上天的小灵魂，举手开口的瞬间，一整个办公室的人都盯了过来。

廖魔头目光慈爱："哎，你说。"

"上次说好的，如果我能考出好成绩的话，就不用转班了，对吧？"赵又又的声音虽然软软糯糯还娇娇的，陈惹却从中听出一丝恶劣来，小姑娘脑袋上似乎长出了恶魔的角，蔫儿坏蔫儿坏的。

她顿了顿，又问道："那我继续和陈惹当同桌，应该没问题了吧？"

办公室里陷入短暂的沉默，老师们面面相觑，陈惹的低笑声在沉默中格外清晰。

廖主任笑了一声，无奈地摇头，把事儿甩到老蔡身上："既然蔡老师是你们的班主任，他要怎么安排就怎么安排吧。"

赵又又和陈惹霸榜的事没几分钟就传遍了校园，他们俩从办公室回教室的路上就像变成了观赏鱼似的，一路都被人盯着。本来想着回教室能松口气，结果他俩刚跨进教室就被孟荧和叶一铭拉回座位。这两个一左一右跟神经病似的，撕下一大张作业纸，卷起来冒充横幅，中间用红笔写了一排大字：欢迎状元榜眼回家！

他们拉完"横幅"还十分庄重地交到赵又又手里，带着后面跟过来的一群同学庄重严肃地站直了身子。叶一铭和孟荧往后退了小半步，沉声道："立正！稍息！拜学神！"

这两个憨憨带着一群看热闹的憨憨，真对着赵又又和陈惹拜起来。

赵又又乐得不行，拉着陈惹的袖子笑得前俯后仰。

她擦掉笑出来的眼泪，清了清嗓子，顺手端起水杯当观音菩萨的净瓶，又拿起陈惹的钢笔当柳枝，端着身子撒甘露："学神降福，分数 up up。"

"谢又又学神赐福！"这群人戏精上身，演情景剧似的。教室里笑声不断，差点把刚进门的体育老师吓走。

"哟，你们演戏呢。"体育课一向轻松，同学们跟老师的关系也好。

叶一铭顺着话茬应了句："是啊老师，拜吉祥物呢，一起吗？"

"去，德行。"体育老师笑着骂了句，站在门口敲了敲门，"下周五就是运动会，整个高三就你们班名单没交了，孟荧抓紧点。"

刚刚还乐呵呵的孟荧蔫兮兮地应了一声，想着还空了大半的报名表，一个头两个大。

"现在跟我一块儿到操场训练去，一个都不许落下。"

刚考完试，大家还想着体育课能偷偷懒，没想到体育老师居然亲自来班上逮人。刚刚还欢声笑语的教室顿时唉声叹气，扯东扯西不肯去操场。孟荧赶鸭子似的把同学赶出教室，拉着赵又又跟叶一铭、陈惹一块儿走到最后面。

"小柚子太棒了！第一哎！"孟荧把赵又又搂在怀里，高兴得跟自己拿了第一似的，"我高中之后就跟这个名次无缘了，还以为惹神能把这三年的第一都包了呢，不愧是你！"

赵又又和陈惹站在中间，边上的叶一铭闻言，把手搭在陈惹肩上，贱兮兮地挑眉道："惹神，你什么时候也帮我补补课呗？我觉得我也挺有当第一名的潜力。"

陈惹皱眉没说话，还认真思索了好半天。就在叶一铭以为他当真的时候，突然被喊了名字。

"叶一铭。"陈惹停下脚步，偏头看着叶一铭，一脸严肃。

被点名的人一愣，赵又又和孟荧也看了过来，几个人屏息以待，就想知道这位爷要说什么。

陈惹很认真，看起来不像是开玩笑，沉声道："以后别叫惹神了，显老。"

空气突然凝固了，气氛尴尬得要命。众人一脸问号，不知道陈惹什么毛病，怎么突然觉得显老了？

叶一铭拧巴着脸，一言难尽地看着他："那叫什么，陈哥？惹哥？听起来怎么怪怪的。"

陈惹没说话，只淡淡看了赵又又一眼。叶一铭和孟荧也没把他的话当真，刚走到操场，孟荧就十分鸡贼地笑了两声，挤开叶一铭，搓手讨好地对陈惹说道："为了庆祝小柚子荣登第一，惹神你就报个一千米吧，就当是庆祝仪式了。"

赵又又慢悠悠地走在后面，看陈惹被孟荧和叶一铭左右夹击，还时不时听到他们讨好的"惹神"被他俩烦到无可奈何的叹息声。

她笑眯了眼睛，悄悄拿出手机录了视频，见快集合了准备按暂停键，可陈惹却突然转过头来。看到赵又又在拍他，陈惹先是有些惊讶，又飞快地笑了下，痞痞地冲她挑眉。

小姑娘有种做坏事被抓包的不安感，手忙脚乱地想把手机收起来。可她一个手抖，手机掉到了草坪上，弯腰去捡的时候，陈惹却先她一步，赵又又正好摸到他的手背。

小姑娘站直了身子，掌心朝上问陈惹要手机："还我。"

陈惹装作把手机递给她，却在小姑娘伸手拿的时候往旁一躲，又低下头，下巴堪堪抵着赵又又的掌心。他手指夹着手机轻晃，声音含笑，问道："好看吗？小柚子。"

操场人正多，她听到陈惹的话下意识想反驳，可掌心沉甸甸的触感变成一个坏心思，她小狐狸似的滴溜溜转了两圈眼珠子，趁陈惹不备，手心用力向上推了一把，牙齿磕碰发出的脆响从陈惹的唇缝溢出，他吃痛地摸了摸唇角。

干了坏事的赵又又赶紧开溜，哼哼唧唧地扔下一句："谁在拍你啊，自作多情。"

陈惹舌尖轻抵后槽牙，长臂一伸，拉住赵又又的帽子，顺手把手机扔进帽兜里。小姑娘被拽得往后一跌，身子晃晃悠悠的，又被陈惹扶住肩膀。他似笑非笑地靠近赵又又耳边，低沉的声音裹了三分恶劣："我可没说你在拍我。"

他说的每个字都像带着小尾巴，往赵又又耳朵里钻的时候或重或轻地用尾巴轻挠。

赵又又歪头想躲开，可陈惹却拍皮球似的轻轻拍着赵又又的脑袋，还拖长了声调说道："惹神今天……"

集合的哨声响起，陈惹一顿，像是想到了什么，再开口的时候换了个自称："惹哥今天免费教你个成语，叫不打自招。学会了吗？小柚子。"

赵又又拍开他的手，躲到旁边白了他一眼，一边骂，一边费劲儿掏帽子里的手机："你白痴哦，幼稚鬼。"

她嘴上虽然万般嫌弃，可嘴角却翘翘的，眼睛也眯成了好看的月牙。赵又又把手机揣好，正朝班上队伍跑去的时候见孟荧招手催他们，嘴里还"惹神""小柚子"地喊着。

赵又又突然回过神来，"小柚子"和"惹神"，这听起来不差辈了吗？陈惹要叶一铭改口，难不成是因为这个？

这个幼稚鬼的小心思也太多了吧。

赵又又憋着笑站回队伍，陈惹站的地方离她不远。体育老师在前排领着同学们做热身运动，队伍散开的时候，赵又又和后面的同学换了个位置，她瞥了陈惹一眼，摇头晃脑地拖长声调说道："惹神听起来好像是比小柚子要老很多哦？"

陈惹压腿的动作一滞，却当没听到这话似的，继续压腿，认真程度堪比考试。

"换右边。"

赵又又也不急，在老师让换边的时候没动，见陈惹转身过来才偏头靠近他，低声飞快地说了句："我又没觉得你老，惹神。"

做完一系列热身运动，体育老师又用马上就是运动会的理由，让同学们跑了四百米。"运动废人"赵又又最后一个归队，在老师宣布自由活动的那刻，一屁股坐在草坪上喘着粗气，小命没了半条。

陈惹站在她旁边，膝盖正好抵着赵又又的肩膀："看来年轻人的体力也不行啊。"

赵又又没力气和他吵嘴，找到受力点后就顺势倚在陈惹腿上。孟荧和叶一铭去小卖部买了几瓶水，递给他们后就在旁边坐了下来。

赵又又接过被陈惹拧开了瓶盖的矿泉水，咕噜咕噜灌了两口，顺嘴问起运动会的事："我们班的项目还没报够呢？"

"没呢，我们今年没资格参加趣味项目，其实也不用太多人，"孟荧靠着赵又又的肩膀，虽然报名表还空了几个地方，但完全没有之前在教室的忧虑，扳着指头算起人数来，"不过刚才陈惹在我们不懈努力的劝说下，终于答应了参加一千米跑，算是解决了最棘手的问题。现在4×100接力赛差一个，女子跳远也没齐。"

赵又又小口喝着水，安静听完后思考了一会儿，拧上瓶盖小声道："要是不在乎成绩的话，我去吧，我跳远应该不错呢。"

话音刚落，她就感觉后背被颠了一下，接着陈惹的声音从上面砸下来："到时候可别摔沙坑里，我是不会来捞你的。"

赵又又不轻不重地敲了一下他的小腿骨："先担心你自己的一千米吧，陈大爷。"

秋日的暖阳并不刺眼，光洒在草坪上那四个高中生的身上，蓝色校服和油绿草坪构成一幅色彩艳丽的油画。风也温柔，裹着草坪和塑胶跑道的味道。

十多岁小孩的笑声和打闹声被风吹散，青春的气息掉落到校园的每一个角落。

第十一章

慢慢跑，我陪你

兴许是学校安排活动的时候没考虑到天气，运动会当天又闷又热，像是把前段时间攒的高温全留到了今天，整个操场像蒸笼，塑胶跑道都快热化了。

不少女生刚到操场就有点被天气劝退："早知道这么热，就不吵着让高三也参加运动会了，教室里还凉快些。"

像运动会这种事，高三的学生其实是没资格参加的。但他们这届学生闹腾，成绩又都还不错，被叶一铭带头打着"德智体美劳全面发展"的旗号，争取高三党也要轻松一刻的权利。校领导拗不过他们，便格外开恩允许高三一起参加，但不许浪费太多时间，所以常规项目砍半，赛程也只有高一高二的一半，上午的开幕式和走方阵都没他们的份儿。

高三的比赛全塞在下午，铅球比赛最先开始，然后是男女子四百米，紧接着是跳高、跳远，之后是女子八百米，最后是男子一千米和4×100的接力赛。

虽说天气是热了点，但在高压状态下，憋了半学期的高三学子们好不容易找到个正当理由撒泼放风，顶着毒日头也乐呵，观赛的观赛，加油的加油，本来对这个天气有抵触情绪的同学也被带动，欢天喜地看比赛去了。

到了下午，气温越来越高，可操场的人却比上午还多，大部分学弟学妹都是为了看陈惹和赵又又。毕竟他们俩期中成绩双双过七百分的事被各个班主任拿到班上宣传，再加上前不久一中之光陈惹学神去小卖部给赵又又买了个粉色玻璃杯的事还没消停。

陈惹本来就不是无名之辈，一来二去，愣是带着赵又又一起成了一中的风云人物，大伙儿都想看一眼传说中的两位学神，伸长了脖子在高三赛区找人。

"快看快看，铅球那儿是不是陈惹？他个子居然这么高。旁边的高马尾是赵又又吗？"

有眼尖的同学看到了陈惹和赵又又，跟小伙伴嘀咕了两句赶紧跑过去，想沾沾两位学神的仙气。

"韦章林加油，用力扔呀！加油加油！"

赵又又只有一个跳远项目，距离比赛时间还要一会儿，所以也不着急。她头一次参加一中的运动会，看什么都觉得新鲜，花蝴蝶似的拉着陈惹满场乱窜，看到同班同学扔铅球，铆足了劲儿帮他加油。结果这油没没对，韦章林拿了个倒数第二，输得明明白白。

陈惹双手抱胸面无表情地瞥了赵又又一眼，在她发表完安慰言论后拎着她的衣领把人提溜走了，在小姑娘一脸意犹未尽的怒视中开口道："我要去跳高了。"

也不知道孟荧和叶一铭是怎么烦陈惹的，最后交上去的报名表上除了男子一千米，陈惹还被迫报了跳高和跳远，实现了高度和距离双向发展。

他的话提醒了赵又又，小姑娘合掌一拍，"哎呀呀"地往右边跑，却又被拉住了衣领。

陈惹指了指左边："跳高区在这边。"

"我知道啊。"赵又又十分灵活地从陈惹手里钻了出来，"跳高都快开始了，那我得准备跳远了呀，跳完了我还想去看小荧跑四百米呢。"

赵又又甩头的时候，高高的马尾扫过陈惹的手腕，他抬手轻轻拉住她的头发，走到赵又又身边，语气酸溜溜的："给别人加油的时候那么起劲，到我比赛了怎么都不去看一眼？"

赵又又抠抠脸："那我也快比赛了嘛。"

陈惹勾着她的肩把人转了个方向，领着小姑娘往跳高区走。尽管他说话声音不大，还是平时那种不紧不慢的语速，但是在所有人的胜负欲都被点燃的操场上显得格外豪横："我速战速决，会给你留够热身的时间。"

赵又又扯了扯嘴角，腹诽道：陈惹，好臭屁一男的。

往年门庭冷落的跳高区因为陈惹参赛突然火爆起来，赵又又差点没能挤进去，好在她个子娇小，硬是从最外围挤到了第一排，正好能看见八米开外点完名排队等着上场的陈惹。他身上贴着"345"的号码牌，排在第三位，他个子高，脸又生得好看，全场的视线都被吸引了过去，再加上前面两个选手表现得不大如意，围观群众的希望基本都落在了陈惹身上，还有不少明目张胆拿手机拍照的小女生，一边拍，一边压抑着声音低喊好帅。

"345 号，高三（1）班，陈惹，"裁判高喊陈惹的名字，看了眼表上填的起跳高度一愣，再开口的时候卡壳，有些怀疑地报出高度，"两、两米。"

前面两个选手有个三次都没过杆，另一个只跳了一米二。本来就热闹的观赛区就像是沸腾的开水，本来没打算凑热闹的路人闻声也挤了过来。

两米？陈惹以为自己脚上装了弹簧吗？就算体育特招生最多也就跳一米八，他上来就报两米，会不会太狂了？

赵又又也吓了一跳，忍不住踮脚看向陈惹。热气氤氲，暑气蒸腾，陈惹的五官有些模糊，身形却清晰。

只见他站在八米外的起跑点，踢腿甩臂弯腰，看似随便却很认真地做着热身运动。陈惹漆黑的双眼专注地盯着跳高架上已经被升到两米的横杆，随着裁判一声令下，他大踏步开始助跑，双臂大幅度摆动，短短几秒就已经冲到了踏跳线的位置。陈惹微微咬牙，眼神凌厉，左脚猛地向上一蹬，背脊挺直，双臂自然下压，整个人像飞燕似的腾空而起，仰面向上跃起。

阳光突破云层投射在陈惹身上，一道道光束把空气中飞扬的尘土照得一清二楚。陈惹越过横杆的动作像是被人摁下了慢放键，少年面容清隽，一向没太大表情波动的脸上多了几分坚毅。他下坠的时候，宽松的运动服和号码牌被风吹起，露出消瘦精致的腰线，腹肌轮廓清晰。

赵又又看得清楚，莫名觉得鼻头发热，她连忙抬手捂住嘴巴，眼神飘忽准备开溜的时候，落在软垫上的陈惹却突然偏头看了过来。二人视线碰撞，陈惹冲她得意挑眉，脸上写着三个大字：求夸奖。

赵又又眨巴眨巴眼睛，鼻头一热，像是有什么东西涌了出来。被软垫轻轻弹起的陈惹一惊，等裁判确定成绩有效后连忙跑向赵又又，伸手捂住了她的鼻子。

小姑娘尝到血腥味，又见陈惹乐得不行，这才反应过来——她！流！鼻！血！了！而且是在众目睽睽之下，盯着陈惹的脸，流鼻血了！

赵又又急忙仰头，陈惹揽着她的肩膀把人往班级大本营带，吸引了不少路人的目光。他见小姑娘脸都涨红了，原本紧闭的唇线一松，嘴角勾起好看的弧度。他笑得肩膀直抖，喉结上下滑动，说话声也断断续续的："赵又又，色令智昏啊。"

"色你个鬼，我只是……"好不容易回到大本营的赵又又臊得要死，偏偏鼻子还被他捂着，声音齉齉的，没有半点威慑力，"我只是上火而已，上火！"

"好好好，你说是什么就是什么。"陈惹扶她坐下，用纸塞住她的鼻子，又用湿巾把她脸上的血迹擦干净。

"既然上火，那你就别看我了，免得你心火更旺。"陈惹洗了手，拿凉水拍了拍赵又又的后脖颈。

她叽叽咕咕说陈惹烦人，气呼呼地背过身去。

陈惹觉得小姑娘又可怜又可爱，嘴上数落她，却又偷摸举起手机。他仰着下巴把脸放进取景框，抬手拍了拍赵又又的肩膀，尾音上扬道："小柚子，你看这是什么？"

"啊？什么？"赵又又下意识扭脸看过来，刚转头就听到"咔嚓"的快门声，她这才发现自己上当受骗了。

赵又又鼻子塞着卫生纸的窘样和陈惹张扬的笑脸定格在手机里。她气得要命，张牙舞爪地抢手机："陈惹！你真的很'机车'哎！把照片删掉啦！"

可陈惹仗着自己高，把手机高高举起，一手还抵着赵又又的脑袋往外推。

二人正闹得起劲，赵又又的手机突然响起，是孟荧打来的，她有些着急，叽叽喳喳像只小麻雀："小柚子，你人呢？跳远女子组要开始比赛了，赶紧过来。惹神是不是也跟你一块儿呢？男子跳远也快开始了，你让他也过去等着。"

"啊！我还要跳远呢！"赵又又挂了电话低骂一声，可一想到自己现在这副尊荣，脚底下就跟灌了铅似的，足足做了三分钟心理建设才遮遮掩掩地去了女子跳远赛区，临走前还把陈惹这个又看笑话又偷拍的臭头鸡仔赶走了。

可她的心理建设在孟荧和叶一铭笑成一团的时候彻底崩塌，还在整个高中组的注视下鼻子塞着卫生纸跳了个第三。

运动会还没结束，赵又又被陈惹迷到流鼻血的事就传遍整个学校，跳进黄浦江都洗不清了。

男女子组的跳远比赛几乎是同时结束的，四人小组在沙坑旁碰了头。赵又又的鼻血止住，可脸也丢大发了，八爪鱼似的挂在孟荧身上，哭丧着脸哭唧唧："我没脸见人了。"

孟荧安慰似的拍拍赵又又的肩："小柚子，就算你两个鼻孔都塞上纸，你依旧是最好看的！"

赵又又颤颤巍巍地伸手捂住孟荧的嘴："你还是别说话了。"

叶一铭在旁边笑得不行，看了眼时间，扯扯孟荧的头发："女子四百米马上要开始了，一起过去？反正就剩长跑和接力赛了，我们给你当啦啦队。"

孟荧身体素质好，又是班上的体育委员，基本每个项目都有她的身影。

"走吧，我今天就让你们看看孟哥是怎么一骑绝尘的！"孟荧和赵又又翻身从地上起来，一块儿往塑胶跑道走。

陈惹放缓了步子和赵又又并肩，他轻轻扯住小姑娘的马尾，食指勾了一缕头发轻绕，哪壶不开提哪壶："鼻子还流血吗？"

"不许再说这个事！"赵又又像一只被踩了尾巴多毛的猫咪，张牙舞爪地伸手去挠陈惹的腰，却被他躲了过去。

陈惹躲的过程中被"水壶"喷了一脸水汽，还笑呵呵的，黑发在他指节上绕了好几圈，他压低了声音，被日光一照有些懒洋洋的："等运动会结束了，我带你去吃绿豆冰，清热下火。"

塑胶跑道外围满了人，主席台两侧的看台也密密麻麻站得水泄不通，长跑每年都是热门比赛，又最能激起同学们的胜负欲。本来就热闹的操场就像涌动的浪潮，此起彼伏的口号声直冲云霄。

"高三（3）班，猛虎下山，活捉校长，拿下江山！"

"春风吹，战鼓擂，二十四班怕过谁！"

"一班一班，孟荧出山，这次比赛，与我无关！"

"天王盖地虎，五班全上'985'，宝塔镇河妖，五班最低'211'！"

刚开始的时候，口号还算正经，到后面越跑越偏，各班的啦啦队Rapper（说唱艺人）上身，莫名其妙开始Battle（说唱对抗），比跑道上的运动员还激动。

孟荧的状态很好，一点也看不出来之前还参加了那么多个项目。她跑四百米时一路领先，毫无悬念地拿下第一。

跟着吼了几嗓子口号的赵又又激动得蹦了起来，跑上去迎接孟荧，夸奖的话泉水似的往外涌。

孟荧一脸自豪，接过叶一铭递来的水喘着粗气，把胸脯拍得"咚咚"直响："我厉害吧！"

她的身影在"运动废人"赵又又眼里逐渐高大起来，赵又又十分殷勤地替她捏肩揉腿，心甘情愿当马仔。

"马仔"问道："下个项目是女子八百米了吧？我们班是谁啊？"

"孙晓晓。"孟荧一愣，扭头看向叶一铭，"对了，孙晓晓人呢？"

话音刚落，班上就有个女同学喘着粗气跑了过来："孟荧！不好了，孙晓晓大姨妈突然来了，现在都还在厕所呢……"

这个消息无异于晴天霹雳，孟荧一个头八个大，但这事儿又不能怪孙晓晓，只能急得在原地转圈："怎么办怎么办？这马上就要上场了啊！"

叶一铭也没办法，只能再找找有没有愿意替补的女同学。

孟荧烦躁得揉了两把头发，破罐子破摔道："实在不行就找裁判说一声，我上！"

叶一铭转了一圈操场都没找到顶替选手，刚回来就听见孟荧说这话，他头一个不同意，拉着孟荧的胳膊把人往后拽，劈头盖脸地骂了过去："你不要命了？实在不行就弃权，不许去！"

孟荧今天就跟陀螺似的连轴转，跑完四百米还没几分钟呢，待会儿还有个接力赛，要是现在再跑八百米，她干脆收拾收拾直接去世算了。

因为这个突发情况，事情陷入了僵局，偏偏广播里又在催参加女子八百米的运动员去报到，想不到解决办法的孟荧有些生气，硬是要自己上，偏偏叶一铭又不肯，两个人因为这事儿都快吵翻天了。

"不然我去好了。"赵又又看这两个人一个吵得脸红脖子粗，一个死活不松口，生怕他们在全校师生面前打起来，弓着身子钻到二人中间，把人分开，声音糯糯的，"我去吧，反正坚持跑完就行了吧？"

陈惹听她这么说，张了张嘴原本想开口，最后却只是看着她，没同意也没拒绝。

小姑娘深知自己的实力，能坚持跑完就不错了，妄想名次是不可能的。她抠了抠脸，拉着孟荧的手轻晃："就算我跑最后一名，也不会挨骂吧？"

孟荧和叶一铭宣布休战，又是纠结又是犹豫地看着赵又又，最后盯着陈惹。

陈惹挑眉，冲赵又又挑眉："看我做什么，我听她的。"

广播再次催促，孟荧咬了咬牙，只能应了下来："要是跑不动就不跑了，不许逞强，知道了吗？"

赵又又乖乖点头，在众人的注视下跑向报到处，刚跑开两步就转头看向陈惹，高马尾在空中划出一道漂亮的弧线："陈惹，记得我的绿豆冰哦。"

她想了想，伸手比了个"耶"："我要两碗，大份的。"

事出突然，孟荧把八百米运动员身体不舒服不能参赛的事告诉裁判，几个裁判商量后同意换人。

赵又又是临时上场的，陈惹担心"赵 运动废人 又又"受不了这么大的运动量，在比赛开始的前几分钟带着她做了会儿热身运动。虽然他不像孟荧那样叮嘱，可赵又又还是能感觉到他的担心。

小姑娘甩了甩手，在草坪上蹦蹦跳跳，尽量让每一个细胞都活动起来："放心啦，我比你还少跑两百米呢。"

陈惹"嗯"了一声，也没多说什么，有点上瘾地轻拽赵又又的头发，没头没脑地来了句："把头发扎起来很好看。"

赵又又心脏怦怦直跳，热身的节奏被打乱，她的眼睛又黑又亮，像两颗泡在清水里的黑曜石。她颠着步子，一点一点靠近陈惹，带着淡淡的蜜桃味凑近他，声音娇娇嗲嗲："那我不扎头发就不好看哦？"

陈惹低笑，滚烫的掌心捂住她的眼睛："好看。

"怎样都很好看。"

站位是按班级顺序排的，赵又又站在最不省力的外圈，但还是像模像样地摆好了起跑姿势。

孟荧还是放心不下，跟个老妈子似的扯着嗓子喊："跑不动就走，你当散步都行！"

赵又又最后那点紧张的情绪也烟消云散了，盯着跑道连连点头。

"预备！"

裁判一声令下，所有人都屏息以待，随着"砰"的一声枪响，女子八百米长跑正式开赛，整个操场都沸腾了起来。

红色跑道上你追我赶，赵又又不是个肯服输的性子，就算知道输定了，却还是不想输得太难看，铆足了劲儿往前跑，居然冲到了第三。

"小柚子冲啊！"

刚刚还劝她慢慢来的孟荧当起啦啦队来什么都忘了，在原地又蹦又喊，声音都快盖过广播了，跟个人间唢呐似的。要不是为了保留体力，孟荧这会儿肯定陪跑去了。

运动员们不停角逐，啦啦队也没歇着，纷纷站在圈外摇旗呐喊，战况比赛道上还激烈。

陈惹的眼睛就没从赵又又身上离开过，他仰头看着渐渐慢下来的小姑娘，把奋战在啦啦队一线的叶一铭拉了过来："叶一铭，我们班的旗是谁举的？"

"韦章林和李旭东换着举。"叶一铭嗓子都喊哑了，伸长脖子往旁边看，一眼就看到不远处的绿色旗帜，"喏，在那儿呢。"

"好，我知道了。"陈惹点头，把叶一铭塞回"前线"，转身走到绿色班旗面前，冷淡的声音在火热的氛围里格外突出，"可以把班旗给我吗？"

还没跑到半圈的赵又又已经面露痛苦，原本被她甩到后面的选手一个个超过她，没多久她就成了最后一个。场外的加油呐喊和口号声一个劲儿往耳朵里灌，听得她头重脚轻，先是放缓速度跑了小半圈，又提速追了上去。

风声呼啸过耳，跑道外的声音被风声切割成碎片，一片片落进赵又又耳朵里。

"陈惹这是在干吗？陪跑？！"

"我的天，他待会儿不还要跑一千米吗？真把自己当超人呢？"

赵又又觉得肺都快炸了，嗓子也越来越紧，天气虽然没有下午两三点时那么热，可额头还是冒出细细密密的汗水，顺着额头爬过她的眼皮，眼睛被汗沁得有些疼。小姑娘眼睛酸酸的，却不肯服输，一步一步往前跑。她听到这些话的时候一愣，下意识偏头看向旁边，墨绿色的班旗从眼前划过。

赵又又本来就缺乏锻炼，顶着毒日头跑八百米更是人生第一次，越跑腿就越重。

突然，她耳边传来陈惹的声音："不用着急，慢慢跑，我陪着你。"

他高举班旗，身上似乎染了一片墨绿色，就站在赵又又触手可及的地方，在众目睽睽之下陪她跑步。孟荧和叶一铭也虽然落在陈惹后面，却还是坚持着陪赵又又一起跑。

太阳渐渐西沉，四五点的阳光多了几分缱绻和温柔，橙黄的光斜斜打在陈惹身上，细碎光芒在他眉眼和发梢跳动，陈惹素来平稳的声音因为举着班旗陪跑喘得有些厉害，或重或轻的呼吸声变成羽毛，飘进赵又又的青春纪念馆。

陈惹又说："这样别人就不会说你是因为馋我的身子才会流鼻血了。"

他轻笑，班旗被风卷起，又轻轻在陈惹面前落下，露出那张精致好看，满眼都是赵又又的脸："是我馋你。"

很多年以后，赵又又总会再想起这个画面。陈惹穿着一件黑色运动服，高举那面写着"高三（1）班"的墨绿色班旗，陪她跑着艰难的八百米长跑，在鼎沸的人声和直冲云霄的呐喊声中低声告诉她："我陪你。"

偌大的操场随处散落着青春的热血气息，加油呐喊声直冲云霄。

赵又又第二圈过半的时候，前面的同学已经陆陆续续过了终点，跑道那头传来阵阵欢呼声。

赵又又的腿却越来越沉，干涩的喘息声像个破旧老风箱，传进陈惹耳朵里。

他见赵又又难受，有些心疼地举旗摇了两下："跑完了我就带你去吃绿豆冰，三碗。"

小姑娘又想哭又想笑，拖着自己灌了铅似的腿，虽然慢，却始终没有停下来，坚持跑向终点。整个赛道只剩她一个人，全场的注意力都集中在她身上，孟荧见状眼睛都红了，直喊"小柚子加油"。

叶一铭则是掏出手机录像，特意把陈惹陪跑的画面拍了下来。

终点就在眼前，赵又又咽了口口水，嗓子干涩得喘不过气，在终点等她的孟荧和叶一铭在她眼里出现好几个重影。她摇了摇头，一步一步靠近终点，直到哨声响起，她才脱力地往地上倒去。

"叶一铭，接着！"

先赵又又一步冲到终点的陈惹大喊一声，把班旗扔给叶一铭，疾步跑向赵又又。

赵又又还以为自己要和大地母亲来一次亲密接触了，可倒下去那刻却陷入一个熟悉又温暖的怀抱里。

陈惹把人抱住，怀里的小姑娘脸色苍白，嘴唇发紫，刘海被汗打湿，一绺一绺地贴着额头。他替她松了口气，轻拨小姑娘的刘海，低声夸她："小柚子真厉害。"

赵又又缓不过劲儿，陈惹落在她眼里都是重影的。她的力气被八百米抽干，整个人软成一摊水被陈惹抱在怀里，听他这么说，有些骄傲地耸了耸鼻头，哼哼唧唧道："都说我很厉害了。"

"棒棒棒，小柚子最棒，我宣布你就是我的偶像！"

见孟荧看得热泪盈眶，赵又又冲孟荧咧嘴一笑，又发现周围许多双眼睛都黏在自己和陈惹身上，她挣扎着站直身子，准备往草坪走的时候眼前发晕，在丧失感官的最后一刻看见陈惹朝自己跑来。

"赵又又！"

"小柚子！"

众人纷纷跑向赵又又，陈惹动作极快，把人打横抱起直奔医务室，临走前扔下一句："叶一铭，待会儿的一千米麻烦你了。"

刚把班旗交给同学的工具人叶一铭满脸问号，不是说好陈惹参赛的吗！

赵又又也不算晕倒，周遭发生的事她一清二楚，她知道陈惹抱着她朝医务室狂奔。

"老师，有人晕倒了。"孟荧冲到前面打开医务室大门。

还在追剧的校医立即起身，大概检查了下被陈惹公主抱着的赵又又后，指了指旁边的病床："中暑了，把人放到病床上，记得平放。"

校医拿来一个冰袋："放在脖子后面。"

她看了眼赵又又身上的号码牌，又拆开一瓶藿香正气水："是跑步晕倒的吧？"

陈惹点头，小心翼翼地抬起赵又又的头，把冰袋垫在她脖子后方，又瞥了眼空调的温度，担心温差太大容易感冒，便扯过被子盖在她身上。

"放心，不是什么大问题，估计平时缺乏运动，身体一时受不了，降温之后就没事了，"校医看到陈惹的动作挑眉轻笑一声，把藿香正气水递给他，"醒了让她喝一瓶。"

见陈惹不错眼地看着病床上的女生，校医忍不住开口调侃道："味道可能不太好，到时候你得哄着人家喝哦。"

陈惹一顿，慢半拍地扭头看了校医一眼，虽然没说什么，可转头回去的时候耳朵红了一片。

"咳……陈惹，你先过去准备比赛吧，我陪着小柚子就好。"孟荧难得见陈惹尴尬，清了清嗓子帮他解围，"叶一铭上个月骑自行车不是摔了一跤吗，我担心他膝盖还没好全，万一再跑一千……"

陈惹用手背去探赵又又的额头，体温已经慢慢恢复正常了，脸色也比刚才好了些。他擦掉她脸上的汗，有些放心不下："确定没事吧？需不需要送医院？"

校医挥了挥手："放心吧，过一会儿就醒了。"

陈惹起身，重新帮她掖被角，把赵又又交给孟荧："如果又又醒了，就喂她喝藿香正气水，我会尽快回来的。"

"我办事你放心，你赶紧过去吧，待会儿叶一铭又得哭多喊娘了。"

等他回到操场，男子长跑选手正好在入场，叶一铭拖拖拉拉站在最后，一副视死如归的模样，甚至还做好了待会儿和赵又又当病友的准备。正一步步往前挪的时候，肩膀突然被人扣住，他转头一看："你怎么回来了，赵又又呢？"

陈惹取下他身上的号码牌，十分感激地重重捏了下叶一铭的肩膀："谢了，小柚子还在医务室没醒，我尽快跑完过去。"

叶一铭这个时候还没特别明白陈惹说的"尽快"是有多快，直到他超了第二名一整圈，三分钟就回到终点，叶一铭才回过神，陈惹不愧是陈惹。

叶一铭伸手比个大拇指："惹神，牛。"

陈惹先是陪着赵又又跑了八百米，又扛着人去了医务室，后面还跑了个一千米，可除了喘得厉害点，身上汗多了点，跟平时完全没差别。

"我先去医务室换孟荧回来，后面的事麻烦你了。"陈惹说完就往医务室跑，完全看不出跑了快两公里。

"你就回来了？这么快？！"陈惹重新站到医务室门口的时候，校医刚刚点开视频软件看完广告没多久。

孟荧也吓了一跳，要不是陈惹这状态的确是刚跑完一千米，她都以为这人只是下楼遛了个弯。

"醒了吗？"

陈惹调整好呼吸，见孟荧把手里的玻璃瓶放回病床旁的小桌上，越过她去看已经靠坐起来的赵又又。

"刚醒，我还没来得及喂她喝药呢。"孟荧十分有眼力见儿地让开，"老蔡也知道小柚子晕倒的事了，估计正往医务室赶。"

孟荧左手握拳抵住鼻尖，眼神飘忽嘴里含混不清地说道："咳咳，你待会儿注意点，免得他看到了不好。"

陈惹坐在床边，贴在赵又又额头上的手背都还没收回来，关切地问道："现在还难受吗？"

赵又又先是点头又摇头，嗓子涩涩地说："想喝水。"

"我给你兑点葡萄糖水。"

校医从抽屉里拿出一大袋葡萄糖："这儿，纸杯在饮水机下面。"

"谢谢老师。"陈惹道谢后，冲了杯温度适宜的糖水。

虽然孟荧知道说了也是白说，但没想到"白"得这么彻底。她双手一摊耸耸肩，反正陈惹在这儿她也放心，挥挥手往外走："那我去准备接力赛了，运动会结束了和叶一铭一起过来。"

陈惹把水杯递到赵又又嘴边，点头对孟荧说："麻烦你了。"

医务室里安静了下来，只能听见空调风和校医手机里传出来的影视剧的声音。

医务室窗外有一棵香樟树，繁茂的枝叶紧挨窗户，西沉的太阳穿过枝叶的缝隙在窗边洒下余晖。病床上的赵又又在落日余晖的映衬下格外柔和，本就白皙的皮肤像是被加了一层滤镜。

她就着陈惹的手，小口小口地把那杯葡萄糖水喝完，终于舒服了一些，仰头笑着看向陈惹，还有些不好意思地挠了挠头："我还以为自己多厉害呢，居然中暑了，好丢人。"

陈惹的拇指轻轻摩挲纸杯，心里痒痒的。他垂眸对上赵又又的眼睛，突然弯腰直直凑了过去。

"你不要过来！你……你再过来我就叫人了！"

"叫吧，你叫破喉咙都不会有人来救你的。"

也不知道校医在追什么剧，女主的台词倒是很贴合赵又又现在的心情。她瞪大了眼睛，陈惹一步步逼近，赵又又就慢慢往后缩，整个后背都贴到了床头。她抬手比停，手抵住陈惹的胸口，像是被吓到了似的低声问道："你、你干吗啊？"

陈惹不说话，轻轻拉开赵又又的手，不顾她阻拦地低头凑近，直到感觉鼻尖微凉，才垂眸去看赵又又，见她无措地紧闭双眼，浓密卷翘的睫毛蝉翼似的轻颤。

陈惹眼中闪过一丝笑意，嘴角勾起坏坏的弧度，拿起桌上的藿香正气水，递到赵又又嘴边："校医说这个药很难喝，让我哄哄你。"

陈惹喉结上下滑动，忍不住笑出声，声音也跟着抖。

赵又又睁开眼睛见陈惹憋着一脸坏笑，这才回过味儿来，发觉又被他捉弄了，便伸手挠他："你真的很过分哎，我还以为……"

"你以为什么？"陈惹抓住关键词，抓住赵又又作坏的手，挑眉坏笑。

"谁要你哄啊，我自己不会喝哦？"赵又又斗不过这只千年老狐狸，气急败坏地接过玻璃瓶，泄愤似的猛喝了一口，差点被藿香正气水的怪味直接送走。

大半瓶下肚，甜咸酸涩的味道瞬间弥漫整个口腔，她扯着嗓子直咳嗽，眼泪都被这怪异又难喝的口感熏了出来："咳、咳咳！好难喝啊！"

"你不是自己会喝吗？"陈惹笑着递了杯水过去，嘴里虽然在数落，手却轻轻拍着她的后背，见还有小半瓶没喝完，柔声道，"就剩一点了，争取一口气喝干净。"

赵又又嘴里的味道还没散，脸拧巴得跟个包子似的，一脸拒绝地推开陈惹的手："拿开拿开，我现在精神得能做两套模拟卷，我……"

"乖一点。"

赵又又感觉到自己的耳垂被轻轻捏了一下，陈惹的手指微凉，她下意识仰头与陈惹对视，全身的血液似乎都涌到了耳垂，磕磕巴巴说不出一句囫囵话。

陈惹躬身凑近她，余晖笼住他大半个身子。他眼角微微耷拉着，双眸却一如既往的深邃，被落日亲吻的侧脸轮廓分明，冷白的皮肤被添上暖意。

陈惹又轻轻捏了一下她的耳垂："不是说好让我管着你的吗？"

凉风从没有关紧的窗缝灌了进来，米白色的床帘被风卷起，赵又又的视线被床帘挡住，她扯开发圈，散开的长发遮住耳朵上的红云。

赵又又接过陈惹递来的玻璃瓶，喝干净了又塞回他手里，翻身从另一侧下床："我没事了，先回……"

"李医生，我们班学生没事吧？"

突然冲进医务室的老蔡打断了赵又又的话，他一眼就看到愣在病床边的小姑娘，冲上前左看右看，见她没事这才松了口气。

校医把手机摁了暂停，椅子后移看了过来："原来是你班上的啊，放心吧，没什么大问题，现在可以走了，回家注意休息就好。"

老蔡松了口气："没事就好。那李医生我先带学生回去啊，等有空了请你吃饭。"

陈惹见状挡在赵又又跟前："老师，我送赵又又回去吧，我和她住一个方向。"

"这……"老蔡到底有些顾虑，毕竟他俩的事才解决没多久，"我还是不放心，不然还是我亲自送吧。"

校医跟老蔡是同时期到一中来的，又是高中同学，认识多年，交情匪浅，她见不得老蔡这样，伸手就把人拽到一边："你就放心吧，我说没事肯定没事。"又冲陈惹努嘴，"既然你们一路，那你就把人家女孩子送回去吧，路上注意安全，到了给你们蔡老师报个平安。"

陈惹从善如流地应下，扶着赵又又走了出去。

"我说你怎么还这样？看热闹不嫌事儿大。"老蔡见陈惹居然在他面前和赵又又牵手，头都大了，可他们俩已经走了，他只能怪校医。

校医倒是笑嘻嘻的，听老蔡埋怨，不乐意地瞪了他一眼："这样多好啊！"

老蔡扔下五个字："跟你说不通！"

"说不通就说不通呗。"校医无所谓地耸了耸肩，脱下白大褂，揣上手机往外走，又回头看了老蔡一眼，"对了，不是说要请我吃饭？什么时候？"

第十二章
在掉马的边缘试探

"你要喝水吗？冰箱里有饮料，好像还有零食，我给你拿。"

明明赵又又才是主人，可看到坐在沙发上的陈惹却莫名有些紧张，两个人在客厅干坐了几分钟，坐立不安的赵又又起身要去拿东西的时候，却被陈惹拽着手，拉回沙发上："校医说了，让你好好休息。"

"哦，好吧。"

赵又又的妈妈上周就飞到国外谈生意去了，前段时间保姆说女儿马上要高考，也辞职回家了。

本来妈妈说再找一个保姆的，但被赵又又拒绝了。所以偌大一个家，现在只有她一个人住，显得格外空荡。

客厅里很安静，赵又又为了避免尴尬开始和孟荧聊天，又给老蔡报了平安。发消息的工夫，陈惹起身问道："你家厨房有米吗？"

"应该有吧？"赵又又反应慢半拍，"阿姨走之前买了很多东西，柴米油盐应该都是齐全的。"

虽然家里什么都有，可不会做饭的赵又又还是只能靠外卖度日，她顺手把厨房指给陈惹看，问道："你问这个干吗？"

陈惹走进厨房："做白米粥。"

虽说赵又又刚吃了药，可中暑后还是有点难受，她在沙发上"躺尸"，直到陈惹把白粥端到她面前，小姑娘才耸着鼻子被勾引着起身。

"你下午才中暑，最近还是吃清淡点，"陈惹把碗和勺子放在茶几上，想到赵又又突然流鼻血的画面，忍不住笑出声，又加了句，"正好败败火。"

白粥绵软浓稠，对目前没什么胃口的赵又又而言是个很好的选择。她吃了一勺，听见陈惹又提她流鼻血的事，顺手拿起沙发上的抱枕砸了过去，又想到他在运动会上的承诺，一边喝粥，一边问道："陈惹，我的绿豆冰呢？"

陈惹笑着接过抱枕，在赵又又对面坐了下来："不难受了？"

赵又又摇摇头："我想吃绿豆冰，要两碗。"

陈惹是那家绿豆冰的常客，很小吃到大，因为店面不大，所以一直没有开通外卖。陈惹翻开通讯录拨了个电话过去："喂，张叔，可以麻烦您送几碗绿豆冰到海关西街83号吗？嗯，麻烦您了，要三……"

陈惹顿了顿，见赵又又一碗白粥已经下肚了，改口道："要两碗，您到了直接给我打电话，谢谢。"

赵又又填饱肚子，活力满满，满心期待地等陈惹的绿豆冰，正好听见他改口，顺嘴一问："你自己不吃哦？告诉你哦，到时候我可不会分给你的。"

赵又又来了清川这么久，台湾腔不仅没减弱，在陈惹面前反倒越发浓重，刚刚说话的时候就像是台剧里的女主冲男主撒娇，乖得很。

陈惹扯了一张纸，抬手帮她擦掉嘴边的米糊，眼神专注："另一碗是我的，我还欠你一碗。"

他没忍住捏了捏赵又又的脸："可以随时找我兑现。"

"毕业了也行？"小姑娘显然对他口中的"随时"很感兴趣，"上大学了也行？"

陈惹没有很快回答她，不急不缓地点点头，拖长了尾音，像是许下一个庄正严肃的承诺："下辈子也行。只要是你，什么时候都可以。"

到晚上的时候，孟荧和叶一铭放心不下，跑赵又又家里来看她，原本准备离开的陈惹被他俩强行留了下来。

高三课业日益繁重，从下周开始就要每周上六天课了，几个人为了抓住周末的尾巴，准备在失去前赶紧狂欢一次。在叶一铭的提议下，几个人打算组队"吃鸡"。

四人小组组队"吃鸡"，逼着陈惹跟他们一块儿堕落。

陈惹看了眼坐在地上做好充分准备的几人，不动声色地扯了扯嘴角："我不玩，先走了。"

叶一铭眼疾手快一把抱住陈惹的腿，把他的手机扔给赵又又："又又，快，微信登录直接组队。

"惹神，咱们都准备好了，你总不能临阵脱逃吧。"

叶一铭冲赵又又使眼色，她接收到讯息后，连忙去锁了大门，把手机塞进陈惹怀里："就玩几把，很快的。"

陈惹拿他们没办法，只能被迫一起堕落，跟着一块儿坐在地上的时候不忘给他们打预防针："先说好，我玩得不好。"

赵又又拍拍胸脯，一脸骄傲："放心！我厉害着呢，一定带你'吃鸡'。"

拍胸脯保证的后果就是连续四把"落地成盒"，游戏体验极差。赵又又深吸一口气，努力控制自己想骂人的情绪，强颜欢笑道："这次我们分两组飞，陈惹跟我，小荧跟叶一铭，起码不会团灭。"

被誉为一中之光的学神陈惹有些不好意思地咳嗽了一声，努力消化刚刚学会的操作："我应该会玩了。"

你最好是。

赵又又在心里吐槽了一句，再一次进入刺激战场。

"陈惹你对面有人！快打他！用枪不是用平底锅！

"快把雷扔出去，不然你会被自己炸死的！

"你往我这边爬，躲到石头后面我来救你！我在右边你去左边干吗啦？"

客厅里充斥着赵又又恨铁不成钢的叫喊声，最后还是没能带陈惹"吃鸡"。

毫无游戏体验感的叶一铭泄气地往沙发上一靠："陈惹，敢情你是个游戏黑洞啊，难怪之前一直不和我们'开黑'。"

他们本来以为陈惹说的是客套话，没想到他还真实诚。

陈惹抿了抿嘴，倒是没反驳叶一铭，看了眼确实不怎么好看的游戏战绩，默默回忆他们之前的操作，又点开一把，沉声道："再来。"

输怕了的众人苦着脸，齐声道："啊……还来啊？"

陈惹点点头："来。"

一中之光的犟性起来了，赵又又他们也没办法，对视了一眼继续陪着打，没想到他这把发挥还不错，开局五分钟就拿了两个人头，倒是赵又又一个没注意被"爆"了头。

"等着。"陈惹上手还算快，半眯着眼睛看了眼左侧的提示，"我给你报仇。"

话音刚落，他就扛着把 M4 把那人打趴下了。

"嚯！惹神你可以啊！冲冠一怒为红颜哪，这么快就满级了。"叶一铭冲他竖了个大拇指。

孟荧挤眉弄眼地撞了撞赵又又的肩膀，赵又又生出一种与有荣焉的自豪感，骄傲地扬了扬下巴，附和道："当然，我们惹神厉害着呢。"

陈惹发出一声短促的轻笑声，对小姑娘话里的"我们"很是满意。

赵又又观了会儿战，突然想起昨天把陈惹的数学卷子一起带回家了，起身跨过沙发："对了，陈惹，你卷子还在我这儿呢。你们先打，我上楼拿。"

赵又又推开卧室门，在书桌上找到了陈惹的数学试卷，正准备下来的时候看到旁边上的平板电脑，嘀咕道："这个点，学习主播也该上线了吧？"

她一边下楼，一边点进直播间，顺手把平板电脑放茶几上，画面正好对着沉迷游戏的陈惹。

她把试卷塞进陈惹书包里，见桌上的零食都空了，又抱了满满一怀补货，起身的时候瞥了眼空无一人的直播间，疑惑地自言自语："哎？这个学习主播怎么回事呀，今天居然放了粉丝鸽子。"

她顺势在陈惹旁边坐下："他以前有事都会请假的。"

陈惹闻言下意识看了眼平板电脑，看到那个熟悉到不行的直播间，心里"咯噔"一声，一个手滑把原本准备扔到对面楼的手雷扔到了脚边，幸好有了经验的叶一铭和孟荧跑得快，不然又难逃被队友炸死的命运。

"陈惹你怎么回事，禁不住夸啊？"

陈惹舔了下嘴唇，有些心虚，自动忽略叶一铭的抱怨声，偏头低声解释："可能他有什么急事来不及请假吧，也或许是生病了。"

赵又又退出直播间，撑着下巴歪头看陈惹玩游戏："可能是吧，就是有点不习惯。"

她的视线落在陈惹骨节分明的手上，看到他冷白皮肤的手腕上有一个小小的月牙状的疤。

赵又又微微蹙眉，陈惹十分冷静排兵布阵的声音在耳边响起，她摸着下巴盯着他的手，慢悠悠地说道："我突然发现你的手和声音都很像我关注的那个学习主播哦。"

好不容易"苟"进决赛圈的陈惹一个手抖，不小心开了枪，在草丛里当伏地魔的叶一铭和孟荧眼睛瞪得铜铃似的看了陈惹一眼。

陈惹咽了口口水，脑子飞速旋转，正想借口的时候又听见赵又又轻声道："不过你晚上要去车行工作，应该也没时间吧？而且如果你真的是学习主播，怎么可能不告诉我。"

陈惹闻言松了口气，心刚放进肚子里，见她又开始发问，心瞬间悬到嗓子眼。

"那你今天怎么没去车行啊？"

"咳，最近车行不忙。而且这不是高三了嘛，偶尔去一次就好。"

陈惹装模作样地咳嗽了一声，话音刚落就被98K"爆"了头，紧接着叶一铭和孟荧也被发现，打了一晚上游戏都没能"吃鸡"的废材小组决定放弃游戏。

在掉马边缘试探的陈惹担心赵又又再刨根问底地问下去，他迟早得穿帮，于是踹了叶一铭一脚，起身准备离开："天色不早了，我们就先回家了。你一个人在家注意安全，有什么不舒服的话记得给我们打电话。"

叶一铭也应声起来，却见孟荧一把抱住赵又又，笑眯眯地猛蹭："我出门的时候给我妈报备了，今晚就在小柚子家睡。"

孟荧挥手赶人："你们两个大男生快走快走，马上就是女生夜谈时间了，男生勿扰。"

叶一铭闻言不干了，一屁股坐在孟荧旁边，笑得死皮赖脸，小鸟依人地靠着孟荧的肩膀，捻着兰花指戳她，捏着嗓子恶心人："人家也想参加嘛！"

其他三个人被他恶心得够呛，纷纷捞起手边的抱枕砸人。

叶一铭功夫熊猫似的左躲右闪，最后被孟荧的抱枕砸个正着。

陈惹背起书包，知道孟荧晚上陪她倒也安心了不少，摸着赵又又的头叮嘱孟荧："要是晚上有什么事，记得给我打电话。"

孟荧被他腻乎得不行，捞起沙发上最后一个抱枕，原本准备砸陈惹，却被赵又又这个胳膊肘往外拐的死丫头夺了过去。

她撇撇嘴，无奈地挥手："能有什么事儿，赶紧走吧，再耽误下去干脆你俩也别走了，一起当姐妹吧。"

叶一铭笑嘻嘻地把抱枕扔沙发上："那不正好。"

他话音刚落就被陈惹拽着衣领，提溜小鸡仔似的被拎了出去："走了，下周见。"

两个小姑娘洗完澡躺在床上，夜已经深了，但都没睡意，有一句没一句地聊天。孟荧像刚才玩游戏那样，挤眉弄眼地打趣赵又又，指着她挂在房间里的东西问道："这球衣和奖牌是陈惹送你的吧？"

赵又又刚回复完陈惹发来让她早点睡觉的消息，翻了个身看到依旧挂在门后的球衣和奖牌，想到陈惹，不自觉地笑眯了眼："嗯，篮球赛那天送我的。"

"说真的，陈惹对你是真好。我跟他同班两年多，这学期和他说的话比以前两年都多。"孟荧开启深夜少女谈心节目，"这都是因为你，那位大爷以前话可少了，半天蹦不出个屁来。"

赵又又安静听孟荧讲以前的事，还没听出个所以然来，肩膀就被轻轻撞了一下。

孟荧歪头看她，挑了挑眉，问道："小柚子，你怎么想的？"

赵又又一愣，想侧过身子回避这个问题，却被孟荧一把抓住。小姑娘磕磕巴巴，眼神飘忽，装傻充愣道："什么怎么想的？"

"和陈惹啊！你们俩以后……"

"之后还是好好学习天天向上啊，继续当同桌，最好能考一个大学。"

孟荧脸上大写的不信："就这？你就没其他想法了？"

赵又又被追问得脸有些发烫，扯过被子蒙住脑袋，声音从被子里传出来，有些瓮声瓮气的："哎呀，你问这个干吗？"

"好了好了，不说这个了。哦，对，趁明天放假，你陪我去逛街吧。"孟荧见她这样，也不继续往下问了，把赵又又的脑袋从被子里解救出来，"叶一铭的生日就快到了，去给他买个礼物。"

赵又又乖乖应声，听孟荧打了个呵欠，轻轻翻身盯着从窗帘缝里洒出来的月光，想着孟荧刚才问她的问题。

以后吗？她好像已经十分默契地和陈惹约定好以后的事了。

毕竟陈惹还欠她一碗随时可以兑换的绿豆冰呢。

小姑娘笑眯眯的，带着满腔对未来的期望安睡，一夜无梦。

陈惹回到家已经十点过了，他爸妈还在客厅看电视。

陈母见陈惹回家，开口问道："回来啦？你同学没事了吧？"

陈惹换好鞋进屋，跟爸妈打了个招呼，摇摇头："没事了。"

"饿了吗？要不要吃夜宵？"陈母说着就起身准备去厨房做吃的，却被陈惹摁着肩膀按回了沙发，"我不饿，先去洗澡了。"

陈惹走上楼梯，突然想起一件事，转身摸着后脑勺道："对了，妈，以后每天可以帮我多准备一份饭吗？我想带去学校。"

一直没出声的陈父突然插话："你每天不都回家吃的吗，怎么突然想带饭了？"

陈惹顿了顿，嘴角抿出笑意，轻声道："学校有只小猫不会找吃的，看着可怜兮兮招人疼。"

比起昨天的闷热，周六这天天朗气清，是最适合逛街的天气。两个小姑娘总算不用再穿校服，幸好赵又又有条太长了所以一直没穿的新裙子，孟荧穿着正好合适，她们一人一条碎花长裙，堪堪抓住了秋天的尾巴。

她们去了清川最大的创意礼品店，两个女孩儿一到这种地方就忍不住，这儿瞧瞧那儿逛逛的。孟荧突然看见货柜上放了一个加大版的AirPods 耳机，兴冲冲地跑过去拿在手里："你看这个怎么样？应该适合叶一铭的大脑袋。

"小柚子，你觉得呢？"

孟荧乐了半天，扭头没看到赵又又的人，拿着大耳机绕了大半个圈才找到赵又又，也不知道她看到了什么，整张脸都快贴玻璃展柜上了，兴奋从脸上溢了出来。

"赵又又，你怎么悄没声儿就过来了呀，我找你半天。"

"小荧你看这个，酷不酷？帅不帅？"赵又又听见孟荧的声音，连忙把人拉过来，指着橱窗里的机车模型，笑得跟朵向阳花似的，"这是雅马哈 R1 机车的仿真模型，这辆机车可酷了，我的梦想就是以后能够拥有一辆 R1。"

赵又又看到橱窗里通体漆黑的机车模型的瞬间，就想到了陈惹，想到他也有一辆相似的又酷又飒的黑色机车。

"老板，我要这辆机车。"

"那我就要这个大耳机了！"

她们俩又买了点女孩子喜欢的小玩意儿，直到双手满满当当的才意犹未尽地从礼品店出来，又约着一块儿吃了烤肉，天开始黑了才道别各回各家。

吃饱喝足的赵又又原本准备看看书，可一看到手边的礼品盒就忍不住拿起手机对着模型拍了好几张照片。小姑娘心里藏不住事，又满心期待陈惹收到礼物后会是什么反应，点开微信给他发了条消息。

【陈惹，我给你准备了个惊喜。】

她发了个苍蝇搓手的表情包：【但我现在不告诉你。】

微信那头沉默了好久才发来一个问号，赵又又几乎能想到陈惹一脸无语的表情，她在床上滚了两圈，一边打字，一边心情大好地哼着不成调的曲子：【反正到学校就知道了。】

她发完消息，又选了几张和孟荧的合照发了朋友圈，喜滋滋地把手机扔床上，抱着睡衣洗澡去了。

陈惹看着聊天框里的表情包，对礼物并不热衷的人却突然心痒起来，赵又又到底会送他什么礼物？他心里记着这个事，顺手点开了赵又又的朋友圈，看到她和孟荧的合照，慢悠悠地点了个赞。

他和赵又又认识这么久，好像还没有正正经经地合照过。

为了把"主播最近有事"这个设定贯彻到底，陈惹决定下周一重新开始直播，所以他这几天有大把的空闲时间。陈惹顶了顶后槽牙，抓上车钥匙起身下楼："爸妈，我有点事，出去一趟。"

赵又又泡了个舒舒服服的澡，一个小时之后才包着头发从浴室出来，她哼着歌准备吹头发，先拿起手机准备看了看朋友圈，陈惹的电话却正好打了进来，小姑娘一愣，心想他不会是追问礼物的吧，接起来还没得及出声，就听见电话那头的陈惹道："赵又又，下楼出门。"

"这个点了我出门干吗，你……"赵又又眨眨眼睛，有些不敢相信地问道，"你不会来我家了吧？"

陈惹叹了口气，放软声音有些委屈巴巴的："你再不下来，我就要被蚊子咬肿了。"

"那你先蹦蹦，我马上下楼。"赵又又头发也不吹了，用毛巾随便擦了几下，握着手机就往外跑，走到门口的时候突然想到机车模型，又折身拿了下去。

到了秋末，夜晚的温度渐渐降了下来，赵又又家小区门口一左一右有两棵大榕树，盛夏时节还葱郁的树木现在光秃秃的，像极了老蔡日益稀疏的头发。

陈惹就站在右边那棵树下，路灯暖黄的灯光倾泻而下，把他整个人笼在光芒里。他像是等得有些久了，倚着机车看手机，在听到开门声的时候抬头望过来，光影被高挺的鼻梁切割，碎片似的分散在脸上。

"你怎么一点都等不了啊，不都说了会送给你吗？"

赵又又双手藏在背后，一路小跑到陈惹身边，说话的时候还瞪了他一眼。小姑娘的头发还湿漉漉的，未干的长发贴着脸和修长的脖子，衬得她皮肤白皙，秋风一扫，淡淡的蜜桃香气跟着夜风打转。

她出门急，穿的还是那件白色的棉质睡衣，被水浸湿后变得半透明，陈惹匆匆挪开视线，咳嗽了一声才道："好奇你给我准备了什么惊喜。"

赵又又抿嘴轻笑，手指轻轻摩挲藏在背后的礼物："那你先把眼睛闭上。"

陈惹挑眉，视线落在赵又又身后，见她一躲，才半无奈半好奇地闭上眼睛。

赵又又打开礼物盒，仔细检查后才双手捧着递到陈惹眼前，为了保持神秘感，轻声道："你可以睁眼了，不过要慢慢睁开哦。"

"当当！"陈惹睁开眼睛的瞬间，小姑娘就按捺不住地问出声，"这可是我一眼就相中的机车模型，你喜欢吗？"

黑色的机身线条流畅，在灯光下折射出耀眼的光芒。

陈惹的视线从机车模型移到了赵又又脸上，清亮月光从高空泼洒下来，他顶着一身月光，看着比自己还开心的小姑娘，启唇轻声道："喜欢。很喜欢，特别喜欢。"

"我就说你一定会喜欢的。"赵又又笑眯了眼，眉骨下方的红痣漂亮又精致，陈惹突然好想碰一下。

在他回神的时候，指腹已经挨到了赵又又的眼睛。他的食指轻轻碰了一下那颗红痣，收手的时候，蝉翼似的睫毛在指腹轻扫，酥酥麻麻的。

陈惹把手藏在背后，垂下眸子加了句："有蚊子。"

"怎么突然想到送礼物给我了？"他耳郭的红被夜色藏得极好，左手握拳抵住鼻尖轻咳一声，接过机车模型，轻轻摩挲了两下。

赵又又不自然地挠了下眼皮，偏头看向别处："就……对你作为优秀同桌的奖励啊！感激你给我讲题嘛。"

陈惹轻笑，倚着机车歪头看她："就像你打赏学习主播那样？"

赵又又眨了眨眼睛，时间好像暂停了一下。她猛地扭头看向表情凝固的陈惹，微微惊讶："你怎么知道？！"

一时得意忘形的陈惹在心里大呼不好，正要解释，却见赵又又半眯着眼睛凑到他面前，拖长声音问道："难道——"

陈惹的心跳不自觉加快，感觉自己的马甲岌岌可危，就在他以为已经捂不住的时候，小姑娘又道："你是不是听了我的安利，也去关注了？"

陈惹一时无言以为，半是好笑，半是松了口气地抬手，捏了捏赵又又手感极佳的脸："是是是，你都快把他吹上天了，我当然要关注一下。"

"他厉害吧！是不是超棒的？"

赵又又眼睛晶亮，看得陈惹有些心虚，他捏着她的脸往后轻轻推，笑着说："是是是，赶紧回去睡觉吧。"

他顿了顿，又加了句："睡眠不足反应会变迟钝的。"

第十三章
在线掉马

学业繁重又枯燥的高三生活一天天地过去，很快又开始准备第三次月考了。

赵又又这次心态出奇地平静，还是和往常一样白天上课，晚上看直播。在陈惹和主播的双倍助攻下，很少再有赵又又不会的题目，但物理对她而言还是硬伤。

"昨天晚上遗留的问题大家听懂了吗？好的，既然没什么问题，我就进行下一个环节了。"

自从赵又又开始上晚自习，就一直坚持前面两节课做作业整理错题，到九点就准时拿出平板电脑看直播，班上不少同学在她的安利下也开始听学习主播的课，班上的学习氛围越发浓厚。

陈惹还是没参加晚自习，赵又又原本也想劝他暂时先别去车行工作，但一想到他的成绩就闭嘴了。不过每天晚自习下课后，陈惹都会来学校接她。

"之前都是我讲题，今天就换一个方式，你们可以把不会的题目打到公屏上，我会选择重难点给大家仔细讲解。"

讲完知识点的学习主播放下手里的书，画面里只能看到他的手。天气慢慢降温，他也穿起了长袖，遮住了手腕内侧的月牙状的疤。

评论区因为他这句话突然热闹起来，赵又又也没想到学习主播会突然来这么一手，正好昨天的模拟卷她有好几道不会做的物理题，翻出试卷抱着试一试的心态选了三道题打在评论区。但看学习主播视频的人不少，赵又又的评论不一会儿就被顶了上去。

"这么多人提问，应该看不到我的问题了吧。"赵又又自言自语，决定要是自己没被抽中，待会儿就拍下来问问陈惹。

"好，可以停了。"

学习主播显然也没想到场面这么火热，虽然及时叫停，可评论区还是有人在不断刷评论。

赵又又见状更不抱希望了，她对其他人的提问不太感兴趣，正准备退出直播间的时候，却听见学习主播不紧不慢地读着题目："绝热容器 A 经一阀门与另一容积比 A 的容积大……两容器中盛有同种理想气体，温度均为 30，B 中气体的压强为 A 中的两倍……问此时容器 A 中气体的温度为多少？"

学习主播的声音低沉冷清，为了看清楚题目，离镜头近了点，虽然还是没露脸，但精致的喉结却入了镜，喉结随着说话声轻轻滚动。他皮肤冷白，脖子上的青蓝经络十分明显，看起来格外色气。

评论区的画风也渐渐走偏，开始追问主播有没有谈恋爱，喜欢什么类型的女生。

"这是道物化题，解题要从化学公式入手，应该是去年的物理竞赛题，对高考来说算是超纲了。我简单提一下解题思路，"主播看到再度热闹的评论区顿了顿，微微拖长声调满含深意地说道，"如果还是没明白，可以问问班上的学霸。"

赵又又听到是竞赛题的时候就释怀了，她连部分高考题都没整明白，更别说竞赛题了，但学习主播已经在梳理思路了，她就认真听了起来，听完后有点一知半解，没琢磨透。本以为只会选中一道题，没想到学习主播居然把她发在公屏上的三道题目都讲了，连评论区也开始发问号。

【一定要考上医科大：主播干什么呢，今天抽的题也太具有针对性了吧？】

讲完三道物理题的陈惹噎了一下，从容不迫地端起桌上的水杯润了润嗓子，义正词严地说："这位同学提出来的问题都很具有代表性。"

【温找找 find：听起来是挺有道理的，但我不是很相信。】

就连赵又又也觉得有些怪怪的，她被主播翻牌的概率也太高了吧。她摸着下巴喃喃自语："难道是我之前给他打赏的缘故？"

【今天也是想念螺蛳粉的一天：不然今天就别讲题了，我们来讲讲主播吧？主播今年多大了？是单身吗？喜欢天天吃螺蛳粉的女孩子吗？】

又讲完四道题的陈惹这才发现评论区的画风，差点被自己的口水呛到。他沉默了好一会儿，久到大家都以为他不会回复这些奇奇怪怪问题的时候，他却突然来了句："喜欢反应迟钝的。"

评论区被一大片问号刷屏，成片"我等凡人不懂学神的脑回路"

的评论。陈惹看了看时间，今天该讲的内容也讲得差不多了，便把今天最终的打算说了出来："马上就是第三次月考了，也感谢大家这么久以来的关注。在月考结束后，我会准备一个抽奖活动，奖品是我亲手整理的物理笔记本，里面记了高中三年的知识点和重难题，希望对大家有所帮助。"

评论区的画风被他一句话扭转回来，这可是学神的笔记本啊！实实在在的复习宝典，要是真抽中了，还担心什么物理题啊！赵又又也开始摩拳擦掌，准备从今天开始转锦鲤，到时候两本物理宝典在手，让偏科成为过去式。

陈惹说完这话就下播了，换好衣服带着车钥匙回学校接人。

最近屡次在掉马边缘试探的陈惹有种预感，学习主播的身份他真的快捂不住了。与其到时候被赵又又这个傻妞发现，还不如主动老实交代，决定抽完奖就把这事儿告诉她。

"小荧我先走咯，陈惹在校门口等我了。"下课铃一响，赵又又收拾好东西，跟孟荧和叶一铭招呼了一声就冲出教室。

班上的同学们也习惯了陈惹每天晚上来学校接人的事，但听到了还是忍不住讨论。

"都是同桌，怎么人和人的差距就这么大呢？"

"你说下辈子我有机会遇到陈惹这种同桌吗？"

"别想了，你还是……"

大家你一言我一语讨论得正起劲，教室前方突然响起一阵刺耳的摩擦声，随即便是书桌倒地的响动。

"对不起，我刚才有些走神了……"

乐雅神情恍惚，收拾好东西准备出教室的时候不小心撞翻了后桌的桌子，一边道歉，一边捡东西，耽误了十多分钟才离开。

乐雅游魂似的往外走，教室里压低了的讨论声还是传进了她耳里。

"哎，你们发现没，乐雅最近有点怪怪的，不爱跟人说话，上课也不太听，整个人精神都好差。"

另一个同学一脸惊讶："她期中不是考得挺好吗？"

"我听说……"刚开始说话的同学左右看了看，确定乐雅不在周围才遮着嘴巴，拖长音调小声道，"她期中作弊了，丁一跟她一个考场，说看到她藏小字条了。"

"不会吧！看不出来乐雅是这种人啊，她不是一直都觉得自己成绩很不错的吗？是不是被家里逼太狠了啊？她妈妈上次还去老蔡办公室骂人了呢……"

驻足在教室外的乐雅一脸难堪地握紧了双手，她半低着头，脊背被无形的重担压弯，整个人都缩在过道并不明亮的灯光里，身旁的那堵墙把她与世界隔开，仿佛这个世界的热闹和光芒从来不属于她。

她不想回家，也不想待在学校，只想找一个没有任何人的地方躲起来。

"乐雅？这么巧又碰到了？一起回家呗。"

徐文骁的声音突然从前面传了过来，乐雅闻声站直了身子，抬头对上徐文骁的笑脸。什么巧不巧的，他们一班在四楼最角落，徐文骁在二楼，要是没有集体活动，一学期都不见得能碰上几回面。

"不用了，我自己会回去。"乐雅声音冷淡。

她扬起修长白皙的脖子，像一只骄傲的白天鹅从徐文骁身边走过，却被他握住了手腕："回去？在你家楼下的 7-11 坐到凌晨再回去吗？"

徐文骁的手掌滚烫，又出了一层薄汗，触感湿漉漉的，不是很舒服。他的话像一根尖利的针，扎破了乐雅苦苦维持的体面。她回过神，猛地用力甩开徐文骁的手，却因为太用力，手背重重砸在墙壁上，皮肉和墙壁碰撞，发出令人牙酸的声音。

"你跟踪我？！"乐雅的声音尖厉，眼圈也跟着红了。

徐文骁见状一惊，知道自己说错了话，想要解释却又嘴笨说得不完整："不是你想的那样，你听我解释……"

"徐文骁，你太无耻了！"

乐雅带着哭腔吼出这句话便冲了出去。徐文骁急出一脑门的汗，也跟着追了上去。乐雅挤到公车最后一排坐下，见他隔着过道在她旁边坐下，气得要下车，却又被他拉住了手："我家就在你家前两站，会经过那家 7-11，我真没跟踪你！"

公交车上的人越来越多，徐文骁又着急解释，音量不低，大半个公交车的人都看了过来。乐雅咬着下唇抹不开面子，甩开他的手，快步走到前面的单人座坐下。

徐文骁也亦步亦趋地跟了过去，却没坐下，站在乐雅旁边拉着拉环，把她与车上越来越多的人隔开。他见乐雅还盯着窗外看，忍不住开口问道："你为什么不想回家啊？"

夜色深沉，学校外面的人虽然还算多，可再往前看，却看不清前路到底在何方。

乐雅垂眸，语气冷淡："关你什么事？"

徐文骁看着玻璃窗上乐雅的倒影，明明不久前还是那么明艳的一个人，突然成了现在这样，他没来由地有些心疼，一个念头突然钻进他脑子里。徐文骁一把拉住乐雅的手，不顾车上众人此起彼伏的抱怨声，硬是把乐雅拉下了车。

"徐文骁，你干什么？"乐雅莫名其妙被他拽下来，本来就憋了一肚子的委屈，现在看着远去的公交车，眼睛一下就红了，眼泪"啪嗒"直往下掉。

偏偏徐文骁这个榆木脑袋还沉浸在乐雅居然知道自己名字的惊喜中，完全没注意她在哭，等回过神的时候乐雅都哭着走到几十米开外了。

徐文骁给了自己一巴掌，赶紧追上去，见乐雅哭得一脸泪，手忙脚乱地用袖子帮她擦了擦，还急急道："既然你不想回家，那我带你去个好地方。"

生怕乐雅想歪，他把自己的胸脯拍得"咚咚"响，一脸严肃地保证："放心，我是好人。"

乐雅的脸被擦得生疼，她下意识要拒绝，可看见徐文骁紧张兮兮又略带讨好的样子，她居然卡壳了，错过了拒绝的最佳时机。

徐文骁默认她同意，嬉皮笑脸地拉着乐雅朝他说的好地方走，还不忘叮嘱道："那你也别哭了呗，到时候别人还以为我欺负你呢。"

即便现在快晚上十点了，游戏厅的人还是很多，喧闹欢呼声不绝于耳。乐雅也不知道自己为什么莫名其妙就跟着徐文骁来了游戏厅，她第一次来这种地方，有些不习惯地皱眉，下意识就想逃。

身边的徐文骁却眉飞色舞地介绍起来："这边可以抓娃娃，喏，还有那儿，可以开赛车、玩射击游戏。外面还有跳舞机，每次都有好多人围观。"

他的话硬生生绊住了乐雅的脚，她好奇地顺着徐文骁手指的方向看过去，原本烦闷委屈的心情竟然渐渐好了起来，还主动问道："那边呢？"

"那边是投篮机，我最喜欢玩那个了！我可是最高纪录保持者！"徐文骁一提到篮球，整个人都像在发光，说着就拉起乐雅跑到投篮机面前，又想起什么似的往外跑，还不忘回头叮嘱，"你等我一会儿。"

没多久，徐文骁就带着满满两筐游戏币跑了回来，笑嘻嘻地塞到乐雅怀里："等你玩尽兴了，我就送你回家。"

乐雅低头看着怀里满满当当的游戏币。从小到大，她被妈妈管得紧，连气都喘不过来，小时候不是在上补习班就是在下课的路上，别说游戏厅了，就连过家家她都没玩过。别人的童年，是她可望而不可即的奢望。

"别傻站着了。走，我教你投篮。"徐文骁见乐雅傻站着，拉着她的手腕在投篮机面前站定，"你脚张开一点，手伸直，眼睛盯着篮筐，对，用力扔进去就行。"

乐雅抿嘴试了好几次，不是丢偏了就是力气不够，她总觉得别人会笑她，正想放弃的时候，手腕却被徐文骁握着往下压："你手腕放松一点，随便扔，咱们还有这么多游戏币呢。"

徐文骁帮乐雅调整好姿势后便松开了她的手，乐雅的耳朵却有些发烫，手忙脚乱地随手将球往球筐里一扔，没想到还真投进了。

乐雅先是一愣，随即开心得直蹦跶，忍不住和徐文骁分享："进了！徐文骁你看到没，我居然投进去了！"

徐文骁发觉自己的袖子被她抓着，他眨了眨眼睛，盯着乐雅的笑脸，轻声道："笑起来多好看，平时干吗总冷着一张脸。"

乐雅的笑脸一僵，笑意渐渐消失。她收回手，半垂着头，声音又闷闷的："你没心没肺的，知道什么。

"对于我这样的人，快乐就是奢望。"

徐文骁抓了个游戏币塞进乐雅手里："那你现在开心吗？"

即便乐雅不想承认，可进入高三以来……不，是从小到大，今天的确是她最开心的一天。

"开心就对了。我们这个年纪，还有大把试错的时间，管他什么事，开心最重要。"徐文骁笑眯眯地拍了拍乐雅的头，"走，抓娃娃去。"

陈惹照例把赵又又送到离家只有十米远的地方，她下车把头盔还给陈惹，转身的时候却被他叫住了。

"怎么了？还有事哦？"赵又又惦记着今天那几道物理题，准备回家再磨磨脑子。见陈惹脸上难得出现迟疑的神色，她半眯着眼睛盯着他看，哼哼两声，双手抱胸在他跟前站定，"说，你是不是干了什么对不起我的坏事？"

"你能不能想我点好，我能有什么对不起你的？"陈惹右手食指弯曲，轻轻敲了两下赵又又的额头，"就是有件事，准备月考结束后告诉你。"

赵又又满脸问号，双手一摊："那你现在告诉我干吗？等考完了你直接给我讲啊。"

话只说一半，吊人胃口。

"这不是提前给你打个预防针吗？"陈惹故作神秘，笑嘻嘻地把赵又又往她家推，"好了，赶紧回去吧，免得阿姨等你。"

他越是这么说，赵又又就越是好奇，脑补了一百多种故事，晚上还戏精上身把自己感动得一把鼻涕一把泪的。偏偏陈惹口风严，不管她撒娇也好，装生气也好，陈惹愣是不松口，连被她喊去帮忙打听的叶一铭和孟荧也吃了败仗，灰溜溜地继续准备考试去了。一直到考试前夕，赵又又都没能从他嘴里问出一句有效信息来。

【考试第一名：你真的不告诉我吗？如果你不告诉我，我今天晚上一定会很好奇的，好奇到不能好好复习，好奇到睡不着觉，那我月考肯定发挥不好！】

自从赵又又期中拿了第一之后，就火速修改了微信名，臭屁得要死。但她在陈惹那儿的备注还是"气人第一名"。

可陈惹最近才发现，赵又又除了气人第一名，好奇心也是第一名。从他透露了一点风声之后，赵又又就没停止过对他的追问，上课问下课问，见面问微信问，就差跟去男厕所追问了。

因为明天要考试，一个考场只能坐三十个人，所以今晚不用上晚自习，同学们在家自行复习就好了。赵又又看了会儿书，可脑子里始终惦记着陈惹说的事，忍不住开始信息轰炸。

【考试第一名：你就告诉我嘛，不就是提前两天嘛，四十八个小时而已，你就当做了一场梦，在梦里提前告诉我了，好不好嘛？】

【陈惹：革命尚未成功，同志仍须努力。】

【陈惹：后天一考完，我立马告诉你。】

陈惹的嘴就跟困住孙悟空的金钵似的，赵又又十八般武艺齐上阵，还是什么用都没有。

"没劲……"

赵又又整个人往床上一瘫，举着手机打字，气鼓鼓地回复：【要是到时候被我发现你是整我的，那你就完蛋了。】

陈惹的消息也来得很快，但整句话里都透露出敷衍的意思。

【陈惹：嗯嗯嗯，是是是，学习主播是不是要开始直播了？你还是赶紧上课吧，第一名同志。】

到这个时候都没能问出来，赵又又差不多也决定放弃了，下楼去冰箱里拿了瓶酸奶后，开始乖乖跟着学习主播进行最后的考前冲刺。

等主播把自己押的题讲得差不多了的时候，都已经快到十一点了。

赵又又打了个哈欠，捏了捏酸痛的肩膀，上了个厕所回来发现主播今天居然还没下播，但画面里空无一人，其他观众也有些蒙。

她正想问问是不是课没讲完，手机就突然响了，是陈惹打来的。

"怎么，你想通啦？打算提前告诉我了吗？"赵又又盘腿坐在床尾，怀里抱着个很大的兔子公仔，有一搭没一搭地扯着它的耳朵。

电话那头的陈惹冷笑一声："你想得美，我是来问你复习进度的。"

不知道是他俩谁的手机出问题了，还是赵又又耳朵出毛病了，她觉得陈惹说话有回声。

"你最近有认真看学习主播的视频吗？"

陈惹越说话，回声就越明显，而且还有明显的延迟，像是从电子设备里传出来似的。赵又又觉得有些诡异，抱着公仔站在地板上，一会儿把手机拿得远远的，一会儿又打开扩音，在屋子里转了好几圈。

"我去听过他几节课，讲课讲得挺好，你多听听，尤其是物理这门，他讲得很仔细。他上次不还给你讲了道物化题吗，说如果没听懂就问问班上的学霸，怎么没见你来问我？"

赵又又的视线在房间里环绕了一圈，最终落在了还停留在直播间的平板电脑上，她脑子里突然冒出一个猜测。她咽了口口水，把手机通话声调到最小，还捂住了出音孔，又把平板电脑的声音调到了最大。

手机那头喋喋不休的陈惹半天没等到赵又又回话，从床上起来，走到桌前准备把设备收拾了，对着电话问了句："小柚子，怎么不说话了？"

主播的正面虽然还是没入镜，但赵又又感觉他的穿衣打扮十分眼熟。之前上课的时候主播穿了件外套，现在外套一脱，里面不就是陈惹今天上学穿的卫衣和牛仔裤吗？

而且陈惹的声音居然从平板电脑里传了出来！还是从学习主播的直播间里传出来的！

"陈惹，"赵又又木着一张脸，觉得脑子都快炸了，她一屁股坐在椅子上，还动作极快地点开了录屏，她指着平板电脑，震惊过头的声音毫无波澜，"看看摄像头，你好像忘记下播了。"

"嗯？我记得下了的。"陈惹下意识回了一句，抬头看向直播间，在看见左上角"直播中"这三个明晃晃的大字的时候，整个人都僵住了，仿佛以肉眼可见的速度石化。

空气突然凝固，评论区看热闹的人简直都快疯了，公屏上满满当当全是"主播掉马了"。

陈惹骂了句脏话，动作极快地把摄像头换了个方向，可动作太慌乱，不小心从自己脸上扫了过去。陈惹在直播间一闪而过的脸就像三十二倍慢速播放的 PPT 画面，一遍又一遍地在她脑海里闪过，然后摆成一排明晃晃的大字：陈惹＝学习主播。

她从一开学就关注的学习主播居然是陈惹，她还在陈惹面前吹过那么多的彩虹屁！

"这个主播讲题思路清晰，声音还好听，比你有耐心多啦。"这句曾经在陈惹面前夸奖学习主播的话现在变成 3D 立体环绕音，三百六十度包围赵又又，好像要跟 PPT 一起合力把赵又又送走。

"啊！"赵又又尴尬得叫出声，手脚蜷缩，一个跟斗栽在床上，抱着公仔左右翻滚，最后瘫在床上继续消化这个突如其来的认知。

"陈惹就是学习主播……所以我第一次打赏他的第二天，他就给我买了东西说要还钱，所以才会时刻关注我的提问，给我开后门？"

赵又又盯着天花板喃喃自语，花了十分钟才把这件事给消化掉。

学神同桌居然就是自己一直很喜欢的学习主播，敢情陈惹一直站在上帝视角看她笑话呢。

"陈惹这个大骗子。"赵又又有种被人欺骗的感觉，把公仔当陈惹，一拳过去砸扁了"他"的脸，正想发消息问问陈惹为什么要骗她，他的电话倒是先一步来了。

赵又又起初没接，在第三通电话响起的时候，才慢悠悠地接了："主播的课讲得挺好？很有实力？陈惹，你自己夸自己都不带脸红的吗？"

电话那头的人被呛得直咳嗽，原本冷白的皮肤被她臊得发红。陈惹轻轻摩挲着手里的机车模型，声音在自己没意识到的情况下软了下来，带着一股讨好的意味："好柚子，我不是故意骗你的。原本打算考完试就跟你说的，谁知道……"

谁知道偏偏就在考试的前一天掉马了，还是以这样惨烈的方式，毫无征兆地扑到赵又又面前。

"我本来就觉得这件事没什么好说的，也想着你应该能猜出来，哪能想到一个学期都快结束了，你一点都没怀疑过。"陈惹靠着椅背，桌上是已经断电的直播设备，说到这里的时候，他忍不住轻笑一声，虽然及时收声，却还是被小姑娘听得清清楚楚。

"你还笑，陈惹！"一直以聪明自居的小姑娘被陈惹骗了这么久，脸鼓得跟河豚似的。

"别生气了，不然我把你后面这一段时间的三餐都包了吧，反正就剩早饭了，好不好？"

陈惹好言好语哄着，对赵又又比对物理试卷都还有耐心，他声音温柔，尾音缱绻地转了两个弯。

赵又又原本也没生气，只是有点惊讶，被他这么一哄，早就好了，更何况陈惹晚上还要打工……他晚上都直播去了，打什么工呢？！

赵又又翻身从床上起来："陈惹，你可别告诉我你根本就没有在车行工作。"

电话那头的人突然沉默。

陈惹过了好一会儿才没什么底气地支支吾吾道："我之前……的

确在车行帮忙来着，不过……"

陈惹顿了顿，小声说："那车行……是我舅舅的。"

他生怕赵又又觉得他真是个骗子，有些着急地连声解释道："我爸妈为了培养我独立自强的能力，从小就教育我，喜欢的东西要靠自己得到。我舅舅都按市场价给我结算的工资，所以我去车行也算是打工挣零花钱……"

陈惹难得一口气说这么长一段话，就像一个等待审判的人，心悬到了嗓子眼。

隔了一会儿，电话那边才传来赵又又闷闷的声音："那你现在基本就靠直播挣钱咯？"

陈惹松了口气，一点一点地和赵又又讲起自力更生的事儿来："原本只是打算开个直播间记录知识点，后来莫名其妙多了不少粉丝，才慢慢开始讲课。真要说挣钱，也就你之前打赏的那两次。"

"那你哪儿来的时间打工啊，时间管理大师？"赵又又倒是听精神了，撑着下巴，问题不断。

陈惹挠了挠鼻尖，总觉得自己说这话有种王婆卖瓜的感觉，可偏偏小姑娘好奇心被勾了起来，一直催着要他回答。

陈惹犹豫着开口，言语含蓄："高二那年用之前存下来的钱做了点投资，就很少再去打工了，重心都放在直播上。"

赵又又听到"投资"这类词语后变得有些呆滞，整个人就像最近特火的猫猫头表情包："方便问一下您目前有多少存款吗？陈总。"

陈惹在心里默算了会儿，回道："六位数左右。"

六七位数应该也可以算六位数吧……

　　赵又又掰着手指数了好几遍，好一会儿都没说话，躺在床上感叹人与人之间的差距有些时候真的比人和猪的差距还大。陈惹高中时已经做到经济独立，而她高中时顶多算是分数独立。

　　"真生气了啊？"见赵又又半天没说话，陈惹真有些担心起来，"不然我现在过来让你打一顿算了，绝不还手。"

　　他说着便起身下楼，可刚开门就听见小姑娘的嘀咕声："谁要打你啊。我本来就没生气，逗你玩呢。"

　　陈惹松了口气，又听见赵又又清了清嗓子，端正态度十分认真地说道："陈惹，谢谢你哦。不管是作为同桌，还是作为学习主播，你都帮了我好多，能认识你，真是太好了。"

　　赵又又顿了顿，再开口的时候言语里满是笑意："以后投资带我一个？"

第十四章

学霸的撒狗粮方式
果然不一般

赵又又和陈惹期中考试一个第一，一个第二，这次考试都在第一考场，两个人一起踏进考场，又同时在前后排坐下的时候，考场里着实热闹了一阵。

虽然昨天已经一起考了一天了，但他俩今天再次出现的时候，教室里还是会窸窸窣窣的。

这两个人从颜值到实力都太般配了，再加上运动会陈惹万众瞩目的陪跑，又公主抱把中暑的赵又又送到医务室后，关于他们俩的传言就没消停过。现在再看陈惹和赵又又，一个身上贴着"金童"，一个脑门上写着"玉女"，简直就是天造地设的一对儿嘛！

考场热闹了没多久，监考老师就抱着试卷走了进来。好巧不巧，今天换的监考老师居然是之前跟陈惹和赵又又在廖魔头办公室结了梁子的张老师，他一进来就看到分别坐在第一二排的两个人，没什么好脸色。

"这都高三了，考试还踩点呢？你们第一考场的人是不是也太把自己当回事了？"他把试卷往讲台上一放，指着第二竖排的空位指桑骂槐，奈何"两棵槐树"都没搭理他。

张老师冷哼了一声，正准备去看看是谁还没来，教室外面就传来一阵急促的脚步声。喘着粗气的乐雅背着书包出现在门口，整个考场的视线都被吸引了过去。

乐雅调整好呼吸，捋了捋头发："对不起老师，我没迟到吧？"

"还不赶紧把书包放外面去？"张老师撇嘴，知道她也是一班的学生，叽叽歪歪地说他们班仗着成绩好就不把规矩放在眼里。

乐雅昨天晚上复习到凌晨四点，今天早上要不是徐文骁"路过"她家，顺便叫了她一声，她可能就真的要错过考试了。

乐雅长舒一口气，把书包放进暂存柜里，找考试用品的时候翻到昨天手抄的理综公式，一个见不得光的念头突然冒了出来。她知道自己最近的状态不对，学不进去，总是记不住知识点。她上次也是不小心带了一张重点公式纸进去，没有被发现。

"你是妈妈的希望，我当年就是因为高考失利才错过了原本属于我的人生，小雅，你一定要争气。"

"你是妈妈的孩子，一定不能比别人差。"

"这次要是考不到班级前三，这学你就别上了！"

乐雅妈妈的话就像魔音，不断在她脑海中回响。

乐雅下意识地抿嘴，嘴角因为紧张而微微颤着。她的手在一点点靠近那张手抄纸的时候，张老师的声音突然从教室前头传了过来："那位女同学，你放个东西要放多久？"

做贼心虚的乐雅心里一"咯噔"，迅速把那张写满公式的纸紧紧攥在手里，和其他考试用具一起揣了进去。

这是第三场考试，考理综，时间向来是不够用的，整个考场的氛围紧张又刺激，安静得只能听见笔尖落在草稿纸上的声音。

赵又又的生物和化学是完全不用担心的，唯一会让她费点时间的也只有小部分物理题。她快速过了一遍试卷，一小时后就已经开始做第二张试卷了。坐在她后面的陈惹更是神情专注地盯着试卷上的题目，手里的笔就没停下来过。

乐雅的脑子里一团糨糊，和试卷大眼瞪小眼，明明知道有很多都是以前做过的类似题目，可就是不知道怎么下笔，所有的想法都不约而同地集中到被她揣在校服口袋里那张写满公式的纸上。

她的呼吸有些粗重，张老师正坐在讲台上看这次的试卷，偶尔才会抬头扫一眼教室。乐雅的左手不动声色地从桌面上撤了下来，她微微压低上半身，整个人像是扑在了桌上，又一点一点往后挪动，身体和书桌空出一小段距离。

乐雅紧张得直吞口水，一边把纸团往外掏，一边还要时刻注意张老师的动静。她好不容易才把小抄攥在手里，正要拿起来看的时候，张老师却突然起身开始巡场。本来就没怎么做过这种事的乐雅心虚又紧张，被吓得手滑，原本紧紧捏在手里的纸团滚了出去，好巧不巧就落在了赵又又脚边。

乐雅见张老师马上就要转到这边来了，心急如焚，可她和赵又又隔了一个过道，除了自己用脚勾过来，就只能让赵又又帮忙踢过来。她急出一脑门的汗，害怕得直咬嘴唇。

张老师走得越近，她的心跳声就越大，心虚和害怕仿佛变成了一双手，紧紧扼住她的脖子。

张老师双手抱胸，从第二三排中间的过道转到第一二排，十分眼尖地看到赵又又脚边一坨不算小的纸。老师的直觉提醒他，这纸团肯定有什么猫腻。

他眯了眯眼睛，不动声色地在考场环视了一圈，视线落在正专心做题的赵又又身上。他抬脚上前，在乐雅的注视下捡起了那个纸团。

张老师的动静吸引了大部分同学的注意力，陈惹和赵又又也不例外，纷纷好奇地看了他一眼。

"赵又又。"他展开纸团，看见里面密密麻麻记满了理综公式时冷笑一声。

张老师用食指点了点赵又又的桌子，说话的同时抽走了她的试卷，大概扫了一眼她的答案，随即又是一声冷笑，把在她脚边捡到的小抄摆着她面前。

"赵又又，这是什么？"

"我怎么知道这是什么。"被人打断了解题思路的赵又又有些不舒服，皱眉瞥了一眼张老师手里的东西，一脸莫名其妙，"老师，请您把卷子还我，我还要考试呢。"

原本安静的考场吵闹起来，张老师红眉毛绿眼睛地扫了教室一圈："都给我安静做题！"

他把小抄和试卷收了起来，伸手指着赵又又："你暂时别考了，到教室外面等我。"

赵又又气不打一处来，她又不是傻子，这张老师摆明是要把作弊的锅扣在她身上。

"张老师，您凭什么不让我继续考试？！"

"就凭你作弊！"

一直默默关注着隔壁动静的乐雅内心煎熬，一方面庆幸不是自己被抓到，可另一方面又觉得不能这样对赵又又。

乐雅被愧疚和自保左右拉扯，但就在她鼓足勇气想起身承认的时候，陈惹却突然走到赵又又和张老师中间。时机一过，乐雅的勇气就像破洞的气球，怎么也鼓不起来了。

"就凭这张不知道从哪里来的小抄，你就空口白牙地说别人作弊？"陈惹不是第一次和他正面刚了，"张老师，您就是这样当老师的吗？"

"好，你们不认是吧？我现在就把这件事报上去，铁证如山，我看你们怎么赖！"

张老师不怒反笑，在外场巡考的廖主任听到第一考场传来的动静匆匆走了过来，看到这个场面，眉头紧锁地简单询问了两句，在弄清楚情况后，喊来另一个巡考老师帮忙监考，然后把赵又又叫了出去。

见陈惹居然也要跟来，廖主任立马冷声道："你老老实实地回去考试！她的事我们老师会处理！"

几人一起去了廖主任的办公室，因为这件事涉及一班的学生，廖主任还特意把老蔡喊了过来。在老蔡来之前，她忍不住说了张老师两句："到底怎么回事？你怎么在考场里跟学生闹起来了？"

"廖主任，这您可就冤枉我了，是赵又又做错了事不仅不肯承认，还冲我嚷嚷，我能怎么办？"

张主任说完就把小抄和赵又又的试卷递给廖主任，煽风点火地说道："这小抄是在赵又又脚边捡到的，还有这试卷，她写了的化学题基本都是正确的，最后一道题的步骤和标准答案一模一样，这可是超纲的题。"

老蔡急匆匆地从考场赶过来，一看又是这小祖宗，尽管头疼得直揉头发，但还是下意识把赵又又护在自己身后，像一只护着小鸡仔的老母鸡。他拧巴着一张脸问廖主任："这是怎么了？现在正考试呢。"

赵又又委屈得要命："蔡老师，张老师诬陷我作弊。"

"作弊？！"老蔡整个愣住，接过廖主任递来的小抄，仔细看了看，上面全都是公式。可像赵又又这样的学生，这些公式早就背得滚瓜烂熟了，拿小抄有什么作用？

赵又又有种自己的努力被人践踏的憋屈感，委屈从每一个细胞分裂出来。她攥紧拳头跟张老师对峙，牙齿咬得咯吱作响，哪怕气得要命，她还是对这位张老师保持了应有的尊重："教室里有监控，我不怕您查，但如果证明了我的清白，张老师，请您当着同学们的面给我道歉！"

张老师双手抱胸冷笑一声："你想得还挺美，第一考场的摄像头前两天正好坏了，现在就是个摆设，敢情你是看准了这点，才这么肆无忌惮地作弊？"

"你——"赵又又气得直跳脚，她憋着一口气，从廖主任桌上拿起纸笔，闷头默写起公式来，"这些公式我早就背下来了，而且这上面的字迹也不是我的，张老师，您凭什么就认定是我作弊？"

张老师阴阳怪气的，就是要把作弊这口锅扣在赵又又身上："谁会蠢到用自己平时的笔迹去打小抄？"

"那我刚刚默写出来的公式呢？"

张老师充耳不闻，转而看向廖主任："主任，既然赵又又这一次有作弊嫌疑，说明以前的成绩也不一定都是靠自己考来的，我觉得有必要仔细查查往几次考试，免得到时候高考的时候咱们学校出一个作弊的，那可真是笑死人了。"

廖主任是教英语的，也看不出赵又又刚默写的公式是对是错，但心里却是相信她的。见张老师咄咄逼人，她忍不住拉下脸怒斥："老张！你少说两句！"

老蔡这才找到机会说话："廖主任，这孩子是我班上的学生，平时的成绩和表现怎么样我再清楚不过了，要说她作弊，我头一个不信。更何况现在还在考试，就算要解决这事儿，也等他们先把试考完再说。"

"不行！这样对其他考生太不公平了！"

"你！"赵又又被气红了眼，她想要辩解，可开口的时候，喉咙却像被一团棉花堵住了，眼底蓄了一层泪。赵又又头一次这么讨厌自己一生气就容易哭的习惯，她硬生生憋着眼泪，正想上前为自己讨要说法，手腕却突然被人拉住。

赵又又扭头的时候，眼泪洒在空中，眼睛红红地对上陈惹的视线后，眼泪更是像断了线的珠子控制不住，说话哽咽："你怎么来了？考试……"

"别担心，我在。"他舌尖轻抵后槽牙，把赵又又护在身后，眼神冰冷地跟张老师对峙，"既然张老师断定赵又又的成绩是靠作弊来的，那好，一中一向会出 AB 两套试卷，现在大可拿出另一套试卷让她做，就在廖老师办公室里做，你们亲自盯着。"

陈惹说一句就逼近他一步，张老师硬撑着没往后退，双手叉腰跟陈惹硬顶。他根本就不相信赵又又的成绩，上一次她冲到第一就已经很让人怀疑了，更何况现在手里还捏着实实在在的证据，他当然不可能这么轻易就揭过去。

"还有……"陈惹的声音没有一丝起伏，却定定地看着张老师，犀利的眼神像一头护崽的猎豹。

考试结束的铃声响起，楼道的学生越来越多，还有不少好奇心旺盛的同学故意跑到办公室门口晃悠。原本应该承受这一切，却意外把锅扣到赵又又身上的乐雅也混在人堆里，听到陈惹说话，整颗心悬到了嗓子眼儿。

"赵又又从入学开始就在跟一个主播学习，他在考前正好押中了几道大题，其中就包括您认为超纲的化学题。"

张老师听笑了，"啪啪"鼓掌嘲讽道："嚯，现在又突然冒出来一个学习主播，怎么现在随便从大街上拉一个人就能教书育人了？还押题？要真这么厉害，我们这些老师集体下岗好了。"

"您要是不信，直播间还有回放，另外……"陈惹报出一串直播间的号码，又歪头看着张老师，勾唇嗤笑了一声，把从他那儿得到的嘲讽原封不动地还了回去，"我就是那个学习主播。"

赵又又猛地抬头看向陈惹，他做学习主播的时间不算太长，但他显然是不希望被身边认识的人知道的，可没想到陈惹会为了她选择自爆马甲。

在外面听热闹的同学纷纷拿手机搜直播间，发现那主播居然有十万的粉丝。

陈惹就是主播本人的事无异于一颗重磅炸弹，办公室里里外外的人都被惊得不行。连老蔡和廖主任也找到了他的主页，又按照陈惹的说法空降到押题环节，光是理综大题就押对了三分之一，解题思路也完全正确。

走廊上的议论声就像沸腾的开水淌进办公室里，吵得廖主任头疼，她挥手让老蔡把那群孩子赶走。张老师脸上也有点挂不住，嘴角抽搐了好几下，看到押中的试题和讲解的视频后彻底没了笑容。

"怎么，张老师还不信？那就直接现场出题吧，或者就直接拿另一套考卷当场重考。"陈惹这个人向来话不多，对很多事情都平平淡淡，甚至有些冷冰冰的，唯独不能容忍有人欺负自己的同桌。他要真护起犊子来，老蔡也要退避三舍。

张老师重重拍桌，掩饰自己的心虚，大声吼道："陈惹，这就是你对老师的态度吗？"

"好了！"看完整场闹剧的廖主任摁着太阳穴敲了敲桌子。办公室瞬间安静，所有人都看向她。

廖主任叹了口气，心里也已经有了是非判定，她站在正中间看着张老师："张老师，这次的确是你在没有实证的情况下冤枉了赵又又同学。这样，你向赵又又同学道歉，再写一篇检查交给我，这件事就算翻篇了。孩子们已经高三了，我也不希望再出现这种事情。"

"廖主任，我……"

张老师面子挂不住，压低了声音想为自己求情，却被廖主任一句话打了回来："你今年在工作上已经出现很多问题了！"

陈惹往旁边挪了一步，留够了空间给张老师道歉。

要让一个老师开口给学生道歉原本就很困难，更何况还是张老师，他张了好几次嘴都没能把"对不起"说出来，最后只含混不清地说了句"不好意思"，这件事就算是揭过去了。

"廖主任，那我这次的成绩……"赵又又擦干眼泪，情绪来得快去得更快，心情早就在陈惹帮她出头的时候好起来了。她没多看张老师一眼，只关心考试。

廖主任拍了拍赵又又的肩："等今天下午考完英语，我会安排你重新补考一次理综，这件事是你受委屈了，老师希望你不要记在心里，也不要影响了下午的考试。"

说完，她挥挥手，示意两个学生先出去，应该还会再找张老师谈话。

陈惹和赵又又解决完这件事后转身往外走，临出门的时候，陈惹突然回头，语气格外平静："刚刚张老师说了很多话，但难得有一句是对的。

"的确不是所有人都适合当老师，在教书育人之前，应该先学会做人。"

好在老蔡先把围观的同学赶走了，他们俩从办公室出来的时候，走廊空荡荡的。二人并肩慢慢悠悠地往校门外走，都很默契地没去骑车。

天气越来越冷，中午的路人也不多，道路两边的银杏树被秋风染成金色，偶尔有几片银杏叶被风卷到空中，像蝴蝶似的轻轻飘落。

赵又又率先打破沉默，她刚哭过，鼻音还有点重，说话的时候歪头看向陈惹："你说那张小抄会是谁的？"

"廖主任和老蔡会查清楚的。"他突然伸手摘下落在赵又又头上的银杏叶，又把叶子别在她耳朵上。

赵又又把银杏叶从耳朵上拿下来，捏在手里翻看，酝酿了很久，才轻声问道："你为什么要自爆马甲呀？你不是已经把那段删掉了吗？如果你不说我不说，大家都不会知道的。"

陈惹不是喜欢张扬的性格，如果不是因为这件事，他可能到毕业都不会说出来。现在被人知道了，以后免不得会被人围观，会被人问这问那。赵又又知道陈惹从来都不喜欢这样，所以总觉得有些愧疚。

陈惹停了下来，见赵又又还半低着头，拖着步子向前走，伸手拎住她的衣领把人揪了过来。他低头和她对视，挑眉，笑得有些痞痞的："你说为什么？"

赵又又睫毛轻颤，视线躲避，可怜兮兮地小声道："为了帮我……"

"对，是因为你，"陈惹点头，见赵又又不看他，双手突然捧住她的脸，迫使她看着自己，"我之前不说是因为觉得没必要说，可如果是为了你，那可就太有必要了。"

他把中指和拇指环成一个圈，趁赵又又没注意的时候，给了她一个脑瓜嘣儿。

赵又又痛得倒吸了一口凉气，连忙捂住额头，瞪着陈惹没说话。

"反正都掉马了，不如掉得干净点。"陈惹被赵又又敢怒不敢言的样子逗笑，用温热的手掌揉了揉她的额头，"你要是觉得心里过不去，就把我在直播间掉马的录屏删了？"

赵又又眨巴眨巴眼，盯着陈惹看了好一会儿，在陈惹以为她终于愿意删掉的时候果断摇头："突然就觉得心里过得去了。"

陈惹被这个反转打得措手不及，愣了好一会儿才仰头笑出声："学聪明了？"

赵又又没说话，只是仰头怔怔地盯着陈惹看，好一会儿才叹了口气，慢悠悠地说道："你说我上辈子是做了什么好事，遇到个你这么好的同桌。"

陈惹闻言勾唇一笑，掌心抵着赵又又的额头轻轻往后推，一点都不谦虚地应了下来："我也觉得。"

"你很臭屁哎。"赵又又笑着扯下陈惹的手，要松开的时候却被他反握住。

时间好像在这一刻被按下了暂停键。赵又又的手小小软软的像棉花糖，陈惹轻而易举就能包进掌心里。

带着凉意的秋风扫过，银杏叶簌簌往下掉，从二人眼前掠过。陈惹轻轻松开赵又又的手后，手像是找不到地方放，十分刻意地捞了下小姑娘的长马尾，声音又轻又温柔："下午好好考英语，之后还要再补一次理综。

"等你考完，我带你去吃绿豆冰。"

事情就和赵又又预想的一样，陈惹自爆马甲之后，没多久这消息就传遍了整个一中，连老蔡都没忍住把他喊去办公室问了好一会儿。

到晚上直播的时候，不少学霸、学渣、颜粉、路人粉纷纷跑去围观，直播间人数到达新高峰。不过陈惹也没在意，照样做自己的事，每天按时按点开直播。但自从赵又又知道学习主播和陈惹是同一个人后，陈惹在她面前就彻底放飞自我，半点顾忌都没了。

"我今天已经把物理笔记本寄给了中奖的同学，请注意查收。今天主要讲数学选择题和填空题的做题技巧，大家有问题可以直接发在评论区。"

评论区各种回复都有，陈惹半天没看到赵又又的回复，居然直接在直播间问出声："赵又又你是不是走神了？"

神游外太空的赵又又一惊，莫名有种被老师发现的恐惧，连忙起身说自己没有。可话音刚落，教室里就传来窸窸窣窣的笑声。

坐她旁边的孟荧赶紧把她拉回椅子上，憋笑道："人惹神在直播间问的，你在教室里喊什么？"

赵又又脸红得不行，用陈惹的校服把自己兜头罩住，生怕那位爷还要追问，赶紧回复了句"没走神"，后面跟了一连串感叹号。

她抬头的时候，余光正好瞥到孟荧也拿着手机，赫然停留在直播间页面："你怎么也在看啊？"

孟荧一脸看智障的表情望着赵又又："现在一中高中部基本都在听陈惹的课，你反应也太迟钝了吧。"

赵又又一副"没脸见人了"的绝望表情，以头戗桌，瘫在课桌上当咸鱼，还没来得及翻面，直播间里又传来陈惹的声音："赵又又，这道题会了吗？"

"赵又又还有什么问题？"

整场直播变成了学习主播找同桌，评论区有个计数君算了下，从开播到下播，陈惹喊了足足六十八声赵又又的名字。

原本打算来蹭蹭学神仙气，顺便听课的同学们都愣住了。

下课铃一响，赵又又就小旋风似的冲了出去，在老地方看到来接她的陈惹，冲上去就是一拳："陈惹！你今天是不是故意的？"

陈惹佯装很痛地捂住胸口，夸张地说："完了完了，受内伤了，赵又又要是不哄我，我就起不来了。"

"陈惹，你怎么越来越无赖了呀！明明是你先整我的！"

"谁说我在整你？"陈惹长腿一迈下车，外套在空中划出一道完美弧线。

他躬身凑到赵又又面前，身上带着股淡淡的薄荷香气："这不是担心你听课的时候不认真嘛。"

"那……那你下次也不能这样啊，好多人都在看你的直播呢。"溜号被抓包的赵又又心虚地抓了抓脸，小声嘀咕着。

陈惹闻言挑眉，痞坏地看着赵又又："那你求求我？"

"陈惹！"小姑娘的腮帮子不受控地鼓了起来，气得一边跺脚，一边喊陈惹的名字。

就在以为她真生气了的时候，她突然软萌起来，双手合十，眉毛轻蹙，可怜巴巴地看着陈惹："求求你啦。"

陈惹"扑哧"笑出声，捏住赵又又的脸，手轻轻用力："你怎么一点骨气都没有？"

"小女子能屈能伸，你懂什么？"赵又又嘟着嘴含混不清地吐出这话，看准时间从陈惹手里脱身，动作飞快地跑到机车另一边，双手叉腰，仰着下巴哼哼唧唧道，"那说好了，以后不许在直播间喊我的名字！"

"好好好，你说什么就说什么。"陈惹拿她没办法，举手投降，认命地履行司机使命，"赶紧上车吧，赵又又同学，我待会儿带你去个地方。"

"你不会要把我卖了吧？"说是这样说，可赵又又还是一脸期待地坐上了机车后座，驾轻就熟地戴好头盔，抓住陈惹的衣角。

"放心，才舍不得卖你。"

对话声和机车的轰鸣声渐行渐远，乐雅从公交站台的另一边走了出来，怔怔地盯着已经看不见他们两人身影的路口看了很久。

她埋着头，身影被路灯拉得很长。黑暗就像是她心里的愧疚与不安，快要把她吞噬。她做错了事，还害赵又又被冤枉，她应该说出实情的。可她害怕，怕同学们的指指点点，怕老蔡和妈妈对她失望。

身上就像是压了一座沉重的大山，她的骄傲和自尊早就被碾碎，然后随风飘散了。她死死咬着下唇，强忍着没让眼泪落下来，像是走投无路一般，给徐文骁发了条消息。

【如果我做错了事，连累别人被冤枉，我要怎么办？】

发出去她就后悔了，怕徐文骁也用异样的眼光看她。可就在她准备撤回的时候，却收到了他的回复。

【我相信你会做出一个正确的选择。不管怎样，我永远偏袒你。】

路上的行人越来越少，路也渐渐变得崎岖，赵又又看着漆黑安静的四周，拽着陈惹的校服外套，问道："你不会真打算把我卖了吧？"

赵又又刚问完这话，陈惹就踩了刹车，转身帮赵又又取下头盔，揉了揉她的头发："先下车，还没到地方呢。"

他们似乎走到了公路的尽头，周围看不到一个人，路灯昏黄的灯光照亮了上方一条蜿蜒的山道，安静得只能听到风声。

赵又又不知道陈惹带她到这儿来干吗。

陈惹下了车，把机车停在路边，冲小姑娘招了招手："别发呆了，我带你上去看看。"

上山的楼梯不宽且陡峭，刚好只够两个人并肩行走。赵又又平时就不怎么运动，更别提爬山了。走了没几分钟，她就累得直喘粗气，一分心，脚底打滑，差点摔个狗吃屎。好在陈惹眼疾手快，一把拉住赵又又，叮嘱道："小心点，马上就到了。"

赵又又眨了眨眼睛，点了点头，两人继续往前走。

赵又又落了小半步，正好能看见陈惹的背。少年的身材偏瘦，背却足够宽阔，再往下就是细窄到没有一丝赘肉的腰，薄薄的衣料被夜风吹起，干净利落的肌肉线条一闪而过。赵又又突然想起之前偶然看到的陈惹的腹肌，是标准的"穿衣显瘦，脱衣有肉"。

也不知道是脑子一热，还是真就像陈惹说的那样不机灵，她居然伸手去戳陈惹的腰窝。手指头刚挨上去，陈惹便转过头来。他先是低头看了眼赵又又揩油的手，又对上她呆住的视线，指向不远处的观景台说道："到了，不过……你戳我干吗？"

"没……没什么！"赵又又的脸红得彻底，做贼心虚地收回手。

陈惹挑眉看着她："手感还满意吗？"

"我刚刚是在……帮你赶蚊子！"

"嗯嗯嗯，对对对。"

赵又又被臊得脖子都红了一大片，加快脚步火速逃离尴尬现场，却被眼前的夜景震撼到说不出话来。

"怎么样，好看吗？"陈惹来到赵又又身边，站在观景台看整个清川的夜景。

清川是座不夜城，城市的灯火整夜不灭，繁华又热闹；车流不息，在茫茫灯海中穿梭；游船慢悠悠地行驶在江面，浪卷金花，搅碎了倒映在江面的圆月，像繁星四散。

从他们这个位置看过去，整座城市都落在他们眼底。住宅区的万家灯火和繁华区的灯红酒绿交织在一起，谱写最真实的烟火气。

带了几分凉意的夜风吹来，刚才因为爬山出的汗瞬间缩了回去，赵又又兴冲冲地扑到观景台的栏杆前，把风抱个满怀："这里也太好看了吧！"

小姑娘兴致很高，拿出手机拍了好几张照片，歪头想和陈惹说话，却见他挺直腰背，整个人立在不远处。少年身材颀长，明与暗交织，在少年身上投下剪影，好看得就像是画报里走出来的人。

赵又又呼吸一窒，悄悄用手机对准了他，想拍下这心动瞬间，可就在按下快门键的时候，一道强烈的光束伴随"咔嚓"的拍照声照向陈惹。

赵又又嘴角抽搐，十分努力地为自己找补："我觉得你可能需要一点……光。"

一早就发现赵又又的偷拍行为，却看破没说破的陈惹在这一刻终于破功，无奈地捂着额头大笑出声："赵又又，你怎么这么可爱啊？"

赵又又尴尬得原地开花，拍了拍自己通红的脸，气势汹汹地走到陈惹面前，把手机塞到他手里，又把人拉到观景台，用最大的声音说："是啦是啦，我刚刚是想偷拍你啦，谁知道没关闪光灯。"

赵又又把陈惹当成一个人形手机支架，缩回他身边，调整好角度，双手比成剪刀手放在脸边："既然都被你发现了，那就光明正大一起拍照好了，记得找好角度把我拍得好看一点哦。"

手机里的两个人靠在一块儿，背后是清川漂亮安静的夜景。陈惹垂眸看了眼身边笑得傻乎乎的小姑娘，似乎所有光芒都汇聚到了她一人身上，陈惹垂在腿侧的手指微动。

"你快点呀，我脸都快笑僵……"

赵又又的话还没说话，陈惹便将她拉近，少年身上清冽干净的青草味把她团团围住。

只听见"咔嚓"一声，陈惹的笑脸和赵又又有些错愕的表情就此定格。

等赵又又回过神，陈惹已经把照片发到自己微信上了。

"刚刚那张我表情都没准备好，重来重来！"

赵又又接过手机，看见自己傻得冒泡的表情哀号一声，追着陈惹要重拍，可他偏偏不干，带着她到观景台坐下。

陈惹和赵又又安安静静地坐在观景台吹风看夜景，学习的紧张感被一扫而空。

赵又又双手撑地，仰头看着夜幕里零零散散的几颗星星，说道："廖主任和老蔡查了几天都没查到上次那张字条到底是谁的，估计这件事会不了了之吧。"

说不介意是假的，谁都不愿意自己的努力被贴上"作弊"的标签，更何况这件事被张老师那么一闹，大半个一中都知道了。虽说后面澄清了，但"造谣一张嘴，辟谣跑断腿"，有不少人道听途说，还是觉得赵又又的成绩有水分，这对她而言简直就是人格上的侮辱。

陈惹也学着她的姿势，看着远处的清川夜景，正要说话的时候，又听见赵又又继续道："不管查不查得出来，就让做了这件事的人去担心吧，反正我问心无愧。"

陈惹把刚刚要说话咽进肚子。

赵又又挥挥手："不提这个事了。"又侧过身子靠近，"对了！我还以为你会'黑箱'我呢。"

见陈惹没反应过来，她又补了句："直播间的抽奖礼物，你亲自整理的物理笔记本。"

陈惹还以为是什么，笑着揉乱了赵又又的头发，说："你怎么这么贪心？"

"我哪里贪心了？"小姑娘护着自己的发型，一边躲，一边盯着陈惹看，"虽然我已经看过了，但总觉得你送人很可惜嘛，我都没能留下来呢。"

赵又又以为他的说的是之前自己看过的那本物理笔记，难免争论了几句。可惜她只有一双手，护住发型就护不住脸。

陈惹轻轻掐了掐她的脸蛋，语气宠溺："小柚子，你都不看桌肚的吗？"

别说桌肚了，高三学子的桌面都只剩下一小块用来写作业的地方，连脚边都摆满了书本试卷，不管东西是多了还是少了，都很难发现。

赵又又听见他这么说，小脑袋瓜一转，美滋滋地凑到陈惹跟前，语气欢喜地问道："你还真'黑箱'我啦？"

"不是'黑箱'，是'高定'。"陈惹话只说了一半，神秘兮兮地勾唇一笑，"明天自己去教室看吧。"

赵又又的好奇心被勾了起来，猛地起身往山下走去，嘴里还念念有词："这个点学校应该还没关门吧？实在不行翻西门进去也行。"

"以前好意思说我忍不住，你看你自己都急成什么样了？就睡一觉的工夫，明天早点到教室就知道了。"陈惹好笑地把赵又又拎了回来，看了眼时间，起身和她一块儿下山，动作熟练又自然地牵住了她的手，可嘴上却冠冕堂皇，"我怕你腿软走不动，待会儿直接摔下去就不好了。"

赵又又哼唧道："谁要你牵啊？"可手很老实，挣都没挣扎一下。

山道安静，夜晚也安静，夜风吹动树丛发出簌簌的轻响声，交握的双手炙热。十七八岁的喜欢被沉默和笨嘴拙舌封印，可"咚咚"的心跳声却露出马脚。

赵又又第二天起了个大早，天还没亮就赶到了教室，在桌肚里找到了陈惹说的"高定笔记本"，除了物理，还有一本数学。她翻开一看，发现里面的知识点和题目都是为自己量身定做的，有好多都是之前考试的错题，扉页上还有陈惹用飞扬的笔迹写着的——小柚子专属。

难怪说是"高定"呢，这就算抽一万次奖也中不了呀。

赵又又一整天的好心情被这两个笔记本开启，喜滋滋地把笔记本抱在怀里，还忍不住发了个朋友圈炫耀。本着拿人手短吃人嘴软的原则，她还特意跑去小卖部，给陈惹买了他最喜欢吃的三明治，又十分贴心地温了两瓶牛奶。

刚买回来，陈惹就进了教室，赵又又这才想起他不喝牛奶，她把三明治递了过去，刚准备把牛奶放孟荧桌上，就被陈惹抢了过去："光吃三明治噎得慌。"

赵又又一脸狐疑地坐下来，嘴里念叨着："你不是不喝牛奶吗？"

每天早上一杯奶的陈惹一时没反应过来，直到瞥见走进教室的乐雅才想起自己之前为了拒绝乐雅乱编的理由。他插上吸管喝了一大口："从现在开始爱上牛奶。"

赵又又下意识想吐槽，可看到桌上的笔记本，瞬间切换成狗腿模式，笑眯眯地点头："惹神说什么都对。"

孟荧为了躲叶一铭抢自己早饭，以八百米冲刺的速度冲进教室，一进来就看见赵又又的人设崩塌现场，她粉丝心态爆炸："赵又又，你什么时候变狗腿子了？"

赵又又美滋滋地摸着笔记本封皮，对"粉丝"的疑问充耳不闻，很快就适应了自己的狗腿设定："什么狗腿子？我可是我们惹神的忠实粉丝。"

"啧，女人真是善变。"孟荧感叹完，准备啃面包的时候才看到面包消失了三分之二，再扭头就看到叶一铭饿死鬼投胎似的，嘴里还塞了一大口面包，见孟荧看过来，还十分欠揍地摇头晃脑。

"叶一铭，你幼不幼稚啊！"孟荧气得直咬牙，她把剩下的面包塞进嘴里，把包装袋一扔，就开始了高三（1）班的固定节目——孟荧三打叶一铭。

直到老蔡走进办公室，这节目才被迫叫停。

"都高三了还不收心，到时候把廖主任招过来，看你们怎么办。"老蔡也就嘴上说得厉害，要是廖主任真过来了，他肯定护着班上的小崽子们。同学们也承情，老老实实地拿书早读。

老蔡满意地点点头，踱步走出教室之前喊道："班长跟我来办公室领试卷和成绩单，等会儿物理课挑几道典型错题讲讲。"

高三大考小考不断，同学们的心已经被考试磨得波澜不惊了。

见老蔡出了教室，乐雅的下唇都快被咬出血了，她犹豫了好半天，还是决定去办公室把事情说清楚，却不小心被同学撞到，被泼了一身水。

"乐雅，你没事吧？我不是故意的，我没看到。"

这个插曲短暂地吸引了同学们的视线，但很快又沉浸在了自己的事情里。倒是赵又又从包里翻出一包卫生纸递给乐雅，又戳了戳陈惹的胳膊，低声道："你爸妈和乐雅的爸妈是朋友吗？能不能让他们劝劝阿姨，乐雅最近状态太差了，都高三了哎。"

陈惹抬头看了乐雅一眼，却见她朝泼了自己一身水的同学摆摆手，也没管湿漉漉的衣服，面色凝重地去了老蔡办公室。

他短促地皱了下眉头，总觉得有些不对劲，突然想起乐雅也在第一考场，而且座位就在赵又又旁边。

陈惹在心里盘算这个事情，可刚起了个头，去办公室拿卷子的叶一铭就从后门冲了进来，把一沓卷子塞他怀里，表情痛苦道："陈惹，帮我发一下试卷，孟荧肯定在面包里下毒了，我肚子好痛，先去厕所！"

身为狗腿子的赵又又也在这个时候充分发挥小弟作用，分了一半的试卷帮忙分发。虽说陈惹平时话不多，跟班上的同学也很少互动，但谁坐在哪个位置心里门儿清，没一会儿就只剩一张试卷了，陈惹看了眼名字，是乐雅的。

他刚要放乐雅桌上，就突然想到什么似的，拿起卷子又看了一眼，上面的字迹很眼熟，尤其是氧原子，瘪瘪的很有辨识度，而且这次的成绩……

陈惹眯了眯眼睛，他当时看了眼张老师捡起来的字条，公式里的氧原子也是这样瘪瘪的。

陈惹心里马上就有了个猜测，他没说话，把卷子放到乐雅桌上，一声不吭地就往老蔡办公室走，打算好好问个清楚。

赵又又发完卷子，发现陈惹不见了，正找人的时候，孟荧却跑了过来，一脸神秘地和赵又又说话："小柚子，乐雅和陈惹怎么一前一后都去了老蔡办公室啊？而且表情都不怎么对劲，好像……"

孟荧支支吾吾，下定决心似的继续道："好像和那次考试作弊的事有关，你要不要去听听？"

赵又又一愣，下意识反驳："不会吧，应该是有其他事。况且如果真的和我有关，陈惹会告诉我的，你就放心好了。"

"不行，我总觉得有事！"孟荧就像一个操心的老母亲，仔细想了想觉得还是不放心，生拉硬拽地把赵又又从教室里拉了出去。原本打算去办公室听听墙角，却被站在门外的陈惹现场抓包。

"你怎……"孟荧正想说话，就被赵又又捂住嘴巴。

陈惹的脸色晦暗不明，歪头看了赵又又一眼，往旁边站了一步，让了个位置给赵又又。

早自习之后的课间大家都忙着补觉写作业，走廊上的人不多，只有零星几个冲去食堂和小卖部买早饭的，所以也没人注意到办公室外的三个人。

办公室里，老蔡正抱着搪瓷缸子，退休大爷似的喝了一口。他看着来了办公室却一言不发的乐雅，慈眉善目地开口问道："怎么了，找老师有事吗？"

临近上课，办公室里没几个老师，乐雅站在老蔡面前，交握在小腹前的双手绞得紧紧的。她脸色苍白，额头密密麻麻地布满了细密的汗珠，紧紧抿着双唇。

老蔡有些担心，放下茶杯，关切地问道："是遇到什么问题了吗？还是家里又给你……"

"老师，对不起！"

自从上次乐雅的妈妈来学校吵过之后，老蔡就格外关注乐雅的情绪，担心她出什么问题。可他话还没说完，乐雅就突然鞠躬道歉，把他吓了一跳。

"你这……"

"考场里的小抄……是我的。"

办公室猛地安静了下来，乐雅还弯着腰，身子忍不住轻颤，她甚至不敢抬头看老蔡的表情。

老蔡一脸诧异，随即长叹了一口气，叹息声在安静的办公室里格外清晰。乐雅眼睛酸涩，却强撑着没让眼泪流下来。

本是她做错了事，没必要流泪来博取同情。

乐雅站直了身子，起了个头后，剩下的话便不再艰难："是我当时想错了主意，却连累了赵又又。"

老蔡起身走到乐雅面前，拍了拍她的肩膀，心疼多于责怪，语重心长地说："你是个好孩子，是外界给了你太大的压力。"

他顿了顿，又叹了口气："老师相信你不是故意的，但这件事造成的影响不小，我必须要给同学们一个交代。你……"

"老师，我会和廖主任说清楚，也会向赵又又道歉。学校通报批评也好，记过处分也好，我都接受。"

乐雅知道老蔡为难，十分坦然地面对真相暴露的后果。她说出这件事后，压在心头的千斤重任似乎慢慢卸了下来，她呼了口气，十八年来，第一次为自己的人生做决定。

"还有就是……我想先休学一年，等明年再回学校。"

老蔡一愣："这件事你和家里商量了吗？只有半年就要高考了，真的要在这个时候休学吗？"

这个念头很早之前就在乐雅脑子里打转了，持续高压的高三生活，父母的强势和不理解，这样的日子她已经受够了。

她点点头："家里我会去说的，我最近的状态实在不适合继续留在学校。"

乐雅又冲老蔡鞠了一躬，再抬头的时候眼睛已经红得不像话了：

"谢谢老师，这几年，辛苦您了。"

老蔡盯着乐雅看了很久，语气温和："乐雅，人生从来都不只有高考这一条路，比起你们的考试成绩，老师更希望你们能做一个开心健康的人。"

办公室里气氛沉重，门外也没好到什么地方去。赵又又一脸惊讶，没想到考场里的小抄居然是乐雅的。

陈惹没事从来不会往办公室跑，可今天却破天荒地主动去了，时间点还掐得那么准。想到这里，赵又又抿了抿嘴，拽着陈惹的袖子低声问道："你是发现了什么，所以才跟过来的吗？"

"嗯，"陈惹点点头，"字迹一样。"

"那你……"

赵又又话还没说完，办公室的大门突然被打开，出门的乐雅和站在门口的三个人撞了个正着。

她的眼睛还红着，看到赵又又的时候先是惊讶，随即有些愧疚。

孟荧原本只想来听个墙角，却没想到吃了个惊天大瓜，有些不自在，找了个借口就开溜了，让几个当事人自己聊。

"你们……都听到了吧。"

赵又又还没理好思绪，突然面对乐雅有些手足无措。她摸了摸耳朵，闷闷地点了点头。

"赵又又，对不起，因为我，害你被误会。"乐雅愧疚地握着拳头，当初那朵明艳的玫瑰花像是被一层浓到化不开的雾气笼罩，明珠蒙尘，最叫人惋惜。

乐雅不敢去看赵又又的眼睛。她那么羡慕赵又又，羡慕赵又又恣意果敢，羡慕赵又又身边一直有人陪伴。她把赵又又当作可望而不可即的月亮，可月亮却因她被中伤。

"这件事我会给你一个交代的，你骂我也好，觉得我是个坏人也好，我都……"

乐雅的话卡在嗓子眼里，浑身僵硬地看着突然抱住自己的赵又又，像是失去了语言功能。

赵又又哄小孩似的抚了抚乐雅的背："好了，你让我抱了一下，那我也原谅你了。"

"你……"

赵又又学着陈惹安慰自己的动作，抬手拍了拍乐雅的头顶："老蔡说得很对，开心永远比成绩重要。

"乐雅，我还是觉得你笑起来的时候最好看了。"

第十五章

陈惹，生日快乐

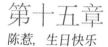

进入高三后，时间就像是被按下了快进键，很快就到了年底，距离期末只剩不到一个月。考试作弊的事情真相大白，因为赵又又求情，加上乐雅申请休学，所以最后只是校内通报处理。乐雅和赵又又和解的第二天起，乐雅就没来学校了。

听说她和家里大吵了一架，最终总算是让父母知道了她这么多年来的不满和委屈。乐雅的妈妈再也没逼着她上学补课，反倒请了长假陪乐雅出去散心。

原本准备参加体育特招的徐文骁也没去了，听说打算蹲班一年，好好准备文化课，走第二年的统招。

天气渐渐冷了起来，平时喜欢出去遛弯的同学也老老实实缩在教室里。尤其是叶一铭这个社交达人，大门不出二门不迈，天天跟孟荧抢暖手宝，隔三岔五就能看见他俩的"保留节目"，也算是枯燥紧张的高三生活中唯一的消遣了。

陈惹也暂时把直播停了，每天晚上待在教室上晚自习，除了和赵又又进行学术交流，还兼任了高三（1）班的不挂名老师，两个学神桌边就没断过人。

高三的课业越来越重，赵又又每天都处于缺觉的状态，趁课间休息这十分钟补了会儿觉，迷迷糊糊地起身伸懒腰，下意识偏头去看陈惹，却见他正在撕嘴皮，下手狠绝干脆，拎住嘴皮往外一拉，血就直往外流，看得赵又又瞬间清醒。

她拧巴着一张脸阻止陈惹继续撕的动作，倒吸了一口凉气看着他："你白痴哦，这么撕不痛吗？"

北方天气干燥，陈惹的嘴老是起皮，偏偏又嫌麻烦不乐意涂唇膏。赵又又说了好几次，他嘴里嗯嗯啊啊地应了下来，但扭头就忘到天边去了。

陈惹用纸摁住出血的地方，当然痛了！但每次起皮，要是不撕心里又不舒服。

"你气死我算了啦。"赵又又眼睛鼓得圆圆的瞪着陈惹，脸上还有刚刚补觉睡出来的红印子，偏偏声音又软软哝哝的，一点威慑力都没有。

陈惹却委屈巴巴地看着她，眼角微微耷拉着，脸上写满了与他人设不符的"小可怜"。

赵又又被他这招吃得死死的，明知做戏成分更多，可还是狠不下心，在包里给陈惹找唇膏："你不用唇膏就还会起皮流血，看着多疼呀。"

"这什么天气啊，冻死爷了。"叶一铭憋了三节课，在快要决堤的时候才跑去厕所，被外面的冷风一裹，哆哆嗦嗦地回了教室。回来后的第一件事就是去抢孟荧的暖手宝，结果被捶在桌上起都不起来。

"别别别，哥，孟哥，老蔡还给我安排了活儿呢。"叶一铭态度端正地认错，从孟荧手里捡回了一条命，这才跑到赵又又面前，"小柚子，老蔡让你这会儿到办公室去一趟，说有事找你。"

最近她和陈惹隔三岔五就被喊去办公室，一是问他们最近在学习上有没有遇到什么困难，二是问他们有没有想考的学校，又让他们放松心情别紧张，明明还有一整个学期，却搞得马上就要高考了似的。赵又又原本还不紧张，愣是被他时不时叫去问话给弄得紧张了。

"怎么又要去，老蔡以前也这么唠叨吗？"赵又又半天没找到唇膏，只能把书包扔给陈惹，"包里有个小收纳袋，你自己找找，要是我回来你还没老老实实涂唇膏，那我就不跟你当同桌了。"

小姑娘哼哼唧唧地威胁，陈惹失笑，高举双手投降，半是好笑半是无奈地拖长了声音点头应道："好好好，我马上就涂，行了吧。"

赵又又满意地点点头，转身去了老蔡的办公室，剩下陈惹跟赵又又包里的收纳袋大眼瞪小眼。

陈惹打开收纳袋，看着里面长得都差不多的管状物体，有些摸不着头脑。他虽然脑子灵光，可术业有专攻，他光攻学习了，对于女孩子们用的瓶瓶罐罐以及各种口红色号，一个头八个大，压根儿分不清楚。

"应该是这个吧，长得挺像。"陈惹掏出一个唇膏模样的东西，拧开发现是透明的膏体，心想要是口红的话肯定有颜色，便自信满满地涂了起来。想到赵又又的叮嘱，他还来回涂了厚厚三层，这才心满意足地把东西收拾好。

他在教室里窝了半个上午，做题做得头昏脑涨，懒洋洋地起身去教室外面逛一圈。可陈惹越逛越觉得不对劲，其他同学一个劲儿地盯着他的嘴，惊讶过后就捂着嘴直笑，还纷纷跑回教室喊人一起过来看。

"我的天，陈惹不会是学傻了吧？"

"学神的思维岂是你我这种凡人能参悟的？"

陈惹觉得不对劲，眉头一皱快步往教室走，正好和从办公室回来的赵又又撞个满怀。

"陈惹你跑什么……"赵又又被撞得往后退了小半步，站稳身子才抬头看向陈惹。可这一看整个人都傻了，脸以肉眼可见的速度红了起来——不是害羞，是憋笑憋的。

可赵又又没几秒就破功了，一只手捂着肚子，另一只手指着陈惹的嘴，笑得上气不接下气："陈惹，我让你涂唇膏，你怎么角色扮演欧阳锋啊！"

陈惹嘴上糊了一层厚厚的变色唇膏，随着时间推移，颜色逐渐加深，偏偏他涂得又不均匀，嘴就像肿了似的，跟《东成西就》里的欧阳锋差不多。

叶一铭他们几个看热闹不嫌事儿大的也纷纷跑了过来，看见陈惹顶着一张大红嘴，笑声都快把房顶掀翻了。

"惹神，你怎么回事，怎么还背着哥们儿涂口红呢？"

陈惹低骂一声，手背在嘴上一擦，染了一层红，这才知道自己干了蠢事，准备回座位赶紧把口红擦了，却被赵又又一把抓住。

那丫头带头整他，起哄架秧子，让人把他团团围住："叶一铭、李旭东快摁住他，赶紧拍照呀！"

"镜头在这儿，又又快把陈惹的脸扭过来！"

"对对对，多拍几张！"

教室里热闹得不行，连隔壁班的人也加入了混战。原本对他们而言是高岭之花、一中之光、周身围绕着学神光环的陈惹，在这一刻变成再普通不过的同学，打闹拍丑照，笑声不断。

"叶一铭，你完犊子了！"陈惹好不容易挣脱出来，手掌在自己嘴上抹了一把，对准叶一铭的脸就糊了过去，一个接一个。

赵又又和孟荧还带着几个女同学提供"弹药"，参与混战的人无一幸免，脸上身上全是口红画出来的印子。

"怎么只画我一个人？"

"惹神我错了！"

整个教室都沸腾了，青春的快乐就像蒸腾的热气顶翻锅盖，简单又张扬。

"嚯，你们班画风够清奇的，一个两个顶着大红脸准备唱戏呢？"

语文老师走进教室就看到他们脸上红彤彤一片，叶一铭最惨，整张脸就剩眼白和牙齿还白着了。语文老师双手叉腰站在讲台上，拖长音调告诫道："女生们最好把口红藏好点，等考完了随你们怎么打扮。"

"祁老师，不是口红，"赵又又举手发言，憋笑憋到声音发抖，捂着嘴才没让自己笑出声，"是变色唇膏。"

她话音一落，同学们嘻嘻哈哈又笑了起来。陈惹的耳朵也不知是刚才被抹上了口红，还是不好意思，红得都快滴血了，见赵又又居然还提这事儿，伸手就捂住她嘴巴。

"惹神我错了！"赵又又认错的功夫是跟着叶一铭学的，甚至更上一层楼，可怜巴巴地求饶，"下次再也不敢了。"

祁老师笑着敲了敲黑板，把话题拉回课堂："行了行了，再闹下去我这课就不用上了。大家把书拿出来翻到《琵琶行》……"

教室外面寒风萧瑟，教室内却温暖如春，祁老师站在讲台上认真讲解，同学们也收心认真听讲。赵又又歪头看了陈惹一眼，手伸进包里一通乱找，总算找到了那支白色管身的唇膏。

陈惹感觉手肘被人戳了两下，歪头一看，小姑娘睁着一双水汪汪的大眼睛，献宝似的把唇膏推到他面前，又指指了指嘴唇，用口型无声说道："记得涂唇膏。"

想到他刚才涂了满嘴艳丽的红色，赶紧抿嘴把忍不住上翘的唇角压了下来，想了想还是加了句："这次是真的唇膏。"

陈惹接过赵又又递来的唇膏，微微偏头睨了她一眼，被压低的声音越发低沉："原来笨蛋还真会传染啊。"

赵又又学着他拖长音调"哦"了一声，歪着身子凑近陈惹耳边说道："那你要是嫌弃的话，换人当同桌咯。"

"不嫌弃，"唇膏在陈惹手里一开一合，他垂眸轻笑一声，弹了赵又又的脑瓜儿一下，"谁叫我心甘情愿变笨蛋。"

陈惹涂着变色唇膏的照片在班群满天飞，叶一铭还把考神那张表情包跟这次的拼在一起，还在上面P了字：高三前，高三后。

陈惹一想到这儿就有些头大，可十多岁的年纪，什么情绪都是来得快也走得快，到最后，他自己想到当时的傻样也忍不住笑出了声。

在同学们被期末折磨到没什么人样的时候，平安夜和圣诞节悄无声息地来临了。青春期的孩子们对学习之外的所有事情都很感兴趣，尤其是今天早上一到教室，叶一铭就在每个同学的桌上都放了苹果，再加上他和孟荧这两个闲不住成绩又好的班干部带头搞事，又是贴窗花又是拉丝带的，节日气氛就更浓重了些。

还有好几个大胆的同学偷偷从西门溜出去，买了好多苹果回来，散财童子似的各个教室串门。

"这教室怎么整得跟婚房似的。"老蔡一进教室就惊了，退出去重新确认过才又进来，把一沓新试卷往讲台上一搁，"是不是觉得作业还不够多啊？"

"别，您要再布置作业，我们估计就得交待在这儿了。"叶一铭嬉皮笑脸，赖皮兮兮地把话题往老蔡身上引，"不过咱教室当婚房也行，老师，您什么时候给我们找个师娘啊？"

叶一铭玩笑惯了，可这话一出，老蔡的脸竟还真红了。这个年纪的学生一个个精得跟猴似的，见状纷纷拖长了声音起哄，拍桌子吵嚷着要看师娘，然后被一张物理试卷封了嘴巴。

"给你说个秘密，"八卦是人的本能，赵又又也不能幸免，她接过前桌传下来的试卷，压低声音和陈惹聊天，"前段时间我和孟荧在学校后面那条小吃街看到老蔡和医务室的李校医一起吃饭呢。"

赵又又越说越小声，到后边几乎成了气音："要是老蔡真脱单了，我觉得十有八九是和李校医。"

陈惹扫了眼卷子，一边听小姑娘聊八卦，一边顺手做了几道选择题，见她越说越上头，最后还十分笃定地盖了章，忍不住撑着脸偏头看了过去："你这么会算，怎么不帮我算一算？"

"算什么？"赵又又把试卷折个对折，老老实实地先写名字。

"算我对你有没有企图。"

陈惹的声音很轻，却似一声惊雷落到了赵又又耳朵里。她笔尖一滑，"赵"字里面的"走"往右溜了好长一段。赵又又稳了稳心神，佯装镇定地写好名字，揉揉耳朵，反应慢了半拍似的，张嘴就是一个单音节："啊？"

陈惹轻笑一声，知道她在装傻，也没说什么，只抬手轻轻拍了下她的后脑勺，让她乖乖做试卷。

赵又又摆出一副认真做题的架势，做完选择题却忍不住用余光瞥了眼身旁的陈惹。

教室外面灰蒙蒙的，像是要下雨，白炽灯的灯光从上方洒落。陈惹靠着窗，整个人落在光与暗的交接处，长长的睫毛因为垂眼的动作在冷白皮肤上留下一道淡淡的剪影，连藏在双眼皮褶皱里的痣也显了出来。他做题的时候脸上一向没什么表情，还会下意识紧抿嘴唇，从眉毛到下巴都透露出"认真"两个字。

陈惹对她有没有企图？

赵又又咬着笔头，竟莫名其妙地思考起这个问题来。可还没等她想出个所以然，陈惹便屈起食指轻轻敲了下她的书桌，语气无奈，却又含着笑意："小柚子，你再看下去，我就没办法做题了。"

赵又又连忙收回视线，装模作样地做起题来，可心里已经对刚才的问题有了个明确的答案。小姑娘眉眼弯弯，眉骨下方的红痣越发明艳。

是有的吧？一定有的。

这张试卷的题量不大，一节课正好能做完。物理又是下午最后一节课，同学们交了卷就准备去食堂吃晚饭，吃完在操场遛会儿弯，回来了就正好开始上晚自习。

赵又又伸了个懒腰，眼巴巴地望着帮她带了一份晚饭的陈惹。自从运动会她晕倒后，陈惹就把赵又又的一日三餐都包了。叶一铭和孟荧也都从家里带饭，下午下课后四个人就一起拼桌吃饭。

原本今天也该这样的，可叶一铭和孟荧却在饭点神秘兮兮地挪到后排。已经饿到前胸贴后背的赵又又见他们没带饭来，正要说话就被孟荧捂住了嘴巴。叶一铭见缝插针，把陈惹手里的饭盒夺了过来，压低了声音挤眉弄眼道："陈惹，又又，我们晚上逃课吧？"

赵又又一惊："逃课？"

随着高考越来越近，老蔡和廖魔头也越来越贼，没事儿就来教室遛弯，万一被他们听到，逃课计划可就落空了。

"嘘！"叶一铭一脸紧张地嘘声，还不忘左看右看，确定没人了才贼头贼脑地说道，"今儿可是平安夜，在教室过也太没意思了。"

孟荧直点头，在一旁帮腔："我侦察过了，这个点儿西门压根儿没人，我们偷偷翻墙出去。"

赵又又一听眼睛都亮了，她从小到大还没逃过课，听起来还真有点刺激。小姑娘立马倒戈，和孟荧他们统一战线。三双兴奋的眼睛直勾勾地盯着陈惹，神仙也顶不住啊。

陈惹无奈地拍着额头，手指轻点桌面："明天多做一套理综试卷。"

他说完就起身，动作麻利地收拾好东西，还顺便把赵又又的书包也背上了。其他三个乐得直跳，偷摸就往西门去了。

孟荧没说错，这个点儿，同学们不是在食堂吃饭就是在操场遛弯，西门又偏，除了这四个"贪玩"的高三学子，愣是一个人影都没有。

"先把书包扔出去再翻墙。"

两个男生都是翻墙的好手，孟荧也是从小皮惯了的，别说翻墙了，上树掏鸟蛋下河摸鱼虾都不在话下，三两下就和叶一铭一块儿翻坐在墙头，叽叽喳喳地给赵又又出谋划策。

"小柚子你别怕，你先踩在墙角的石头上，然后脚用力蹬着那边支出来的砖块上，我和叶一铭把你拉起来。"

赵又又看着长相乖巧，其实贪玩又好胜，倔强还不服输，不然也不会真跟着他们一块儿逃课了。前头有两个人给她做了示范，又有陈惹在后面护着，她倒是一点都不怕，学着他们翻墙的动作，踩着石头和砖块跃了上去，被叶一铭和孟荧一左一右地拽到墙头。

"翻墙也太刺激了吧！"骑在墙头的赵又又眼睛都亮了，恨不得下去再爬一次。

"等会儿，我们下去接你。"

孟荧话音刚落，刚准备和叶一铭往下跳，就见陈惹三两下地翻墙落地，动作行云流水，一看就是老油条了。

他们俩正准备先把赵又又送下去，不远处突然传来一阵耳熟到令人头皮发麻的叫喊声："你们几个在干吗？赶紧给我下来！"

站在墙头的叶一铭匆匆回头，居然看到老蔡涨红了脸往这边跑来。

"天啊！老蔡来了！"他和孟荧一惊，动作比脑子快，等落地的时候才想起赵又又还在墙头挂着呢！

完全没有爬墙和跳墙经验的赵又又被此情此景整得有点紧张，可偏偏坐在墙头上不来下不去的，眼看着老蔡越跑越近，大冷天的，急出一脑门汗，直喊陈惹的名字："陈惹，怎么办呀！"

陈惹透过铁门看了眼冲过来的老蔡，站在赵又又下方，伸长了胳膊，镇定地说："别怕，只管往下跳，我一定稳稳当当地接住你。"

他眼神坚毅，眼里只有赵又又，说这话的时候又臭屁又带着满满的少年气，交织成为赵又又的勇气。

她回头看了眼已经跑过来的老蔡，咬着下唇心一横，便在老蔡急吼吼的"赵又又你给我下来"中跳向陈惹。

赵又又舍不得闭眼睛，看着自己和陈惹的距离越来越近，最后一头栽进他带着淡淡青草气息的怀抱里。

陈惹被撞得往后退了小半步，双手却紧紧抱住赵又又，他咧嘴一笑，整个五官都明亮了起来："怎么样，没骗你吧，说了会接住你的。"

"有你在我就不害怕了。"赵又又仰头看他，因为紧张，气息有些急促，她的脸红彤彤的，说话的时候还捏了捏陈惹的手。

"你们四个不许跑！"老蔡隔着铁门吼得声嘶力竭，挣扎着想爬墙，可惜他老胳膊老腿，哪比得上那四个小兔崽子。

"别腻歪了，赶紧跑吧！"叶一铭拍了拍陈惹的胳膊，拽着孟荧就往外跑。

"老蔡，提前祝你圣诞节快乐。"四个人一边跑还一边回头送祝福，笑声直冲老蔡天灵盖，老蔡原本就不多的头发被气得直掉，眼睁睁地看着他们四个溜走了。

"刚刚真绝了，高中这几年我还是第一次见老蔡脸色那么难看。"

在老蔡眼皮子底下逃跑的四个人有种劫后余生的庆幸感，撑着膝盖直喘气，但谁都没去想明天怎么面对老蔡的事儿，只管玩高兴了再说。

"那我们现在去哪儿啊？我好饿。"赵又又喘着粗气，脑袋靠在陈惹胳膊上喊累。

孟荧和叶一铭稍微一合计就定好了地方，兴冲冲地说道："滨江广场今晚肯定有圣诞活动，而且餐厅也不少，咱们去那儿玩吧？"

"行啊，我想吃烤肉。"

"吃什么烤肉啊，磨磨唧唧半天也吃不饱，我要吃火锅，圣诞节就该吃火锅！这是传统！"

"你信不信圣诞老人今晚就暗杀你。"

叶一铭和孟荧针对"到底去哪儿吃"这个话题争论不休，眼看着越来越激烈，叶一铭连忙和往常一样嬉皮笑脸地认错，把决定权交给孟荧。

赵又又放慢了脚步和陈惹并排走在后面，刚要开口说话，手里就被他塞了个什么东西。赵又又一看，是一块巧克力。

"身上就这块巧克力了，滨江广场不远，等会儿带你吃好吃的。"

赵又又没舍得剥开，揣进兜里没吃。想到马上就是圣诞节，她轻轻咬了两下嘴唇，伸手拽住了陈惹的袖子："明天就是圣诞节呢！"

"是啊，怎么了？"

赵又又"哦"了一声，扯着陈惹的袖子追上了还在前面打闹的两个"小学生"。

滨江广场是清川市最热闹的地方，又有平安夜和圣诞节的节日加持，人流量更是可观。

广场中心有一棵巨大的圣诞树，虽然现在还没亮灯，但已经有不少人在那边自拍。放眼望去，人群里不乏穿着各个学校校服的学生在乱窜。街边随处可见卖发光气球和泡泡机的小摊贩，许多餐厅门口还有服务员扮圣诞老人，到处都能听到圣诞歌，比学校里热闹多了。

他们从烤肉店出来才九点出头，街上的小孩子也成堆成堆地多了起来，手里拿着喷瓶互喷，泡沫和丝带挂了一身都不介意。

"他们在玩圣诞飞雪哎，小荧我们也去买吧！"赵又又看得眼热，拉着孟荧进了不远处的饰品店。原本只打算买几瓶飞雪就走，却被店里浓重的圣诞气氛绊住了脚，两个小姑娘居然逛了起来，好在还剩一丝理智，想到陈惹和叶一铭在外面受冻，急急忙忙结了账出来。

赵又又和孟荧一人戴着一个麋鹿发卡，连头绳都换成了十分应景的红色。

"你们这是把人家店里所有飞雪都买回来了？"叶一铭看她们大包小包的有点被吓到。

可惜赵又又没工夫搭理他，拎着包兴冲冲地站到陈惹面前，献宝似的把刚才买的东西掏了出来："当当！给你的圣诞礼物！"

红围巾，还有一顶白色带红毛球的帽子。

赵又又一边往陈惹脖子上挂，一边又拿出另一套给自己戴上，小姑娘爱美，出门就脱了校服，穿着一件酒红色的牛角扣外套，从头红到脚，看着就跟个吉祥物似的。

陈惹忍了很久，还是没忍住捏了赵又又手感极佳的脸，又低头看了眼被挂在脖子上，颜色喜庆又暖和的围巾手套："怎么办，突然不知道送你什么礼物。"

"没关系啊。"赵又又直接上手，用围巾裹住陈惹的脖子，把帽子随手往他脑袋上一扣，歪歪扭扭的，瞧着还挺可爱。

她十分满意自己的杰作，拍了拍陈惹的头，笑得眉眼弯弯，又十分娇俏地冲他眨眼："以后再多让让我，就是最好的礼物啦。"

陈惹喉结上下滑动，笑声从唇缝溢出，他抬手覆住赵又又的手背，声音温柔："我永远都让着你。"

"小柚子，扔几瓶飞雪给我！"

孟荧的喊声打破了有几分暧昧的气氛。

赵又又回神，扔了几瓶过去，再转身的时候，陈惹便十分熟练地接过了她手里的袋子。他瞥见赵又又手上戴着手套，挑了挑眉，伸出自己被冻得有些红的手："帽子和围巾都有了，怎么没有手套？"

"笨蛋。"赵又又的脸被围巾映得微微泛红，她取下左手的手套给陈惹戴上，小姑娘看着一大一小两只排在一起的手，笑得有些得意，"只买一副手套的话，就可以光明正大地一起戴了呀。"

两只手套被一根细绳连接起来，一只在陈惹手上，一只在赵又又手上。滨江广场人头攒动，夜风裹着欢快的圣诞歌钻进耳朵。

刚和陈惹分配好手套的赵又又毫无防备，被孟荧喷了一身泡沫。她哇哇大叫，直往陈惹身后躲，探出一个圆滚滚的脑袋："孟荧，你耍赖！还没喊开始呢！"

孟荧和叶一铭不知什么时候结成联盟，两个人拿着四瓶飞雪，步步紧逼："赵又又，你有能耐就别躲在陈惹后面，叶一铭，喷他俩！"

"陈惹快帮忙呀！"

赵又又笑着用飞雪回击，拽着手套的细绳把陈惹拉入混战。

滨江广场灯火璀璨，寒冷的冬夜被他们四个的笑声吵得火热，伴随着"嗤嗤"轻响，洁白轻盈的白色泡沫从瓶口冒出。欢笑声慢悠悠地飘上天，在高空破裂，碎成一个个小小颗粒，飘浮在空气中，变成每一口吸入的氧气。

陈惹的视线穿过模糊的光斑落在赵又又的笑容上，心口滚烫。

他的光芒，就站在他身边呢。

"不来了不来了，你们也太狠了吧！"

经历了混战的四个人身上脑袋上全挂着泡沫和丝带，提着二十多瓶空掉的飞雪，累得瘫坐在广场里的木质长椅上直喘气。

"你俩还好意思说，叶一铭都快糊成雪人了。"本来是孟荧和叶一铭挑起来的战争，但陈惹和赵又又的战火太猛，把他俩打得片甲不留。

孟荧嘴上这么说，却把叶一铭当成景点，拿着手机可劲儿自拍，还拉着赵又又一起。好在陈惹良心未泯，从兜里掏出包纸擦干净了叶一铭的脸，好让他能拥有姓名。

几个人又一块儿拍了几张合照，孟荧还特意屏蔽家人老师发了朋友圈，没想到居然操作失误变成了仅这些人可见。她刚发完没几分钟，孟爸的电话就打来了，翘课出来玩的孟荧被当场抓包，她火烧屁股似的从椅子长弹起来："我得回家了，不然我爸马上来揪我！"

叶一铭见状只能承担起送她回家的重任。赵又又犹豫了一下，看孟荧急得脸都变形了，把话咽进肚子里："那你快送小荧回家吧，我们明天见。提前祝你们圣诞快乐。"

陈惹陪着赵又又在长椅上坐了会儿，虽然已经快零点了，但滨江广场依旧人头攒动，热闹得不像半夜。他起身拽了拽细线："走吧，我也送你回家。"

赵又又的大眼睛滴溜溜转了两圈，突然扯下手套，把东西往陈惹怀里一塞，装模作样地翻了翻荷包，突然起身往刚才的烤肉店跑："你先在这儿等我一下，我钥匙好像丢在烤肉店了。"

"赵又又！"

赵又又平时都懒得动弹一下，这会儿却跑得比兔子还快，陈惹愣是没把人喊住，下意识想追上去，可突然想起赵又又家用的指纹锁，他有些疑惑地耸了下眉毛，犹豫了几秒，选择乖乖地坐在长椅等人。

【赵又又，你是找钥匙还是找开锁师傅去了？在烤肉店等我，我现在过来。】

陈惹坐了二十多分钟都没等到人，一边给她发微信消息，一边往烤肉店的方向走去。

"陈惹！我在这里！"他消息刚发出去，前方突然传来赵又又的声音。陈惹闻声看去，看到赵又又才松了口气，抬脚走向她。

她站在那棵没有亮灯的圣诞树下，满脸笑容地冲他招手。陈惹一步一步走向她，就像电影里的慢镜头，身边繁华热闹，他却只能听见赵又又的声音和脚跟落地发出的轻响。

"怎么这么久？"陈惹在赵又又跟前站定，把手套递给她，"走吧，该回家了。"

他话音刚落，零点的钟声突然响起，广场的圣诞树也在这一刻缓缓亮起。赵又又站在圣诞树下，灿烂炫目的光芒投映到她脸上，她高举双手，掌心里放着一个小小的奶油蛋糕，笑得比蛋糕还甜："陈惹，生日快乐！"

陈惹整个傻掉，脸上难得露出呆滞的表情，说话时还竟然打了个磕巴："你……你怎么知道的？"

赵又又当然不会说她为了搞清楚陈惹的生日，翻遍了他的朋友圈，又找到他的微博，一条一条翻了个遍，才在三年前圣诞节那条微博的一条评论里看到生日快乐的留言。

"今天太晚了，这是我跑了好几个蛋糕店才买到的最后一个蛋糕，就算很小，你也不能嫌弃。"她有些小傲娇地�‌嘴，又把蛋糕送到陈惹面前，声音娇娇的，"我手都要举酸啦。"

陈惹原本就滚烫的胸口如今就像沸腾了一样，他压下心头的悸动，笑着把赵又又的手拉了下来，看着她手里那个小小的巧克力蛋糕。

"快许愿吧，可以许三个愿哦。"赵又又的笑容比圣诞树的光芒更加明亮，催促着陈惹许愿。

陈惹深吸一口气，蹲下身子，双手合十，十分认真地许愿：

"第一个愿望，希望我们都能考上心仪的大学。

"第二个愿望，希望赵又又每年都能给我说生日快乐。

"第三个愿望……"

陈惹一睁眼就对上赵又又的笑脸，他也跟着笑，接过她手里的塑料小勺："我待会儿再许吧，现在一起吹蜡烛吃蛋糕。"

两个人站在滨江广场的圣诞树下，耳边是欢快的圣诞歌，一起吹灭了并不存在的生日蜡烛。尽管周围喧哗吵闹，但他们的心却一样安定。

滨江广场离赵又又家不太远，反正都已经过零点了，早一点晚一点都差不多，两个人就慢悠悠地在街上走着。离开滨江广场后，街道渐渐安静，路灯洒下暖黄的灯光，把寒冷的冬夜变得温暖。

"对了，你想要什么生日礼物，我给你买。"给陈惹过了生日的赵又又比寿星本人还开心，一路蹦蹦跳跳的，说这话的时候还拍了拍大衣口袋，一副"爷不差钱"的架势。

陈惹侧头看过去，笑着捏了捏有些酸痛的脖子："哪有你这样偷懒的，自己想。"

"怎么就偷懒了，还不是为了投你所好。"

陈惹挑眉，唇角勾出一个蔫儿坏的弧度。他停下脚步，弯腰伸出食指戳在赵又又软软嫩嫩的脸上："我好什么，你不知道？"

赵又又睫毛轻颤，漆黑晶亮的眼珠子滴溜溜转了两圈，抬手握住陈惹的食指："不然就把上次送你的机车模型当生日礼物好了。"

小姑娘掌心温热，陈惹忍不住轻轻挠了两下："你想得倒美，要是不满意，我会退货的。"

"礼物一旦送出，概不退货哦。"

赵又又说完这话突然觉得有什么冰冰凉的东西落在脸上，她下意识伸手去接，想看看是不是下雨了，却看见一片雪花飘到了手套上。

T省秋冬季节的气温一向比较高，赵又又从来还没见过雪，她又惊又喜地抬头看天上雪花纷飞，就像云层破了个洞。她开心地叫出声，拉着陈惹去接雪："陈惹，是雪，下雪了！我之前就听小荧说清川每年都会下雪，但没想到居然这么快就看到了！这是今年的初雪吧？"

雪花纷纷扬扬，赵又又作为一个第一次见到雪的南方人，表现十分合格，不仅伸手去接，甚至还张嘴想尝尝雪的味道，拿着手机拍个没完，要是现在有积雪了，她肯定第一个往雪地里扎。

陈惹站在一旁看她笑看她闹，看着赵又又因为一场突如其来的雪乐得直转圈。

"陈惹，明天能打雪仗吗？你会堆雪人吗？"

雪势目前还不算太大，在碰到皮肤的瞬间化成水，却依旧不影响赵又又的好心情。她跑到陈惹面前，双手激动得直晃，清澈干净的双眼像是被清亮的雪水洗过，里面倒映出陈惹的身影："对了，要是有积雪的话是不是还可以去铲雪啊？我……"

赵又又正说得起劲，却突然被陈惹拉住手腕，她跌进他怀里，还没来得及说话，额头便传来一阵温热。熟悉的青草气息迅速包围了她，又很快随着额头的触感消失。

陈惹的声音低沉温柔，每一个字都像火苗钻进赵又又的耳朵，跳进她的血液，一路摧枯拉朽地燃烧到心脏。

"赵又又，这就是我的第三个愿望。"

那一下如同蜻蜓点水，虽然短暂，却在赵又又心里泛起一圈圈涟漪。但两个人第二天都十分默契地没有再提这个事，因为现在站在他们面前的是盛怒的老蔡，迎接他们的是比昨天那场雪还要大的暴风雪。

"你们几个够可以的啊，一个年级第一，一个年级第二，两个班干部，居然带头逃课。"老蔡气得在办公室走来走去，看着靠墙站得规规矩矩，看似一脸乖巧，实则个个都不让人省心的四个家伙就生气。

他双手叉腰站在孟荧面前："发朋友圈还不屏蔽我，怎么，指望我给你点赞呢？"

"蔡老师您听我解释，那真是个意外……"孟荧昨天晚上就已经被训了一个小时话，今天刚来学校又被老蔡拎过来教训，她有苦说不出，决定一个月不发朋友圈。

"还有你，叶一铭！你可是班长，不劝他们就算了，还跟着一块儿逃课！"老蔡越说越上头，开始针对性训话。

叶一铭这人脸皮厚，挨骂是常事，十分有眼力见儿地给口干舌燥的老蔡端茶倒水："老师，您消消气，我这不头一次干这事儿嘛，没经验。"

"难不成你还想多来几次？！"老蔡一口气差点没提上来，脸气得通红，"叶一铭！回去给我写一份万字检查！"

赵又又听叶一铭哀号，见下一个就到自己了，及时抬手认错，可怜巴巴地看着老蔡："蔡老师，我错了，我再也不敢了。"

教训的话还没来得及从嗓子眼儿里钻出来就被塞了回去，老蔡太阳穴突突直跳，连陈惹都顶不住赵又又求饶的目光，更别提老蔡了。

他气得灌了两大口水，略过赵又又，瞄准了陈惹："还有你这个小兔……"

"老师，我今天生日。"

陈惹的声音淡淡的，虽然没什么表情变化，可老蔡居然从他脸上看到了刚才赵又又认错时候的神情。老蔡被这句话堵得死死的，再次出声时，"小兔崽子"变成了磕巴的"生日快乐"。

"谢谢老师，您要是现在放我们回教室，我更快乐。"

陈惹顺杆往上爬，老蔡无奈地坐回藤椅上。赵又又见状连忙帮腔："老师您放心，我们都特别自觉，今天一定多做一张试卷！"

老蔡摇摇头，显然拿这群机灵鬼没办法，揉着太阳穴直挥手："去去去，赶紧从我眼前消失。"

三个人松了口气，齐声道谢后连忙逃出办公室，只有叶一铭磨磨蹭蹭，还想着和老蔡商量："老师，那我的万字检讨……"

"少一个字，我立马给你爸妈打电话。"

"别啊，老蔡！"

回到教室的赵又又如释重负地趴在桌上，庆幸之余又有点心疼还要写一万字检查的叶一铭，不过既然身为朋友，这种时候当然要拔刀相助。

她从桌肚里掏出手机，打开百度搜了好几篇检查发给叶一铭。

【我能做的只有这些了，班长加油。】

但是换来了叶一铭声泪俱下的控诉：【赵又又，跟陈惹当同桌之后你真的变坏了！】

他刚发完消息就觉得后背发凉，梗着脖子回头，便看见陈惹面无表情地坐在赵又又身边，面前是赵又又的手机。陈惹竖起大拇指，从脖子左侧划到右侧，脸上写了三个大字：你完了。

魔鬼，都是魔鬼。

叶一铭嘴角抽搐，连忙回头，装作一本正经地抄起检查来。

"赵又又，有人找。"

刚和陈惹一起逗完叶一铭，门口就突然来了个找赵又又的人。

"来了！"赵又又闻言立马起身要出去。

陈惹问："怎么了？"

赵又又冲他眨眼，神秘兮兮地说："你的生日礼物。"

她说完就走出教室，再回来的时候手里捧着个又大又厚的方盒，有点像零食大礼包。估计有点沉，赵又又搬得十分费劲，放到陈惹桌上的时候发出"哐当"的闷响声。

赵又又松了口气，挑眉拍了下礼物盒，眼底藏了一层浅浅的笑意："说好的生日礼物，包你满意。"

虽然每年都会收到各种各样的生日礼物，但陈惹还是第一次这么好奇，迫切地想知道赵又又送了什么东西。

孟荧和正在写检讨的叶一铭也被后排的动静吸引。叶一铭扔下笔就跑过来，比陈惹这个正主还期待，但想到他俩啥都没准备，难免抱怨道："陈惹，你也太不耿直了，生日都不告诉我们，不然今天晚上溜出去给你庆生吧？"

"你还想再写一份检查哦？"赵又又看了他一眼，扭头催促陈惹，"你赶紧打开啊，马上就上课了。"

在好几双眼睛的注视下，陈惹这才慢慢打开礼品盒，脸上的笑容却在看清里面的东西后变得僵硬。

真是好厚一沓五三模拟卷。

气氛有些诡异。陈惹眨巴两下眼睛，抱着最后一丝希望把五三拿了出来。他就知道小柚子不会让他失望，除了五三，下面还有厚厚一沓黄冈密卷。

不愧是你，赵又又。

赵又又见陈惹眼底的笑意渐渐消失，连忙眨眼，又轻咬下唇掩住笑意，装出几分失落，垂眸轻声说："你不喜欢啊？"

"没有，你送的礼物，我怎么会不喜欢呢，"陈惹生怕她失望，连忙把试卷装回盒子里，宝贝似的抱在怀里，"每张试卷我一定都认真做。"

倒也不是不喜欢，就是有点哭笑不得，他轻声哄着赵又又。

话音刚落，上课铃就响了，看热闹的叶一铭一行人回了座位，还留下后怕的一句话："突然就爱上上次生日收到的大耳机了，孟荧，多谢你不送试卷之恩。"

赵又又憋笑得厉害，见陈惹还紧张兮兮地盯着自己看，忍不住抠了抠手指。

英语老师走进教室，让同学们拿出听写本。赵又又的声音伴随一阵窸窸窣窣轻响落入陈惹耳里："你都没仔细看，怎么知道没有惊喜呢？"

陈惹闻言眉心一动，他端起试卷大礼包，把一沓一沓的卷子往外拿，还抖了几下，缝隙里突然有张卡片飘了出来，落到陈惹桌上。

生日礼物是全套五三模拟卷、黄冈密卷和"许愿券"。

英语老师问道："准备好了吗？第一个单词……"

赵又又一心两用，写完单词又靠近陈惹，压低声音道："这是只对你生效的许愿券，可以随时随地找我兑现。"

那是张粉色的卡片，赵又又在上面写着"许愿券"三个大字，边上还画了很多可爱的小碎花，右下角是依偎在一起的狐狸和小白兔。

背面还画了一幅简笔画，一男一女两个小人并排坐在一起，桌上摆了满满当当的书，小女生趴在桌上睡觉，男生正歪头看她。

窗外正下着雪，灯光投下一道光影，被精致高挺的鼻梁切割成碎片，在脸上落下一层温暖的釉光。

"现在可以吗？"陈惹没头没脑地突然冒出一句话来。

赵又又反应慢了半拍，拖长声音"啊"了一声，侧头看着他："你现在就要许愿？"

陈惹把试卷推到赵又又面前："帮我把这些试卷全写了。"

"你在想屁吃。"小姑娘威胁地晃了晃拳头，"这也是生日礼物的一部分，不包退换的哦。"

陈惹面容清隽，双眸黑沉沉的，嘴角含着温柔又认真的笑："那下课陪我去打雪仗吧。"

"我也想和你打雪仗。"

第十六章
新年快乐

高三上学期就在这种紧张又有趣的氛围中结束了，陈惹和赵又又也因为奇妙的缘分当了一整个学期的同桌。

因为距离高考只有一百多天了，所以今年的期末格外漫长，连寒假假期也被大肆压榨，最后就只剩过年前后十天的假期。但就算是这样，大家还是有种"终于结束了"的解脱感。

虽说好不容易放了假，但因为要过年，家家户户都忙得脚不沾地，一直到除夕夜，四人小组都没机会再聚一次。

这是赵又又在清川市过的第一个年，还是和以前一样冷冷清清的。虽说她妈妈今年在家，但工作和需要应酬的事情实在太多，从天亮到天黑，微信提示声就没停过。就连今年的年夜饭都是购买的酒店套餐，再让人送到家里吃的。

两个人的年夜饭难免有些冷清，赵母把手机设置成静音，想好好陪赵又又吃一顿年夜饭："又又明年就高考了，有心仪的大学吗？"

她们很少能有像现在这样独处的时间，不光是赵又又，连赵母这个亲妈都有些尴尬，想方设法地活跃气氛。

赵又又点了点头："想考清北。"

她吃了口菜，音量不高，却足够赵母听见："读金融，等毕业了就能帮你了。"

赵母一愣，卸下对外的女强人形象，想到自己只是一个不称职的母亲。赵母放下筷子，起身走到赵又又身边，突然抱住了她，像小时候那样轻抚她的后背，低声道："妈妈希望我们家又又选择金融是因为自己喜欢，而不是别的原因。

"我没有别的愿望，只希望你可以开开心心地长大，快快乐乐地做自己想做的事。"

母女俩很少说这样煽情的话，兴许是刚才喝了点酒，理智被酒气蒸腾，才难得谈了次心。

赵又又刚被妈妈抱着的时候还有些僵硬，可听完她的话后便抬手反抱住她，声音娇哆，小狗似的在妈妈怀里撒娇："妈，来到清川市之后我真的很开心，之所以想读金融也是因为喜欢，你就别担心啦。"

她们坐在同一张桌子上，虽然因为相处的时间不多，但血脉亲情就是如此神奇，把爱与在意藏进了每一顿饭菜里和每一句叮嘱里。

赵母眼角有些湿润，摸了摸赵又又的头发："我们家又又，真的是个很好的孩子。"

吃完年夜饭才九点，赵母原本想陪又又守岁，可她昨天才从美国赶回来，又处理了一天工作上的事情，一天多都没睡觉。赵又又见她强撑着精神坐在沙发上陪自己看春晚，心疼得不行，连拉带拽把人送回了房间。

一个人看春晚怪别扭的，电视里欢声笑语，现实却冷冷清清。赵又又百无聊赖地在四人小组的微信群里发表情包，问他们在干吗，结果都没人理她，私戳陈惹也没收到回复。

“大家都在过年哦。”她噘嘴往沙发上一趟，点开《王者荣耀》，去峡谷寻找快乐。也不知道是不是过年大家都在玩，居然把把遇到猪队友，快乐没找到，倒是憋了一肚子气。

在掉段之前，她十分果断地选择卸载游戏。

一个人看春晚无聊，玩游戏又老是输，赵又又这个除夕夜过得没滋没味，刚准备上楼睡觉，好像听到大门被人敲了一下。

“这个时候应该不会有人吧？”她还以为是自己听错了，可走了一步发现真有人在敲门，还有人在叫她的名字。

赵又又一愣，火速开门。

“小柚子，过年好！”

孟荧、叶一铭，还有陈惹就站在赵又又家门口，三个人穿得厚实，裹得跟熊似的，脸也被夜风吹得红彤彤了。

陈惹戴着赵又又送给他的圣诞节礼物，大红色的帽子和围巾倒是十分贴合过年的主题。他站在最外面，冲赵又又挥手：“新年快乐。”

赵又又有些惊喜，蹦跶了两下让他们进来：“你们怎么来啦？快进来。”

孟荧摇头，兴冲冲地拉着赵又又的手：“不进了。走，咱们出去跨年去。”

叶一铭手里还提着个袋子，见赵又又探头去看，他十分得意地上前，打开袋子神秘兮兮地道："趁我爸和叔伯们喝酒聊天的时候顺出来的，今晚肯定管够！"

居然是满满一大口袋的罐装饮品。

"酒吗？"赵又又眼睛亮晶晶的，表情比第一次翻墙还激动，"你们要带我出去喝酒啊？"

"小点声！"孟荧赶紧捂住赵又又的嘴巴，"待会儿被你妈妈听到了怎么办？"

她话音刚落，叶一铭就急忙戳了她一下。孟荧刚要还手，抬眼间就看到站在二楼楼梯口的赵母。

一群捣蛋鬼当即老实，把袋子藏在身后，摆出一副乖巧老实的表情，齐声道："阿姨过年好！"

赵又又一惊，像是做了坏事被抓包的小孩，双手藏在身后，结结巴巴地喊了句："妈妈，你怎么不睡了呀？他们都是我的好朋友，来找我玩的。"

赵母被自家女儿心虚的表情逗笑了，下楼拿起沙发上的外套帮她穿上："没事，去玩吧，注意时间回家。"

陈惹十分自然地包揽了送赵又又回家的工作："阿姨放心，我会送又又回来的。"

赵母闻声看向他，视线落在陈惹大红色的帽子和围巾上，想起赵又又似乎也有同款。谁都年轻过，赵母轻笑一声，很快就意识到这位男同学的不同之处："你就是陈惹吧？我听又又提过你。"

突然被点名的陈惹心里一惊，当即挺直腰背，站得比高一军训的时候还端正，僵硬着往前走了一步："阿、阿姨好，我是陈惹，新年快乐。"

虽然他脸上看不出什么，但实际上紧张得心跳加快，耳朵通红，莫名有种见家长的感觉，手脚都不知道该往哪儿放。

赵母看他这样也不忍心继续逗他，只说道："又又说你在学习上帮了她很多，阿姨很感谢你，也谢谢你们和又又当朋友。"

赵又又都没意识到，原来陈惹已经在不知不觉中侵占了她的生活，连忙于事业的妈妈都知道有这样一个人的存在。

"去玩吧，今天除夕夜，可以晚一点回家，但不要着凉感冒了，你知道的哦。"赵母拍了拍赵又又的头。

看着四个小孩开心离开的背影，她头一次觉得离开T省来到清川，是个正确的决定。

因为是除夕夜，街上好多店铺都没关门，格外热闹，虽说全城禁止燃放烟花爆竹，但仙女棒这种比较小型的烟花还是可以玩的。陈惹带着赵又又一行人走进滨河公园，随处可见三五成群玩烟花的小孩。

"我查过了，这个地方不仅能看到灯光秀，还能听到新年钟声，绝佳好地。"陈惹得意地说。

几个人钻进公园里的小亭子，整座城市灯火通明，等待新年钟声响起。清川市一直有新年撞钟的习俗，原本叶一铭和孟荧提议去六丰山撞钟的，但看了眼景区微博发出来的照片，被满满当当的人流吓退，最后决定听听钟声就差不多得了。

"放假之后都好久没见了，今天一定要聊开心。"叶一铭在家补了一周多的瞌睡，人都快睡软了，好不容易有机会一起跨年，开心得跟什么似的，给每个人都分了一罐。

赵又又兴冲冲地接过来，看清楚罐身明晃晃写着"可口可乐"四个大字后，有些失望地嘟囔着："过年哎，而且还是我在清川过的第一个年。还以为有酒喝呢，大冬天的喝可乐，不嫌冷啊？"

陈惹把手里拉开拉环的那罐递给赵又又："想什么呢，未成年人禁止饮酒！有可乐喝不错了。"

赵又又这段时间无聊得都快长蘑菇了，好不容易出来跨年，还是和陈惹他们一块儿，心情自然不错，想着可乐也不赖，招呼着碰杯便灌了两大口下去。

叶一铭精神足，举杯喊道："庆祝小柚子、惹神第一次和我们一起跨年，也提前庆祝我们顺利高考！"

四个人齐齐举杯，笑声和碰杯声同时响起，冒着汽儿的可乐顺着喉咙流向四肢百骸，整个人都精神了。

赵又又打了个冷战，却很舒爽，她靠坐在亭子里的长椅上，抬头望天，夜幕中细雪飞扬，还能听见簌簌往下掉的声音。

"能和你们成为朋友，我真的好开心哦，"她的声音绵软，在夜里格外清晰，"我真的好幸运。"

其实赵又又很少觉得自己是个幸运的小孩，在很小的时候父母离异，妈妈要忙事业又要照顾家庭，不免心有余而力不足，家庭给予她的温暖其实并不多，她一直没有特别要好的朋友。

但好在一切都开始变好了。

妈妈在努力平衡事业和家庭之间的关系，她也因为转学收获了陈惹、孟荧和叶一铭这三个好朋友，遇到了老蔡这么好的班主任，还有那么多有趣的同学。

赵又又笑着再次举杯："谢谢你们带我一起玩，让我能够为高中三年画下一个圆满的句号。"

"致高中，致友谊！"

陈惹捧着可乐坐在亭子里，外面正飘着细雪，虽然冷，但身上却暖暖的。他嘴角噙笑，偏头去看正在玩仙女棒的赵又又。

她双手拿着烟花，灿烂绚丽的烟花在指尖绽放，随着她挥舞的动作在夜幕里留下一幅幅稍纵即逝的画，笑脸隐于火树银花中。

兴许是陈惹的目光过于灼热，赵又又突然抬眼看了过来，兴冲冲地向他招手："陈惹，你快过来一起玩呀！"

陈惹正要起身过去，叶一铭捏扁可乐罐突然凑了上来："惹神，你到底是怎么想的？"

不等陈惹说话，他指了指自己的眼睛继续道："你以为兄弟这眼睛是摆设啊？你这是司马昭之心，路人皆知。"

陈惹没否认，余光瞥了眼和赵又又一起玩烟花的孟荧，把问题抛了回去："那你又是怎么想的？"

刚刚还舌绽莲花的叶一铭瞬间结巴，猛地站了起来。

也不知是喝可乐上脸还是怎么，他肩部以上全红了，还大着舌头嘴硬道："想什么想？我和孟荧那是铁哥们儿！我对自己的哥们儿能有什么想法？"

"我可没说这话。"陈惹好整以暇地抱着胳膊，睨了一眼用自己的言行切身解释"此地无银三百两"的叶一铭，揣着副过来人的架势拍了拍他的肩膀，叹气轻声道，"你怕是还有好长一段路要走呢。"

叶一铭想反驳，可一时嘴笨，竟说不出话来。等他想好措辞的时候，赵又又和孟荧已经回了亭子，捧着可乐咕噜咕噜直灌。叶一铭见状想出言阻止，可瞥见陈惹，就硬生生把话咽了下去，自己也开了一罐。

"冷吗？"陈惹看破没说破，笑着用手背轻挨赵又又的手。虽然是暖呼呼的，但他还是担心小姑娘感冒，把帽子围巾都给她戴上了。

赵又又笑嘻嘻地蹭了下围巾："不冷了，好暖和。"

小姑娘的眉眼明媚，看得陈惹喉头发紧，掩饰似的喝了口可乐。

"高三真的太累了，好在只剩最后几个月。"孟荧靠着赵又又，把可乐当水灌，"等考完了，我一定要把高三这几年的书全都撕了，然后从顶楼扬下去！

"可是我舍不得毕业，等高考完，我们是不是就要分开了？"

女孩子总是感性的，孟荧前一秒还在憧憬考完试之后自由自在的生活，话锋一转就抽泣起来，抱着赵又又直撒娇："我到时候肯定舍不得你，小柚子，我真的好喜欢你哦。"

陈惹眉头一动，见两个小姑娘抱在一起又哭又笑，踹了一脚刚开始吆喝得最厉害，现在却靠着柱子不知道在想什么的叶一铭。

叶一铭差点从椅子上摔下去，茫然四顾的时候听见陈惹说："孟荧正哭呢，把肩膀借出去。"

照顾孟荧已经成为叶一铭的本能，他走到孟荧身边坐下，见她无尾熊似的抱着赵又又，眉头一皱，拧巴着一张脸把人从赵又又怀里抠了出来，哪还有刚才在陈惹面前嘴硬不认的样子。

可乐虽然不醉人，但赵又又跟灌水似的，胃里不大舒服。

陈惹见赵又又右手轻轻压着胃，走到赵又又面前，像哆啦A梦似的从怀里掏出一张暖宝宝："幸好出门的时候带上了。"

他撕开包装袋，用手焐暖和了才叫赵又又贴上。

来公园跨年的人不多，远处热闹，这里却安静。赵又又乖乖地把暖宝宝贴在身上，笑弯了眼睛看着不远处打闹的叶一铭和孟荧："好羡慕哦。"

陈惹刚在她身边坐下就听见小姑娘小声嘟囔，他挑眉抽走她手里的可乐罐，用帽子和围巾把人捂得严严实实的："羡慕什么？羡慕他俩从早打到晚？"

"屁咧。"赵又又白了他一眼，用手撑着下巴，"我是羡慕他们青梅竹马，虽然成天打打闹闹的，但感情一直都这么好。"

她突然仰头，拖长了尾音："而且他们从小一起长大哎，有人陪着长大，多好啊。"

陈惹侧头看向赵又又，小姑娘原本瓷白的巴掌脸被冷风染上酡红，格外好看，眼睛还是一如既往的亮。

他的心突然颤了一下，更像是被猫尾轻扫，骨头缝里都透着痒，忍不住想捏捏小姑娘白嫩嫩的脸。

"我陪你。"陈惹声音低哑却温柔，还忍不住戳上了赵又又的脸。

他指腹温热，触感细腻，然后双手捧着小姑娘的脸，和赵又又的额头相抵，把温热的呼吸打在她脸上："以后我陪你长大。"

二人的呼吸在冬日里变成白色雾气交融在一起。赵又又沉溺在陈惹坚决笃定的承诺里，有些晕乎乎的。

新年钟声响起，像在敲打赵又又的心房。陈惹再度低头，清冷的声音里燃了一簇火焰："小柚子，有我在，就不用羡慕任何人。"

赵又又耳垂滚烫，听见陈惹又说道："新年快乐。"

时间如白驹过隙，在百日宣誓、三次模拟考试和正式高考中匆匆流逝，很快就到了七月拿录取通知书的日子。

相比高考那两天因为下雨而格外凉快的天气，今天却有些闷热，整个清川市就像一个巨大的蒸笼，蒸腾的暑气十分恼人。

此刻的清川一中人声鼎沸，全是三五成群来拿录取通知书的同学。关于高考成绩的横幅还在学校挂着，从校门口一直拉到高三教学楼。

除此之外，校门口、操场和高三教学楼外面都还立着高高的红色喜报图，陈惹和赵又又的照片一左一右贴在理科成绩榜上。

虽然距离出成绩已经过去了小半个月，但路过的学生和家长都还是忍不住驻足观看。

谁让这两个变态成绩实在是太好，好到创造了清川一中的历史。

喜报上除了陈惹和赵又又两人的大头照，还红底黑字地写着："恭喜我校高三（1）班陈惹和赵又又同学，以理科总分 725 的优异成绩，并列清川市理科第一，再创我校辉煌！"

一个学校能出一个状元已经是争光长脸的事了，可他们俩居然并列第一，成为清川一中有史以来的理科双状元。

以前大家给陈惹起了个外号叫"一中之光"，现在再提这个外号，大家都会下意识把赵又又一块儿算进去。

"这'结婚证'怎么还摆着呢？不然你俩原地结婚算了。"和赵又又约好一起来学校拿录取通知书的孟荧见整得跟结婚证似的喜报还搁高三门口放着，冲赵又又挤眉弄眼地打趣，还一个劲儿截赵又又。

赵又又倒也没反驳，只是轻飘飘地看了她一眼。赵又又和陈惹当了一年同桌，别的没学会，眼神杀人这招倒是得了真传。

孟荧见状只得举手投降，在快和赵又又走进教室的时候手机响起。她看了眼消息，突然捂住肚子："小柚子我肚子突然好痛，陪我去趟厕所吧！"

赵又又根本来不及拒绝就被她拽了进去，几次想回教室都被孟荧拒绝。

本来没有尿意的孟荧在厕所里紧张兮兮地等了半天，在纠结要不真上个厕所的时候再次收到陈惹的消息，这才松了口气假装冲水从厕所出来。

"好了好了，我们一起回教室吧。"

赵又又觉得孟荧有些怪怪的，却又说不上哪儿怪，便给陈惹发了条微信。

【你到学校了吗？小荧今天怪怪的，我觉得她有事瞒着我。】

一班的教室门一向是敞开的，今天却半掩着，赵又又没等到陈惹的回复，准备推门进去的时候眼前却突然一黑。

她一惊，下意识去扳捂住自己眼睛的手，却闻到一股熟悉的青草气息，她的心瞬间安定下来："陈惹，你干吗呀？"

陈惹没说话，只是慢慢带着赵又又往前走。赵又又有些不安，但很快就被陈惹的呼吸声安抚下来，乖乖跟着陈惹走。

"小柚子。"陈惹突然喊了她一声。

赵又又情绪有些复杂，脑海里闪过好多猜测，却都不敢笃定，犹豫了几秒钟后应了一声。

"十八岁生日快乐。"陈惹的祝福声在耳边响起，赵又又的眼前突然变得明朗。

同学们大声喊道："赵又又，生日快乐！"

教室的窗帘被紧紧拉上，桌椅板凳围成一个圈，中间只有一张书桌，上面放了个蛋糕，后黑板粘满气球，拼成"Happy Birthday"的图案，还贴了很多连赵又又自己都不知道什么时候拍的照片。除了她的，还有陈惹、叶一铭、孟荧和班上同学的，连老蔡和各科老师的照片都有，不过多以表情包为主。

"陈惹……你这是干吗呀？"

同学们把她和陈惹围了起来，老蔡一脸慈父笑容站在讲台上，所有人的视线都集中在陈惹和赵又又身上。

陈惹小声说："高考第一天是你的十八岁生日，但当时大家都太忙了，也找不到合适的机会，所以今天想给你补办一个。"

陈惹就站在她面前，他穿着衬衣和西装，原本就优越的身材比例在这一刻被最大化。

见他藏在背后的手动了动，随时做好准备的叶一铭赶紧冲到他后面，把那一束特殊的花递给了陈惹。

赵又又整个人都傻掉了，她的心怦怦直跳，对接下来发生的事又期待又紧张，半天憋出一句："陈惹，你不热吗？"

三伏天穿西装，他脑子坏掉了吗？

"热。"陈惹十分老实地点头，然后轻轻吐出口气，把花束递给赵又又，"等你答应和我在一起，我就可以换衣服了。"

同学们疯狂起哄，声浪几乎掀翻房顶，连老蔡也忍不住掏出手机录视频。

兼职摄影师的孟荧激动得手直抖，为了避免陈惹和赵又又以后回忆的时候连画面都看不清楚，强行让自己冷静。

赵又又没有急着接过来，她定睛看着眼前的花束，在看清到底是用什么做的时候，忍不住笑出了声。

她娇娇地瞪了陈惹一眼，半是好笑，半是无奈地说道："陈惹，哪有人用试卷表白的呀？"

"所以我这不是折成玫瑰花了吗？"他摸了摸后脑勺，也跟着笑。

窗外突然起风，蓝色窗帘随风摆动，阳光从窗帘缝隙钻了进来，微蓝色的光投在陈惹和赵又又身上。

"这些玫瑰花，是用我们当同桌之后做过的试卷折成的，在今天之前，我们是同学，是一起学习的同桌，可今天之后，我希望我们的关系能发生改变。"

陈惹表白的时候也带着浓浓的学神味，连老蔡都听得直捂脸，这哪像表白啊，活生生像在找考研同伴。

叶一铭也急得抓耳挠腮，嘴里不停发出细小的声音提醒陈惹："你清醒一点！这是在表白啊！"

不管周围怎样，陈惹依旧岿然不动，他做了次深呼吸，再次把花递给自己对面的小姑娘，真诚地说："赵又又同学，除了学习，未来我还有好多事情只想和你一起做。

"你愿意参与我接下来的人生吗？"

赵又又的心口滚烫，接过这束对她而言有着特殊意义的试卷玫瑰，然后勇敢地把手递给陈惹，点点头，扬起明媚笑脸："陈惹，我们接下来的人生也要一起好好学习，共同进步哦。"

番外一
天作之合

赵又又大一的时候，是有晚自习的，就算没事做也必须待在教室里。

外面淅淅沥沥地下着雨，天气昏沉，班上同学多少有点懈怠，起哄要班干部放电影。班长叶一铭耳根子软，自己也是个贪玩的，一群人一拍即合，关了门拉上窗帘打开投影就开始找电影。

赵又又兴致不高地趴在桌上，时不时用余光瞥向后排的陈惹。

他们昨天吵了架，今天都没坐一起。

明明……不应该和他吵架的。

赵又又叹了口气，有一搭没一搭地点着手机屏幕，越想昨晚的事就越委屈。

他们四个人上了同一所大学，孟荧和叶一铭又是两个闲不下来的，进入大学之后，便拉着赵又又，三个人一块儿加了好多学校社团，忙起来一整天都见不到人。

陈惹一向不喜欢这种场合，再加上这段时间不知道在忙什么，就没跟他们一块儿。

所以，陈惹和赵又又虽然在同一个班，但除了上课时间，在一起的时间还没高中多。

因为学校十佳歌手的活动是赵又又所在的社团承办的，昨天为了庆祝活动圆满成功，社团成员就一块儿吃了顿庆功宴，但叶一铭和孟荧昨晚有选修课来不了，就只有赵又又去了。

原本以为和以前参加的庆功宴一样，大家吃吃饭拍拍照就行，却没想到社长准备了一个告白仪式，在大庭广众之下向赵又又告白。

"赵又又，我……我准备了很久，本来想再等一等的，可你实在太优秀了，喜欢你的人太多，我如果再不行动的话，就排不上号了。"

社长是建筑系大三的学长，有"清北大学刘昊然"的外号，是学校表白墙的常驻嘉宾。可他现在却拿着一束玫瑰花，红着脸，像个愣头青，说话也磕磕巴巴的："赵又又，你……可以做我女朋友吗？"

赵又又整个傻掉，只想赶紧逃离表白现场。

她蹙眉，不是很喜欢这种被所有人盯着的场合，拿了手机就准备离开："不好意思，我有男朋友了。"

"陈惹吗？他什么时候陪过你？永远只知道闷头做他自己的事，连陪伴都做不到，还算什么男朋友啊？"

学长见赵又又要走，拦住她的去路。可话音刚落，陈惹略带寒意的声音就在背后响起："我们之间的事，你一个外人知道什么？"

赵又又心里"咯噔"一声，抬头就看见陈惹面无表情地走了过来。

"不好意思学长，我男朋友来接我了。"

赵又又径直从学长身边走过，十分自然地挽住陈惹的手。可就在她准备带陈惹离开的时候，学长却一把拽住陈惹："陈惹，你如果不喜欢赵又又就不要霸占着她男朋友的名头。你不珍惜，有的是人珍惜！

"你们除了上课，私下在一起过吗？！"

陈惹忙完手里的事，本来心情大好地来接赵又又，想给她一个惊喜，却没想到，不仅看到了表白现场，还被一个不知道从哪儿窜出来的人指着鼻子叫他让位。

泥人也有三分火，更何况陈惹。

陈惹一把挥开学长的手，反手攥住他的衣领："我和又又的事用不着你操心，以后离她远一点。"

陈惹虽然表面上没什么，可后来一句话也没和赵又又说，今天上课还去了后排。

赵又又唉声叹气，压根儿没心思看电影，小小的身子缩成一团，在空荡荡的阶梯教室里显得格外可怜。

教室外面也十分应景地响起两道惊雷，赵又又被吓得一个激灵，心脏怦怦直跳。

她本来就觉得委屈，还被雷声吓到，各种情绪交织，眼睛又酸又胀，十分没出息地哭了起来。好在外面的雷声够响，给了她一个偷偷哭的机会。

"陈惹这个大骗子，还说会陪着我呢。"

赵又又都快委屈爆了的时候，全班突然安静了下来。

赵又又觉得耳朵一热，刚刚的雷雨声、教室里嘈杂的讨论声和电影情节的声音瞬间消失。

赵又又一愣，过了好一会儿才抬头，一抬头就对上陈惹的眼睛。

她听到陈惹说："别怕，我在。"

他不说话还好，一出声，赵又又的眼泪就不要钱似的往下滴答，她一把搂着陈惹的腰："我还以为你真的不理我了。"

陈惹眨了眨眼睛，有些吃惊，见赵又又眼睛都红了，又是好笑又是心疼地摸了摸赵又又毛茸茸的小脑袋："你整天想什么呢……"

赵又又拉过陈惹的袖子擦眼泪，委屈巴巴地看着他："那你从昨天开始就不理我……"

"我在忙一件事，但现在忙好了。"陈惹失笑，把准备好的报名表摆到赵又又面前，"小柚子同学，我申请了一个社团，诚邀你参加。"

"啊？"赵又又满头问号，"你申请了一个社团？"

陈惹点点头，抬手擦掉赵又又睫毛上的泪珠子，有些自责："嗯，机车俱乐部。昨天送你回去之后就一直在忙这个事，本来想给你一个惊喜的，没想到反倒把你惹哭了。"

赵又又嘴巴一瘪，眼里又含了泪："所以你这段时间才没时间陪我吗？

"呜呜呜，陈惹，你果然是最好的男朋友。"

赵又又抱着陈惹，贴着他的脸蹭来蹭去，小猫咪似的撒娇。

"那你还生我气吗？"

"谁生气了，我才没生气呢，陈惹最最好了！"

二人雨过天晴，旁若无人地秀起恩爱来。

"喂喂喂，两位同学，秀恩爱也有个度好吧，尊重一下我们的恐怖片好吗？"

叶一铭木着脸在桌上敲了敲，还拿出手机，一脸生无可恋地点进陈惹的微信。

【还有，你这宣示主权的行为是不是太中二了，我能把你删了吗？】

赵又又眨巴眨巴眼睛，看了眼陈惹的微信，忍不住"扑哧"笑出声。

陈惹嘴上没说什么，可背地却做了不少事啊。

不仅把微信名改成了"赵又又男朋友"，还把朋友圈背景放了他们两个人的合照。照片上面P了字，赵又又的旁边是"陈惹的女朋友"，陈惹旁边是"赵又又的男朋友"，顶上还有一个横批"天作之合"。

高冷学神的人设碎了一地。

赵又又的心情瞬间就好了，也开始拿着手机折腾。

陈惹后来回复了叶一铭：【可以，我有又又就行了。】

叶一铭太阳穴直突突，额头青筋直冒。

"耶，我也弄好啦！"赵又又这个不会看眼色的，有样学样，改了个同款朋友圈背景，还非拿给叶一铭看。

【叶一铭：这个学校没办法待了！恋爱的酸臭味都快把我给熏死了。】

叶一铭瞥了眼搂着妹子一副硬汉模样的孟荧，忍不住叹了口气。

都是兄弟，人家都能光明正大地秀恩爱了，他呢？

陈惹说得不错，他，任重而道远啊！

番外二

而你是我的光

关于到底谁是"一中之光"这个辩题，这么多年就没停过。有人说是陈惹，因为他身高腿长长得帅，成绩还好到逆天。有人说是赵又又，因为她人美面善性格好，成绩也好到逆天。每次有学生去问老蔡的时候，他总是笑而不语，只是抱着搪瓷缸子喝茶，即便他现在已经是高中组组长兼副校长，还是没舍得换一个茶杯。

慕"一中之光"大名而来的学弟学妹们不把这事儿争出来不甘心，还跑去翻那两位理科状元的历史，居然真让他们找到了蛛丝马迹——陈惹以前是个学习主播，赵又又是这主播的忠实粉丝。

后来关于这个辩题的讨论越来越激烈，却突然在一天消停了。

因为有个爆炸性的新闻转移了他们的注意力——

已经停播好多年的陈惹突然开始直播了！

这个消息一出来，不管是当年的老粉还是慕名而来的新粉丝，纷纷涌进直播间，都想知道这位学神在阔别多年后会播什么内容，可点进去却发现漆黑一片，连个人影都看不到。

【温找找 find：主播人呢？】

【到底谁才是一中之光：学长在线吗？在线的话看看我 ID 啊！】

【我的 CP 必须甜：只有我一个人想知道"又惹 CP"到底如何了吗？】

虽然没人，可依旧抵挡不住群众的好奇心，不过几分钟，评论区就炸了。半天没等到人，就在大家以为这可能是个恶作剧的时候，直播间突然传来一阵轻响，在一阵猛烈的晃动后，突然出现好大一张脸。

挡在摄像头前的脸渐渐后移，不过不是陈惹，也不是赵又又，是一个小娃娃。

这小娃娃可爱与帅气并存，睁着一双水汪汪的大眼睛，十分好奇地盯着摄像头看，看了会儿又觉得无聊，爬下椅子去客厅玩玩具去了。

直播间又没人了，大家还不知道发生了什么，犹豫着要不要退出去，突然听见直播间又传来声音："陈惹，我真的知错啦，以后再也不贪嘴多吃绿豆冰了，你别生气嘛。"

大家十分敏锐地听到"陈惹"两个字，赶紧收回准备退出直播间的手，做好了充分的吃瓜准备。

"赵又又，这是第几次了？"陈惹的声音比起高中时更沉稳了，也更有磁性了。他多年前训话就很能唬人，现在板起脸更吓人。

可赵又又是谁，她不仅不害怕，还干脆嘴巴一瘪倒在床上，捂着肚子可怜巴巴地看着他："陈惹，我肚肚好痛哦。"

赵又又说叠词这个习惯是在当妈之后才有的，那会儿为了教陈唯又说话，总是说"吃饭饭、洗澡澡"。现在陈唯又都不这么说了，她却改不掉，尤其每次耍赖撒娇就会不自觉地冒出来。

陈惹明明知道她在耍赖，可还是忍不住上前帮她揉肚子："知道痛还吃？除了你，还有谁能吃绿豆冰吃到肚子痛啊？"

"你凶凶我，哭哭。"赵又又瘪嘴假哭，见陈惹虽然在帮她揉肚子，可表情依旧没松动，就知道他真生气了。

赵又又顺势往他怀里一滚，双手圈住他的脖子，小鸡啄米似的亲了亲陈惹："要亲亲。"

只要赵又又一撒娇，陈惹就拿她一点办法也没有，只能认命地叹了口气，捧着赵又又的脸，泄愤似的揉了好几下："肚子还疼吗？"

知道已经顺好毛的赵又又嘿嘿一笑，乖乖摇头："不疼啦，刚刚是骗你的。"

"就算这次不疼了，以后也不能贪嘴，知道了吗？"

赵又又连忙竖起三根手指表决心："Yes sir！保证铭记于心！"

她简直比高中时还要调皮捣蛋，陈惹摇摇头，在她光洁的额头下留下一个轻柔的吻："我去给你热杯牛奶。"

陈惹说着就往外走，却在经过电脑的时候一愣，谁把直播间打开了？他想到刚才折腾了好一会儿电脑的儿子，再度无奈扶额。

"怎么了？"赵又又也从床上爬起来，看见这个熟悉的直播间就笑出了声，"哇，我都好久没看到直播间了。"

她翻了翻评论，惊奇地叫出声："哎，这些 ID 我都好眼熟哦。"

【CJ 独自美丽：我只想进来学习，没想到是为了骗我们进来杀狗。我裂开了。】

【劝人学医天打雷劈：陈惹十年前直播我是单身狗，十年后直播我还单身，我不活了啦！】

【Vvvvvvvzl：诚招女友，有意者联系……】

【李咚咚：征友带我一个！】

赵又又一边念一边往上翻，笑倒在陈惹怀里："他们怎么还是这么好玩哦。哎哎哎，这有人说有事想问我们哎。"

赵又又窝在陈惹怀里，一字一句地把问题念了出来："到底谁才是一中之光？"

赵又又摸着下巴回忆往事："如果真要说的话，一开始是你吧，当时叶一铭还特意给我介绍了呢。

"不过后面我好像也变成一中之光了，厉不厉害？"赵又又骄傲地抬起下巴，冲陈惹眨眼，脸上写满三个大字——快夸我！

陈惹垂眸轻笑，抬手捏了捏她的鼻子，一点面子都没给她："谁说你是一中之光的？"

底下再次分成两个阵营，认为是陈惹的疯狂扣1，认为是赵又又的疯狂扣2，评论区瞬间被一大堆数字刷屏。

赵又又有些不服气："你可别忘了，当时和廖主任打赌，我可是第一名哦。"

提起往事，陈惹就笑得更温柔了，他看着房间的墙面上挂满了和赵又又的合照，其中有一张是她站在公告栏前，笑得像个二傻子的纪念照，背后是高三上学期期中考试的成绩单，赵又又第一，他第二。

"我还没说完呢。"陈惹紧紧抱着赵又又，从高三的照片一直看到大四、看到毕业结婚、看到抱着陈唯又拍的第一张全家福，视线最后落到怀里的赵又又身上。

他轻轻蹭了蹭小姑娘的额头，满心满眼只有怀里的这个人——

"我是一中之光，而你是我的光。"